KB058964

전생한 대성녀는
성녀임을 숨긴다

1

토야
Illustration chibi

커버 및 본문 일러스트 chibi

CONTENTS

The Great Saint who was
incarnated hides being a holy girl

프롤로그

죽는 순간에는 자신이 태어난 뒤부터 죽을 때까지 겪은 온갖 기억이 떠오른다고 한다.

"······15년의 인생이라. 조금 짧네. 내 인생의 하이라이트는······ 응? ······으으응??"

어째서인지. 어떻게 된 일인지.

그때 떠올린 것은 전생의 기억이었다.

전신에 상처를 입고, 쓰러지려는 아군의 부상을 순식간에 치유해주고, 공격력이며 속도를 향상시켜서 귀신같은 집단을 만들어내는 '대성녀'의 힘을······.

물리공격이든 마법공격이든 적의 공격을 모조리 방어하고 무효화해버리는 '대성녀'의 힘을······.

지금은 이미 옛날이야기에서나 나오게 된 '대성녀'의 힘을 보란 듯이 펑펑 써대는 전생의 기억.

"크흡. 뭐야, 이 말도 안 되는 힘은! 세상의 섭리가 망가지겠어!!"

마물에게 당해 치사량의 피를 흘리면서, 나는 그렇게 전생의 기억을 떠올렸다.

그날, 우리 집의 가장 넓은 방에서 언니의 격양한 목소리가 울려 퍼졌다.

"'성인 의례'를 치르면 이 아이는 틀림없이 죽을 거야!"

현재 아버지와 남매 넷이서 한창 가족회의 중이었다.

의제는 내가 기사가 되기 위해, 위험을 동반하는 '성인 의례'를 치르게 할 것이냐, 말 것이냐······.

"하지만 이 녀석도 조금은 나아졌다고 들었는데. 5할 정도의 확률로 살아남을 수 있지 않겠어?"

둘째 오빠가 나를 힐끗 쳐다보며 언니에게 반론했다.

언니는 관자놀이에 굵직한 혈관이 두드러진 상태로 둘째 오빠를 노려보았다.

"뭐라고? 즉 절반의 확률로 죽는다는 소리잖아! 이 가문에는 이미 4명이나 기사가 있다고! 무리해서 기사로 만들 필요는 어디에도 없어!!"

서로 날카롭게 노려보는 둘째 오빠와 언니.

첫째 오빠는 떨어진 자리에 앉아 관심이 없다는 듯 자신의 검을 닦고 있다.

아버지는 팔짱을 끼고 침묵하고 있다가, 천천히 나를 바라보더니 입을 열었다.

"피아, 너는 어떻게 하고 싶으냐."

"네? 저, 저요? 저는, 하고 시퍼요!"

······이런. 너무 오랜만에 내 이름을 불리는 바람에 긴장해서

발음이 헛나왔다.

언니는 불쌍한 아이를 보는 눈빛으로 나를 보고는 타이르듯이 말했다.

"기사가 되는 것 말고도 길은 있어. 아버지는 기사단의 부단장이고, 우리도 다 기사니까 다음 세대까지 우리 가문이 망할 걱정은 하지 않아도 돼. 너는 네가 좋아하는 직업을 고르렴."

"그렇다면……, 나는 기사가 좋아."

내 의지임을 표현하기 위해 언니의 눈을 똑바로 바라보며 단호하게 말했다.

기사가 되는 것.

그건 어릴 때부터 계속 내 꿈이었으니까.

언니는 잠시 나를 조용히 바라본 후, 체념한 듯 한숨을 쉬었다.

"네가 어릴 때부터 계속 기사가 되기 위한 훈련을 받았다는 건 알아. 계속 기사를 동경했다는 것도. 하지만……. 아니, 알았어! 그렇다면 '성인 의례'를 치르도록 해. 단, 하루가 지나도 돌아오지 않으면 찾으러 갈 거야!"

이렇게 다음 날, 나는 '성인 의례'를 치르기로 정해졌다.

1 기사를 목표로

나, 피아 루드는 루드 기사 가문의 막내다.

빨간 머리카락에 금색 눈동자로, 미인인 어머니의 얼굴을 쏙 빼닮았다는 이야기를 듣는다. 하지만 그 누구도 나를 미인이라고 하는 사람은 없었다. 신기하다.

안타깝게도 몸도 어머니를 닮은 건지, 아무리 단련해도 근육이 붙지 않고 계속 빈약했다. ……가슴도 말이지!

기사 가문이란 영지를 지니고 있으며 국왕에게 서임을 받은 기사가 가주가 되는, 귀족 다음에 위치하는 가문을 말한다. 가문을 이어받을 기사가 한 명도 없어진다면 즉시 자격이 박탈된다.

따라서 기사 가문의 아이들은 다들 기사가 되는 걸 목표로 삼는다.

물론 나도 예외에 속하지 않고 어릴 때부터 계속 기사가 되고 싶어 했다.

다만 기사는 원한다고 아무나 될 수 있는 직업이 아니다.

나라에서 제일가는 인기 직업이라서 기사단 입단 시험은 50대 1, 100대1 등 매번 어마어마한 경쟁률을 자랑한다.

기사 서임을 받는다는 것은 나라에서 신분을 보장해주는 것이고, 무척 명예로운 일로 간주되기 때문이다. 돈을 아주 많이 준다는 것도 이유 중 하나라고 보지만.

그런 기사의 의무는 왕성을 지키고, 왕족을 지키고, 나라를 지키는 일이다.

구체적으로는 국내의 치안 유지부터 이웃 나라와 맞닿은 국경 경비, 혹은 지나치게 늘어난 마물 토벌까지.

즉, 기사로서 가장 중요한 건 검술 실력이다.

기사 가문에서 태어난 나는 그 사실을 아주 잘 알고 있었다.

알기 때문에 어릴 때부터 필사적으로 훈련했다.

다행히 영지 내에는 기사가 여럿 있었고, 언니도 오빠들도 다 기사를 목표로 삼고 있으니 훈련 상대는 부족하지 않았다.

훈련하고, 지쳐서 쓰러지고, 자고, 먹고, 훈련하고…….

질리지도 않고 매일매일 같은 걸 반복했다. 힘들지만 충실하고 즐거웠다.

하지만 어느 날 깨달았다.

어라?

그러고 보니 나는 모의전에서 한 번도 이긴 적이 없네?

어라라?

3개월 전에 들어온 신입에게 졌네??

어라라라라?

아주 좋은 타이밍에 파고들었는데, 왜 내 검이 튕겨 나간 거지??

……그렇다. 나는 무시무시할 정도로 검술에 재능이 없었다.

하지만 재능이 없다는 건 어느 정도는 노력으로 어떻게든 보완

할 수 있다.

딱히 최고의 기사를 목표로 삼은 것도 아니니까!

나라에 서임을 받는 수많은 기사 중 한 명이 되면 그만이라고!!

동경인 건지, 고집인 건지 잘 모르겠지만 이 무렵의 나는 '무슨 일이 있어도 기사가 될 거야!!'라는 갈망에 사로잡혀 있었다.

그래서 재능이 없다는 걸 눈치채긴 했으나 변함없이 훈련을 받았고, 그 결과 하위 그룹이라면 어떻게든 입단할 수 있을 정도로는 강해졌다……고 생각한다. 나는.

그러는 동안 두 오빠와 언니는 재능이 넘쳐나서 다들 기사가 되어 출가하게 되었다.

외로웠던 건 언니가 나갔을 때뿐이다.

내 검술 실력이 변변치 않다는 걸 알자마자 두 오빠는 나에게 관심을 잃어버리고 노골적으로 무시했기 때문에, 그 둘이 나가봤자 내 일상에는 변화가 없었으니까.

아버지 역시 오빠들보다 훨씬 일찍 나에게 재능이 없다는 걸 간파하고 존재를 잊어버렸으니, 제14기사단의 부단장으로서 서방 지역 수호를 위해 장기간 부재해도 태연했다.

그 결과, 최근 몇 년 동안은 가족이 다들 밖으로 나가 있었기 때문에 현재 내 실력이 어느 정도인지 모르고 있다.

그래서 내 '성인 의례'에도 의견이 갈린 거다.

'성인 의례'란 15살쯤에 치르는 간단한 의식이다.

내용은 어디서든, 어떤 것이든 상관없으니 돌 하나를 주워오는 것.

이 돌을 점술사에게 보여주고 색이나 모양 등을 통해 미래를 점쳐달라고 하는 게 일반적인 규칙이다.

다만 우리 가문은 여기에 특수한 규칙이 추가된다.

'기사를 지망하지 않을' 경우에는 통상적인 규칙과 다를 게 없지만, '기사를 지망할' 경우에는 마물을 사냥해서 체내에 있는 마석을 가지고 돌아와 강함을 증명해야만 한다.

마물이란 당연히 마속성을 지닌, 호전적이고 공격력이 높은 생물을 말한다. 체내에는 강함에 비례한 크기의 마석을 품고 있다.

대부분 숲속 깊은 곳에 살고 있으며, 마주친 인간은 상처 하나 없이 돌아오는 건 불가능하다.

그래서 언니는 기사가 되는 것에 집착하지 말고 평범한 돌을 가져오라고 했다.

둘째 오빠는 기사 가문의 아이로서 생사 불문 마석을 가져와야 한다고 했다.

첫째 오빠는 관심이 없어서 아무런 말도 하지 않았다.

아버지는 내 의견을 존중한다는 식으로 나에게 결정을 떠넘겼다.

그래서 나는, 기사가 되기 위해 마석을 가져오려고 한다.

2 성인 의례

다음 날 아침, 일찍 눈을 뜬 나는 재빨리 세수한 뒤 물 한잔을 마신 다음 현관으로 향했다.

아무래도 오늘은 긴장되어서 식사가 목을 넘어갈 것 같지 않아서였다.

그러자 현관에는 이미 언니가 기다리고 있었다. 언니는 말없이 작은 병을 내밀었다.

올리아 루드. 루드가의 둘째로, 짙은 갈색 머리카락의 대단한 미인이다.

가슴까지 내려가는 머리카락을 늘어트리고, 어떤 상대라도 커다란 눈동자로 물끄러미 바라보기 때문에 그 시선을 받은 남성은 가슴이 두근거린다는 모양이다.

그런 언니가 내민 작은 병에는 반짝반짝 빛나는 투명한 액체가 들어 있었다.

그게 무엇인지 알아본 나는 무심코 눈물을 글썽거리고 말았다.

"언니……."

"마물에게 당하면 바로 그걸 마셔. 그리고 그대로 달려서 도망쳐. 알겠지?"

병 안에 들어 있는 것은 회복약이었다.

약이라고 하지만 약사가 만드는 게 아니다. 이 반짝거리는 빛은 마법으로밖에 만들 수 없다. 성녀님이 회복의 마력을 담아서 만들어주신 약이다.

성녀님의 수는 적다. 그리고 마력량 문제로 성녀님 한 명당 하루에 몇 개밖에 만들지 못한다.

즉, 이 약은 유통되는 개수가 적어서 무지하게 비싸다는 뜻이다.

"회복약은 만능약이 아니야. 깊은 상처는 치유할 수 없고, 결손에는 듣지 않아. 그러니까 가장 좋은 건 다치지 않는 것. 알았지?"

"……고마워, 언니."

회복약을 든 언니의 손을 함께 모아줬었다. 검을 잡아 생긴 굳은살로 가득한 기사의 손이다.

자기는 이렇게 거칠어진 손으로 수많은 사람을 지키고 있는데, 나까지 걱정해주는 착한 언니.

나를 아껴주는 언니의 마음이 기뻤다.

응원해주는 언니를 위해서라도 최대한 큰 마석을 가지고 돌아와야겠다고 결심했다.

"……지금 이상한 생각 했지? 됐어, 어떤 크기든 마석은 마석이야. 여태껏 본 적도 없을 만큼 작고 가벼운 마석을 가지고 돌아와!"

현실을 직시하게 해준 언니를 위해서도, 최대한 작고 가벼운 마석을 가지고 돌아와야겠다고 결심했다.

……그렇게 말은 했지만, 마물과 마주칠 확률은 높지 않다.

거주지 근처에 나타나는 마물은 모험가나 기사단이 정기적으로 토벌하기 때문에 아예 없고.

따라서 숲속 깊은 곳으로 들어가지 않으면 마물을 만날 수가 없다.

"끄응."

우선 기사령 내에 있는 숲을 향해 걸어가 보았다.

발치에서 벌레가 날아다니고 때때로 토끼나 여우가 보였지만 마물로 보이는 녀석은 나타나지 않았다.

"가능하면 한눈쥐가 제일 좋은데. 작고 약하니까. 기왕이면 먹이를 찾으러 혼자 나온 녀석이 최고고."

그래, 한눈쥐는 동굴에 보금자리를 만들지. 아마 삼림 동쪽에 동굴이 있었던 것 같은데…….

발이 자연스럽게 숲의 동쪽으로 향했다.

"아──, 나 의외로 냉정하네──."

자신의 상태를 확인하기 위해 조금 크게 목소리를 내 보았다.

음, 괜찮네.

처음으로 혼자 마물과 싸우러 가는 것치고는 침착하다.

매일매일 검술 훈련을 해왔고, 같이 훈련하는 동료도 최근 1년 사이에 많이 성장했다고 그랬는걸. 이 근방의 마물이라면 문제없을 거다.

이런 건 마음먹기가 중요하단 말이야. 좋아. 할 수 있다!

그로부터 1시간 정도 걸었을까.

주위를 잘 살피면서 걸어가다가 문득 깨달았다. 숲속이 이상할 정도로 조용하지 않나?

그러고 보면 동물의 모습도 전혀 보이지 않게 되었는데…….

……목 뒤가 오싹오싹하다.

아, 뭔가 이거, 위험 신호다.

살그머니 그 자리에서 뒷걸음질 치기 시작한 내 귀에 희미하게 신음하는 소리가 들렸다.

……………….

……….

응, 알아.

이 자리를 조용히 떠나는 게 정답이라는 거.

하지만 어째서인지 내 다리는 목소리의 주인을 찾아 큰 나무 아래까지 조심조심 걸어갔다.

그리고 나무 밑동에서 피투성이가 된 새끼 새를 발견했다.

……생후 며칠 정도려나.

작은 몸을 웅크리고 피를 뿜으면서 필사적으로 얕은 호흡을 반복하는, 검은색의 새끼 새.

눈은 감고 있었다. 이대로라면 반나절도 지나지 않아 죽어버리겠지.

약하고, 당장에라도 죽을 것 같은 작은 새.

그런데 어째서일까. 나는 그 새를 보고 떨림이 멈추지 않았다.

……어쩌지.

이 아이는 정말 평범한 새끼 새일까? 구하는 게 맞나? 아니면 구하지 않는 게 맞나?

물론 그 자리에 있는 건 나뿐이니까 내가 판단할 수밖에 없다.

계속 고민하는 내 시선 끝에서 새끼 새가 희미하게 눈을 떴다.

파란색 눈동자. 탁 트인 하늘과 마찬가지로 더없이 맑은 파란색 눈동자.

그 눈동자로 매달리듯이 나를 바라보았다.

그러자 손이 멋대로 움직여서 언니에게 받은 회복약을 새끼 새에게 먹이고 있었다.

괜찮아. 괜찮아. 그렇게 말하면서 새끼 새의 몸을 쓰다듬었다.

새끼 새는 축 늘어져서 내 손길을 가만히 받고 있나 싶더니, 별안간 '크어어어어어!!' 하고 울부짖었다.

맞다!

회복약은 사용자의 회복능력을 억지로 향상시켜서 상처를 치유하는 거라 나을 때 격통이 느껴지는데!

"괜찮……."

아, 하고 말을 이으며 내밀었던 손이 허공에서 멈췄다.

왜냐하면 고통스러워하던 새끼 새의 몸집이 눈앞에서 점점 커졌기 때문이다.

나보다 몇 배는 더 큰 크기가 되었나 싶더니, 그대로 포효를 지르며 내 어깨로 달려들었다.

이빨이 어깨를 파고들더니 살을 뚝 뜯어가 버렸다.

……아, 그랬지.

순간적으로 몽롱한 의식 속에서 떠올렸다.

이 세계에는 검은 새가 존재하지 않는다.

검은 날개를 지닌 생물은, 전설급의 마물, '흑룡' 뿐이다.

최상급 위험도의 마물로, 쓰러트리기 위해서는 기사단 100명이 덤벼들어도 부족하다고 한다.

목숨이 위태로워질 정도로 다쳤을 때는 유체화하여 회복한다고 했던가.

피를 많이 흘려 정신이 흐릿해진 나를 향해 흑룡이 재차 입을 크게 벌렸다.

아. 이거, 죽겠구나…….

훈련을 했다거나, 강해졌다거나. 아무래도 상관없는 이야기다. 개미는 코끼리를 쓰러트릴 수 없다.

……그러고 보면 죽기 직전에는 자신이 태어난 뒤부터 죽을 때까지 겪은 온갖 기억이 떠오른다던데.

"……15년의 인생이라. 조금 짧네. 내 인생의 하이라이트는……."

흑룡이 옆구리를 물어뜯었다.

타버릴 듯한 격통과 함께 눈앞에 붉은 불꽃이 튀었다.

하지만, 어째서인지. 어떻게 된 일인지.

그 순간 떠올린 것은 15년의 인생에서 경험한 기억이 아닌, 전생의 기억이었다.

지금은 이미 옛날이야기에서나 나오게 된 '대성녀'의 힘을 보란 듯이 펑펑 써대는 전생의 기억.

"크흡. 뭐야, 이 말도 안 되는 힘은! 세상의 섭리가 망가지겠어!!"

흑룡에게 물려 치사량의 피를 흘리면서, 나는 그렇게 전생의 기억을 떠올렸다.

3 성녀

내가 사는 나브 왕국은 대륙에서도 1, 2위를 다투는 대국이다.

국가의 시작은 '대성녀'와 함께하였으며, 그녀의 자손이 왕가를 만들었다고 한다.

당시 대성녀는 세계를 공포로 물들이던 마왕을 봉인한 뒤, 함께 토벌하러 간 용사와 맺어졌다. 그리고 그 자식이 대대로 나라를 다스리게 되었다는 이야기가 전해 내려온다.

……새빨간 거짓말이지만.

성녀의 힘은 치유의 힘.

온갖 상처를 순식간에 치유하고, 결손을 메우고, 그 힘은 병까지 쾌유시킨다고 한다.

하지만 100년이 지나고 200년이 지나는 사이에 성녀의 힘은 점점 약해졌다.

원래 대륙에는 성녀가 많이 있었다.

그래서 왕가의 일족은 성녀의 힘을 짙게 보유한 여성과 혼인을 반복하여 성녀의 힘을 유지해왔다. 귀족도 마찬가지다. 왜냐하면 성녀의 힘은 마력 이상으로 후대에 계승된다는 게 알려져 있기 때문이다.

성녀의 힘은 나라의 시작을 이끌고, 평안을 유지하는 귀중한 것이었으니 그 힘을 중시하여 후대에 계승시키는 것을 가장 중요한 사항으로 여겼다.

현실적인 문제도 있다.

마물과 싸울 때, 혹은 적국과 싸울 때.

회복마법을 쓰는 자가 있는지, 없는지에 따라 전황이 크게 변한다.

보통 부상자는 회복약에 의지할 수밖에 없으나, 이 약은 치유할 때 상당한 시간을 필요로 한다. 그 때문에 부상자는 일단 전선에서 이탈해야만 한다.

성녀는 이 당연한 섭리를 뒤집을 수 있다.

왜냐하면 회복약과는 비교할 수도 없을 만큼 짧은 시간 내에 상처를 낫게 할 수 있기 때문이다.

이 기적이라고도 할 수 있는 회복마법을 쓸 수 있는 사람은 성녀뿐이다.

그런데 성녀의 수는 점점 줄어들었다.

공격마법을 쓸 수 있는 아이는 드물긴 해도 일정 수가 태어나는데, 회복마법을 쓸 수 있는 성녀는 거의 태어나지 않게 되었다.

따라서 성녀는 나라의 보호를 받게 되었다. 여자아이는 전원 어릴 때 성녀인지 아닌지 판정하는 검사를 받아야 하는 의무가 있다.

그렇게 성녀라고 인정된 사람은 그 자리에서 교회가 데려가 성녀의 힘에 대해 가르치고 사용하는 방법을 연습시킨다.

성녀에게는 귀족으로부터 구혼이 쇄도하며 어릴 때부터 미리 정혼을 맺게 된다. 평민 출신이라고 해도 성녀의 힘이 있는 한 귀족의 일원이 될 수 있다.

절대적으로 수가 적기 때문에 모험가로서 활동하는 성녀는 사라졌고, 다들 왕국 소속이 되었다. 평상시엔 회복약을 제작하며 기사단이 출병할 때는 따라간다. 기사단은 성녀를 지키고 정중하게 모신다.

이런 상황이다보니 아무리 어리다고 해도, 어떤 장소라고 해도 '성녀님, 성녀님' 하면서 떠받들어지며 극상의 대접을 받는다.

이런 이유로 성녀들은 자신이 선택받은 사람이라고 믿으며 자만하고, 거만해졌다.

4 대성녀

전생의 나는 '대성녀'였다.

성녀 중에서도 탁월한 힘을 지닌 자. 구체적으로는 온갖 상처를 순식간에 낫게 하고, 결손을 메우고, 거의 모든 병을 쾌유시키는 힘을 지닌 자에게 주어지는 존칭.

내가 살아있을 때는 오직 나만이 받았던 명칭이다.

'대성녀'로서 공경을 받긴 했지만, '성녀' 자체는 애초에 존경받는 직업이 아니었다.

왜냐하면 성녀의 수가 아주 많았기 때문이다.

당시 여성의 반 이상은 성녀였다.

공격마법과는 달리 회복마법은 정령과 계약이 필요하다.

그리고 정령과 계약하는 건 퍽 간단했다.

전승에 따르면 국가의 시조에 정령왕이 있었다고 한다.

정령왕은 인간 여성과 사랑에 빠져서 아이를 낳았고, 그 아이가 왕가의 시조가 되었다.

그 때문에 나라는 정령에게 사랑받았다.

정령은 여성밖에 상대하지 않지만, 요청을 받으면 반드시 계약을 맺어주었다.

정령과 인간의 밀월. 인간들은 정령을 사랑하고, 존중하고, 소중히 여겼고 정령은 성녀에게 회복의 힘을 빌려주었다.

전생에서 나는 왕녀였다.

정령의 힘을 가장 짙게 이어받았으며, 어릴 때부터 산이나 숲에서 정령들과 종일 놀면서 지냈기 때문에 그 인연이 한층 더 깊어졌다.

정령은 말을 하지 않는다고 했으나, 나는 정령의 목소리를 들을 수 있었다.

정령들의 목소리를 들으며 나는 성녀로서 힘을 사용하는 법을 배웠다.

부상을 낫게 하는 것. 잘려나간 부위를 재생시키는 것. 병을 쾌유시키는 것. 간단한 상처를 낫게 하는 회복약을 만드는 것. 이게 성녀의 전부라고 생각했던 나는 정령의 가르침을 받고 몹시 놀랐다.

성녀는.

마비나 매료 등 상태이상을 회복시킬 수 있다.

속도 상승, 공격력 상승 등의 신체 강화가 가능하다.

물리공격 방어, 마법공격 방어 등의 방어마법을 사용할 수 있다.

무기나 방어구, 장신구에 마법효과를 부여할 수 있다.

그리고 회복마법, 상태이상 회복마법, 신체 강화마법, 방어마법의 힘을 약에 담을 수가 있다.

나는 정령이 가르쳐준 힘을 마음껏 사용했다.

그렇게 하자 희대의 대성녀라고 불리며, 비원(悲願)이었던 마왕 토벌도 꿈이 아니라는 말을 들어 오빠인 왕자들과 함께 마왕을 토벌하러 갔다.

그리고 엉망진창으로 다치면서도 마왕 봉인에 성공했다.

싸움이 끝났을 때, 내 마력은 고갈되었다.

회복마법을 사용할 때는 정령의 힘과 함께 마력이 필요하다.

마력을 다 쓴 나는 그때 어떤 회복마법도 사용할 수 없었다.

오빠들은 그런 나를 마왕성에 두고 가버렸다.

"너 진심으로 거슬려. '대성녀'라 불린다고 건방지게 굴지 말란 말이다!"

제1왕자인 오빠가 소리쳤다.

"하하, 성녀 같은 건 전국에 넘쳐날 정도로 많다고. 너 같은 건 어차피 쓰다 버리면 끝이야!"

제2왕자인 오빠가 모욕했다.

"이대로 개선해서 전 국민에게 칭송을 받을 생각이었겠지만, 아쉽게 되었군. 너는 여기서 마족들에게 갈가리 찢겨 죽는 거야. 하하, 그 전에 추잡한 마족들이 유린해댈지도 모르지. ……여기 저기 다치면서도 검을 들고, 도끼를 들고 마왕을 쓰러트린 건 우리다. 너는 그저 뒤로 물러나서, 안전한 장소에서 회복마법을 쓴 게 전부잖아. 여기서 죽어!"

제3왕자인 오빠가 내뱉었다.

나는, 나는…….

마력이 고갈될 때까지 회복마법을 사용하느라 전신이 땀투성이가 되어 더는 손가락 하나 까딱할 수 없을 만큼 피곤한 가운데, 바닥에 쓰러져서 세 오빠를 보고 있었다.

그들은 미리 내가 만들어서 넘겨준 상급 회복약을 먹고 빈 병을 내 눈앞에 버린 뒤 한 번도 돌아보지 않은 채 떠나갔다.

숨어야지…….

자신들의 왕인 마왕을 봉인한 나에게 느끼는 증오는 그 깊이를 헤아릴 수 없을 정도겠지.

잡히면 분명 처참하게 죽을 것이다.

잠깐만이라도 된다. 어딘가에 숨어서 마력만 회복한다면 도망칠 수 있을지도 모른다.

그렇게 생각하며 기어서 도망가려고 했으나, 얼마 가지도 못한 채 한 마족이 내 손을 짓밟았다.

절망에 빠져 시선을 들어 올린 내 눈앞에 더없이 아름다운 마인(魔人)이 서 있었다.

마인은 아름다움과 강함이 비례한다. 그것은 절망이 형태를 지니고 내 앞에 나타났음을 의미했다.

눈앞에 있는 자는 마왕의 오른팔이라 불리던 마인이었다.

그 마인은 나를 괴롭히고, 유린하고, 시간을 들여 천천히 죽였다.

나를 구속하여 전신에 마족의 문양을 새겼다. 도망치려고 하는 나를 보고는 비웃더니, 모멸적인 말을 던졌다.

"네가 성녀이기 때문에 이런 일을 겪는 거다."

그 마인은 경애하는 마왕을 봉인한 성녀를 증오했던 모양이다.

틈만 나면 성녀라는 것을 무시하고, 성녀이기 때문에 구속하고 고통을 주는 것이라고 주장했다.

네가 성녀이기 때문에 괴롭히는 거다.

네가 성녀이기 때문에 유린하는 거다.

네가 성녀이기 때문에 모욕하는 거다.

잔혹한 행위와 함께 쏟아지는 그 말들은 지효성의 독처럼 조금씩, 조금씩 나를 갉아먹었다.

마인에게 붙잡힌 지 얼마나 지났을까. 이미 시간 감각도 망가져 버린 나는 가까스로 이해했다.

그래, 내가 성녀니까.

성녀니까 나를 괴롭히고, 유린하고, 모욕하고, 죽이는 거다.

그것을 이해한 순간, 그 마인은 나를 죽였다.

5 각성

숨을 쉬는 게 괴롭다.

목이, 폐가, 내장이 타버릴 듯이 뜨겁고 어마어마한 통증이 나를 뒤덮었다.

"커헉……."

호흡과 함께 피를 뱉었다.

아파. 뜨거워. 괴로워. ……편해지고 싶어.

그러자 통증이 스으윽 사라져갔다.

조금씩 숨을 쉬는 게 편해지고 열과 고통도 누그러들었다.

살랑살랑 뺨을 쓰다듬고 가는 바람과 나무의 냄새, 햇빛을 느끼는 것과 함께 몽롱하던 의식이 점점 명료해졌다.

"……어라? 나 뭐 하고 있었더라? 그게……."

몸을 일으키려던 나는 바로 옆에 피투성이가 되어 이쪽을 들여다보는 흑룡을 발견하고는 나도 모르게 비명을 질렀다.

"끄아아아아아아악━━━━━━!!!!"

그리고 검을 뽑은 뒤 비틀거리면서도 흑룡을 마주 보았다.

"오오오오오면, 베베벨 거야."

흑룡은 어리둥절한 얼굴로 나를 보더니 물었다.

"'오오오오오면'이 뭐야? '베베벨 거야'도 들어본 적 없는 말인데."

크으윽…….

그냥 좀, 말을 성대하게 더듬은 것뿐이잖아.

알면서 놀리는 거냐. 아니면 몰라서 솔직하게 질문하는 거냐.

반사적으로 질문받은 내용에 대해 진지하게 고민할 뻔하다가, 조금 전 눈앞에 있는 흑룡에게 물려 죽을 뻔한 것을 떠올렸다.

"쁘에엑! 그러고 보면 상처! 어깨가 사라졌는데! 옆구리도 먹혔는데!! 피, 피가 부족…….."

허둥지둥 몸을 만져봤지만 어깨도 옆구리도 멀쩡했다.

전신이 피투성이이긴 했지만, 다친 것 같은 통증은 느껴지지 않았다.

"어라?"

신기해서 고개를 갸웃거리는 내 앞에서 흑룡이 시무룩하게 머리를 숙였다.

"……누나가 회복약을 써 줬는데 사용할 때 동반되는 격통을 공격이라고 착각하고 물어뜯어서 미안해. 그런 나를 회복마법으로 구해줘서 고마워."

"……어?"

뒷부분은 이해할 수 없었다.

회복마법으로 구해줬다고?

……어라? 나 성녀였던가? 아니, 그런 꿈은 꿨는데. 아니, 꿈이 아니라…….

"아……, 모르겠다. 집에 갈래. 돌아가서 자야지. 지금은 머리가 안 돌아가……."

나는 지면에 털썩 주저앉았다.

돌아가겠다고 말은 했으나 전신에 힘이 들어가지 않아 일어날 수 있을 것 같지도 않고, 걷지도 못할 것 같다.

흑룡을 보고 죽을지도 모른다는 생각에 벌떡 일어났었지만, 지금은 죽일 것 같은 분위기도 아니고 긴장이 풀렸더니 피로가 확 몰려들었다.

"역시 이대로 잘래. 잘 자……."

땅바닥에 쓰러져서 눈을 감자 혼잣말 같은 흑룡의 목소리가 들렸다.

"'완전회복' 같은 상급 마법을 사용했으니 마력이 고갈된 거야. 내가 나눠줄 수 있다면 좋겠는데……."

목소리가 작아지나 싶었더니 반쯤 잠든 내 어깨를 흔들었다.

"저기, 누나. 용족은 목숨을 구해주면 그 사람에게 목숨을 바쳐. 그러니까 나는 누나 거야."

"……응."

"지금 예속의 계약을 맺어도 되지? 그렇게 하면 내 마력을 누나에게 나눠줄 수 있으니까. 응? 누나. 그러니까 이름 가르쳐줘."

"……이름? 피아 루드."

"고마워! ……나 흑룡왕 자빌리아는 주인 피아 루드와 계약을 맺는다. 나의 피와 살과 영혼을 바쳐 주인에게 영원한 충성을!"

감은 눈꺼풀 뒤에서 빛이 여러 겹으로 교차했다.

"후후. 이걸로 나는 피아 거야. 그나저나 밤은 춥고 마물 출현율도 올라가. 이렇게 달콤한 성녀의 피 냄새를 줄줄 흘리는 건 공격하라고 권장하는 거나 마찬가지인데. 피아는 참 태평하구나……."

흑룡의 목소리를 배경으로 따뜻하고 기분 좋은 것이 몸속에 천천히 흘러들어오는 것을 느꼈다. 나는 그 아늑함에 안심하여 졸음이 확 밀려드는 것을 느꼈다.

흑룡이 뭐라고 더 중얼거리는 것 같았지만——— 거기서 나는 의식을 놓았다.

◇ ◇ ◇

눈을 뜨자 아침이었다.

아마 오랫동안 푹 잔 모양이었다. 몸도 머리도 개운했다.

몸을 뒤척이려고 했다가 서늘하고 매끈매끈한 것에 폭 안겨있다는 것을 알아차렸다.

"……응? 내 이불이 이랬던가……?"

손으로 이불을 더듬어보자 어떻게 된 일인지 이불 쪽에서도 내 손에 달라붙었다.

이상해하며 천천히 눈을 뜨자 파란색 눈과 눈이 마주쳤다.

"흑룡!"

당황하며 벌떡 일어났다.

아무래도 숲속에서 하룻밤을 보낸 모양이었다.

하지만 그런 것치고는 추위도 느끼지 못했고, 푹 잔 것 같다.

"……혹시 밤새 붙어있어 준 거야?"

"응. 주인을 지키는 건 내 역할이니까."

정말로 어젯밤 내내 따뜻하게 덮어준 모양이었다. 착한 마물이 잖아.

"고마워, 흑룡."

몸을 쓰다듬으며 고맙다고 인사하자, 흑룡은 토라진 듯한 목소리를 냈다.

"자빌리아야. 나도 주인을 피아라고 불러도 돼?"

아, 생각났다…….

"흑료…… 자빌리아. 어젯밤 너와 사역마 계약을 맺는 꿈을 꾼 것 같은데."

"후후, 물론 현실이야. 너희가 말하는 사역마 계약이라는 걸 내 이름으로 아주 단단하게, 탄탄하게 계약해놨으니까, 나는 피아 거야. 왼쪽 손목을 봐. 증표가 있지?"

정말 왼쪽 손목을 한 바퀴 감싸듯이 폭 1mm 정도의 검은 고리가 그려져 있었다. 계약이 완료되었다는 증표다.

"앞으로는 떨어져 있어도 피아가 부르면 바로 달려올 수 있고, 마력도 나눠줄 수 있어. 아, 피아는 어제 회복마법을 너무 많이 써서 마력 고갈을 일으킨 거야. 내가 마력을 나눠줬으니까 몸 상태는 좋아졌을 텐데, 어때?"

"……나, 전생에 성녀였던 꿈을 꿨는데……."

"후후후, 물론 그것도 현실이야. 솔직히 전생인지 뭔지는 나도 잘 모르지만, 지금의 피아는 틀림없는 성녀야. 내가 좀, 실수해서 죽어가고 있었거든. 유체화해도 도저히 회복속도가 따라잡지 못해서 '아, 이거 죽겠네……' 하고 포기하고 있었는데 피아가 회복

마법으로 구해줬어. 나는 거의 죽어있었기 때문에 사실상 소생 수준이었고. 이런 상급 마법을 사용할 수 있는 성녀는 피아 말고는 없어."

"……나 마법은 쓰지 못했는데."

"응, 기억과 함께 마력이 돌아온 거겠지. 우리 용족도 쓰는 방법이야. 용족은 죽기 직전에 기억을 아이에게 옮겨줘서 후대에 힘을 계승시키거든. 기억은 힘이니까."

많은 정보가 한꺼번에 들어오는 바람에 제대로 정리되지 않는다. 하지만 지금 해야 하는 말만큼은 자빌리아에게 당부해둬야만 한다.

"……저기, 내가 성녀라는 거 비밀로 해줄래? ……나는 전생에 성녀라서 죽게 되었나 봐. 꽤 처참한 방식으로. ……성녀라는 걸 공언하면 또 죽이려고 할 것 같아서 무서워."

전생의 기억이 되살아나자마자 가장 먼저 생각한 것은 '성녀라는 게 알려지면 죽는다'였다.

왜냐하면 나를 죽인 마물이 그렇게 말했으니까.

내가 성녀이기 때문에 괴롭히고, 유린하고, 모욕하고, 죽이는 거라고.

그리고 성녀로서 다시 태어나면 반드시 찾아내서 또 똑같이 죽일 거라고.

부들부들 떠는 나에게 자빌리아가 진지한 얼굴로 대답했다.

"물론 피아가 성녀라는 건 비밀로 할게. 피아가 하고 싶은 걸 돕는 게 내 역할이니까. 하지만 이건 잊지 마. 나는 피아를 전력으로 지킬 거야."

그 말이 무척 든든했기 때문에 무심코 조금 쑥스러워진 나는 시선을 돌렸다. 그러자 자빌리아와 내 주변을 감싸듯이 여기저기에 마물 시체가 널브러져 있다는 걸 알아차리고 얼굴이 뻣뻣해졌다.

"……이거, 뭐야?"

"피아를 공격하려고 한 마물의 시체야. 성녀의 피를 전신에 묻히고, 그런 달콤한 냄새를 풀풀 풍기는 건 어서 공격하라고 외치는 거나 마찬가지잖아. 어젯밤 내내 마물이 몰려왔어. 피아는 인기가 참 많구나."

"아니, 이거 몇 마리인 건데? 50? 아니, 60? 아닌가. 심지어 다 강해 보이는 마물들이야……."

그렇게 말하던 나는 애초에 이 숲에 들어온 이유를 떠올렸다.

"'성인 의례'! 이런, 아침이잖아!! 꼬박 하루가 지나버렸네. 언니가 걱정하겠어!"

나는 단검을 꺼낸 뒤 자빌리아를 올려다보았다.

"이 마물의 마석을 가져가도 돼?"

자빌리아가 고개를 끄덕인 것을 확인한 뒤 가장 가까이 있는 마물에 단검을 찔러 넣어 마석을 꺼냈다.

"미안, 언니가 걱정하니까 돌아갈게!"

"기다려. 태워줄게."

그렇게 말하더니 자빌리아는 내가 타기 쉽도록 몸을 앞으로 숙였다.

흑룡을 보면 엄청난 소란이 일어날 것 같은 느낌도 들지만, 수단을 가리고 있을 때가 아니다.

지금은 1초라도 빨리 돌아가야만 한다. 그렇게 하지 않으면 언니가 기사령 내의 기사를 모아서 수색대를 편성할 테니까.

나는 자빌리아에게 매달려서 집을 향해 서둘렀다.

【SIDE】차남 레온

나는 레온 루드.

루드 기사 가문의 차남으로, 아버지에게서 갈색 머리카락과 검술 실력을 물려받았다.

기사 가문의 인간은 기사가 된 뒤에야 비로소 인간으로 간주된다.

그렇기에 우리 가문에서 인간은 기사인 아버지와 형과 누나와 나를 말하고, 동생인 피아는 인간 미만이다.

심지어 그 녀석의 검술 실력은 처참하다. 평생 기사가 되지는 못하겠지.

즉 그 녀석이 인간이 될 일은 없다는 뜻이다.

그래서 어디서 죽든 말든 아무래도 상관없다. 오히려 죽으면 쓸데없이 식량을 축내지 않아도 되니 더 좋지 않은가.

그런데 '성인 의례'를 치르러 간 그 녀석이 예정된 시간을 지나도 돌아오지 않는다며 아침부터 누나가 난리를 피웠다.

기사가 되기 전 단계인 '성인 의례'조차 통과하지 못한다니, 절대로 기사가 되지 못한다는 소리다. 그러니 내버려 두면 될 텐데. 시체든, 반시체 상태로 살아있든 숲의 짐승이나 마물이 처리해주겠지.

그런데 누나는 수색대를 편성하여 숲에 가겠다고 주장했다.

어느새 나까지 수색대의 일원에 집어넣었다.

기사단 내에서는 먼저 입단한 누나가 선배이기 때문에 쉽게 싫다고 거절도 못 한다.

젠장. '성인 의례' 때는 가족 전원이 모인다는 관습도 이번만큼은 무시할 걸 그랬다.

나는 갑옷을 입고 허리에 검을 찬 뒤 현관 앞에 있던 수색대에 합류했다.

이미 모여 있던 기사 중에 잘 아는 얼굴을 발견하고 놀랐다.

놀랍게도 경애하는 형님마저 수색대에 속해 있었다!

형님마저 끌어낸 누나의 수완에 감탄하며 기쁜 마음으로 형님에게 말을 걸려고 한 그때였다. 주위가 소란해졌다.

"저건 뭐지?"

"마물이다! 대형 마물이 어마어마한 속도로 오고 있어!"

소리가 나는 쪽을 돌아보자 멀리서도 대형임을 알 수 있는 마물이 이쪽을 향해 날아오고 있었다.

등을 타고 오한이 내달렸다.

와, 위험한데.

검은 용으로 보인다.

……정말로 전설 속의 마물, 흑룡왕인가?

그렇다면 전멸이다.

단장급이 인솔하는 정예 기사 300명이 상대해도 이길 수 있을지 불확실하다. 여기에 있는 20명 정도의 기사와 수습 기사로는 답이 없다.

나는 검을 빼 들고 형님을 향해 소리쳤다.

"여기는 저희가 막겠습니다! 형님께선 마물 출현에 대해 기사단에 보고를!"

하지만 형님은 미동도 하지 않고 우뚝 선 채 흑룡을 보고 있나.

뭐지? 설마 형님께서 공포에 질려 움직이지 못하실 리는 없는데?

그렇게 생각하는 나에게 형님이 터무니없는 말을 했다.

"저 흑룡의 등에 타고 있는 인간은, 막내인 피아인가?"

"……네??"

설마 형님께서 공포에 질려 환각을 보고 계시는 건가.

의아해하면서도 흑룡에게 시선을 준 나는 경악하며 눈을 부릅떴다.

그래 봤자 원래 눈이 가늘기 때문에 얼핏 보면 잘 알 수 없을 테지만.

……정말로 흑룡의 등에 올라탄 그 녀석의, ……피아의 모습이 보인다.

……아무래도 나도 공포로 인해 환각이 보이게 된 모양이다.

6 성인 의례의 결과

예상했던 대로 현관 근처에는 20명 정도 되는 사람이 모여 있었다. 아마 나를 찾기 위한 수색대다. 왜냐하면 중앙에 언니가 보이니까.

50m 정도 앞에서 흑룡에게 내려가자고 한 뒤, 허겁지겁 등에서 뛰어내려 언니를 향해 달려갔다.

하지만 언니 앞에 도착하기 전에 첫째 오빠가 사이에 끼어들었다.

알디오 루드.

루드가의 장남이자, 12살의 나이에 최연소로 기사단에 입단한 천재다.

단정하고 날카로운 미모와 아이스블루의 머리카락, 영리한 기술을 지닌 그는 23살의 젊은 나이에 '얼음의 기사'라는 이명을 지니고 있다.

"너와 저 흑룡은 무슨 관계지?"

내 앞을 가로막고 선 알디오 오빠는 감정이 전혀 실리지 않은 평탄한 목소리로 물었다.

……어? 이거 나에게 물어보는 거지?

내가 대답해도 되는 거지?

옛날부터 천재인 알디오 오빠는 강한 기사가 되는 일에 탐욕스러웠다.

강해지기 위한 노력은 아끼지 않았고, 그 외의 사항에는 시간을 쓰고 싶어 하지 않는 듯했다.

그래서 언젠가부터 알디오 오빠에겐 내가 보이지 않게 되었다.

사실은 보였던 건지도 모른다.

하지만 나와는 결코 시선을 마주하지 않고, 대화도 나누지 않았다.

알디오 오빠의 세계에 나는 존재하지 않게 되었다.

지난 5년간, 계속.

그런 오빠와 눈이 마주치고 질문을 받다니!

큰일이다. 긴장해서 발음이 꼬일 것 같다.

나는 신중하게 입을 열었다.

"……자빌리아와 저는 친구입니다."

좋아, 100점 만점의 대답이었어!

전설급 마수와 사역마 계약을 맺었다고 솔직하게 대답했다간 어째서 그렇게 된 거냐는 심문을 받을 게 뻔하다.

그러면 '사실은 성녀였습니다!'라고 고백하게 될 것 같은 느낌이 든다.

그렇다고 해서 '그냥 지나가던 흑룡입니다'라고 하는 것도 부자연스럽고.

딱 적당히 중간쯤 되는 대답이었어. 장하다, 나!

그렇게 자화자찬하는데 자빌리아가 '저런……' 하는 느낌으로 고개를 돌렸다.

알디오 오빠는 한쪽 눈썹을 꿈틀거리더니 다시 입을 열었다.

"……마물은 일정 수준 이상으로 강한 개체가 아니면 이름이 없다. 이름은 힘과 직결되는 것이니, 마물은 이름을 숨기지. 마물이 이름을 알려주는 상대는 예속되어도 괜찮다고 여기는 계약자뿐이다."

"어? 그래? …………아, 아앗. 자빌리아의 계약자랑 방금 전까지 같이 있어서, 계약자가 자빌리아라고 부르길래 어영부영 주워들었다고 해야 하나."

"마물이 직접 허가한 사람 외에는 그 이름을 부르는 것을 용서하지 않는다. 옆에서 듣고 알았다고 해서 입에 담았다가는 그 순간 갈가리 찢길 테지."

……큰일이다.

역시 천재로 이름 높은 현역 엘리트 기사님.

마물 지식도 대단하고, 주장도 논리정연하다.

진다. 이건 완벽한 패배가 보인다.

……이럴 때는 과감하게 화제를 바꿀 수밖에 없어!!

"'성인 의례'요! 마석 가져왔습니다! 확인해주세요!"

그렇게 말한 뒤 억지로 오빠의 손에 마석을 올려놓았다.

오빠는 직경 5cm 정도의 마석을 보더니 눈을 가늘게 떴다.

……어, 어라?

어릴 때의 기억에 따르면 알디오 오빠가 이런 표정을 지을 때는 설교할 때였던 것 같은데.

뒤에서 차남인 레온 오빠가 황당하다는 목소리로 소리쳤다.

"……뭐야? 이 터무니없이 큰 마석은! 저건 A급 마물은 되어야 나오는 거잖아!"

알디오 오빠는 눈을 가늘게 뜬 채로 나를 바라보더니 말에 힘을 꾹꾹 눌러 담으며 말했다.

이건 화났을 때의 습관이다.

"마물은 토벌 난이도에 따라 A랭크부터 H랭크까지 나뉘고, A랭크가 가장 어렵지. 정확하게 말하자면 A랭크 위에 S랭크, SS랭크가 있고 네가 데려온 흑룡이 SS랭크다. 복수의 기사단장과 정예 기사 300명을 동원해도 토벌할 수 있을지 불확실한 수준이지."

"……어? 용은 중견 기사 100명으로 토벌하는 거 아니었어요?"

"일반적인 용이라면 그렇지. 하지만 흑룡은 고대종이자 상위종에 해당된다. 통상적인 용과는 달라."

"……그, 그렇구나."

"그리고 마석 말이다만, 마석의 크기와 마물의 강함은 비례한다. 이 크기의 마석이라면 A랭크의 마물에게서만 나오지. A랭크는 50명의 기사가 팀을 이뤄서 간신히 토벌할 수 있는 수준이다. 너는 혼자서 이 마석을 가져왔다는 건가?"

"…………죄, 죄송합니다————!!"

틀렸다. 완전히 글러 먹었다. 깨끗하게 사과할 수밖에 없어!

천재를 상대로 범인이 대적할 수 있을 리가 없었다.

오빠를 보지 않도록, 최대한 머리를 숙인 뒤 성녀라는 부분만 빼고 전부 이야기했다.

"숲에서 다친 흑룡을 발견했습니다. 상처를 치유하기 위해 유체화한 상태라서, 새끼 새인 줄 알았어요. 언니에게 받은 회복약을 사용했더니 상처가 나았고, 그랬더니 고맙다며 사역마 계약을 맺어줬습니다. 피곤해서 숲에서 하룻밤을 보냈다가 밤사이에 마물이 나타난 걸 자빌리아가 퇴치해주었고요. 마석은 그 마물에게서 꺼내왔습니다. 거짓말해서 죄송합니다!"

"사역마 계약이라니. 너. 저, 전설의 흑룡왕과……."

레온 오빠가 망연해하면서 중얼거렸다.

"새끼 새? 새끼 새라고 했어? ……흑룡왕인 나를?"

자빌리아도 멍하니 중얼거렸다.

"얼핏 앞뒤가 맞는 것처럼 들리지만 구멍투성이군. 고작 회복약으로 나을 수 있는 상처는 한정적이다. 고대용종의 회복력과 비교하면 미미한 수준이지. 그런데 흑룡이 사역마 계약을 맺을 정도의 은혜를 느꼈다는 건가?"

알디오 오빠가 더없이 냉정하게 추궁했다.

큰일이다. 혼란스럽다.

그보다 이 천재 진짜 집요하네. 아니, 이 집요함 덕분에 정답에 도달할 수 있는 건가.

등에 식은땀이 줄줄 흐르는 나를 구해준 것은 역시 언니였다.

두 오빠를 밀어내듯 앞으로 나오더니 사람들을 스윽 둘러보고는 말했다.

"즉, 피아는 흑룡과 사역마 계약을 맺은 거지? 그렇다면 사역마가 쓰러트린 마물은 피아가 쓰러트린 것으로 간주할 수 있어. 좋아, '성인 의례' 통과!"

"······뭐? 음, 그건 그렇지만. 이미 논점은 그게 아니라······."

알디오 오빠의 말을 중간에 제지한 언니가 나의 등을 밀었다.

"피아, 너 꼴이 엉망이야. 머리카락도 부스스하고 얼굴도 옷도 피투성이잖아. 마물의 피는 기분 나쁘지? 씻고 와. 자, 여러분. 모여줘서 고마워! 피아가 무사히 돌아왔으니까 해산!"

아니, 이건 마물의 피가 묻은 게 아니라 내 피인데.

그렇게 생각했지만 솔직하게 말했다간 큰일이 날 것 같아서 얌전히 다물었다.

세상에는 진실이 필요하지 않을 때도 있는 법이다.

자빌리아에게 바래다줘서 고맙다는 말을 하지 못했던 걸 떠올리고 뒤를 돌아보자 눈이 마주쳤다.

자빌리아는 목을 쭉 굽히더니 내 귓가에 입을 가져다 댔다.

"무슨 일이 있으면 나를 불러. 계약이 있으니까 아무리 멀리 있어도 들을 수 있어."

그리고는 마치 비밀 이야기를 하는 것처럼 속삭였다.

전설급의 고대종, 흑룡왕. 내 어깨와 옆구리를 먹어 치우고 황천길까지 몰아붙였던 장본인.

하지만 신기하게도 자빌리아가 전혀 무섭지 않았다.

"고마워, 자빌리아. 또 보자."

······나중에 알아차린 거지만, 자빌리아는 전생도 포함해서 처음 사귄 마물 친구였다.

【막간】 루드가 가족회의

"…………그래서?"

루드가의 가주이자 동석한 기사들의 아버지이기도 한 돌프 제 14 기사단 부단장은 장녀인 올리아에게 시선을 맞추면서 입을 열었다.

"왜 굳이 가족회의를 시작해야만 하는 거지?"

저택에서 가장 큰 방에 피아를 제외한 4명——— 아버지인 돌프, 장남 알디오, 장녀 올리아, 차남 레온이 모여 지금 막 가족회의가 개최된 참이었다.

의제는 조금 전 흑룡을 타고 귀가한 피아에 대해서이다.

"아버지는 피아를 어떻게 할 생각인지 확인하기 위해서."

올리아는 아무런 의도도 없다는 듯한 표정으로 아버지에게 물었다.

반면 아버지는 생각에 잠기듯 한 손으로 턱을 어루만지더니 천천히 입을 열었다.

"그야, 우선은 기사단에 보고해야겠지. 사역마를 거느리는 건 개인의 자유 범위이고 보고할 의무는 없지만, 상대는 흑룡이니까. 방치하기에는 문제가 너무 커."

아버지의 말을 들은 올리아는 고개를 주억거렸다.

"역시 아버지야. 아버지는 가주로서 루드가의 권위를 끌어올릴 방법을 생각해주는 거구나."

"……무슨 뜻이지?"

칭찬을 받은 이유를 알 수 없었던 돌프는 순순히 올리아에게 질문했다.

올리아는 커다란 눈으로 아버지를 물끄러미 바라보더니 질문을 돌려주었다.

"아버지는 기사단장이 되고 싶은 거지?"

"그야 기사는 다들 기사단장을 목표로 삼는 법이다! 단장이 되어 최대한 총장의 도움이 되고 싶다고, 누구나 그렇게 생각하고 있을 터!!"

올리아는 생긋 웃고는 아버지를 향해 잔을 들어 올리는 시늉을 했다.

"그럼 축배를 들어야지. 피아 덕분에 아버지는 바로 기사단장으로 임명될 거야."

"……무슨 소리냐."

돌프가 미심쩍어하는 표정으로 올리아에게 물었다.

"흑룡은 나브 왕국의 수호수(守護獸). 흑룡을 거느리는 건 왕가의 비원이라고 들었어. 피아가 흑룡을 사역마로 삼고 부릴 수 있다는 걸 알게 된다면 왕가는 피아를 손에 넣으려고 할 거야. 가장 간단한 방법은 결혼이니까, 분명 왕족이나 상급 귀족 중 누군가가 피아와 결혼하러 오겠지."

올리아는 일단 말을 끊고는 아름다운 미소와 함께 아버지를 바라보았다.

"잘됐네, 아버지. 피아가 흑룡을 사역마로 삼았다고 보고하면 금방 피아의 결혼이 정해지겠지. 그러면 아버지는 왕족이나 공작의 장인이 될 테고. 아무도 아버지를 홀대할 수 없어. 바로, 정말로 바로 기사단장으로 임명할걸."

"무슨……!! 나는 절대, 그런 비겁한 방법으로 기사단장이 되지 않을 거다!!"

무심코 크게 소리치는 아버지를 바라보며 올리아는 생각에 잠기듯 고개를 기울였다.

"비겁한 방법인가? 유효한 수단이 있다면 그걸 이용해서 위로 올라가는 건 야심가로서는 당연한 행동이잖아. 아버지는 기사단장으로서 부족한 면모가 있는 것도 아니고. 큰 차이 없이 우수한 부단장이 여럿 있으니까, 그중에서 발탁될 수 있도록 딸의 결혼이라는 카드를 사용하는 건 부끄러워할 일이 아니야."

"아니, 죽도록 부끄러운 행위다!! 기사단장은 오직 실력으로만 정해져야 하는 법!! 나는 절대 그런 수단은 쓰지 않을 거다!!"

올리아는 난처하다는 듯 눈썹을 팔자로 휘었다.

"하지만 피아의 사역마가 흑룡이라는 걸 보고하면 그 순간 아버지는 피아의 결혼이라는 카드를 제시하는 셈이 돼. 피아의 결혼이 바로 정해질 테고, 아버지는 기사단장으로 임명될 테고, 동료 부단장들에게서 잘했다는 칭찬이 쏟아질걸."

"칭찬이 아니라 야유하고 멸시하겠지!! ……아, 안 돼!! 나는 절대 피아에 대해 보고하지 않겠다!! ……애초에 흑룡이라는 건 전설

속의 고대룡이지 않나. 왜 피아가 사역할 수 있는 거냐!! 착각이다! 그건 거무튀튀하고 용 비슷한 무언가지, 결코 흑룡이 아니야!!"

돌프는 경직된 얼굴로 소리친 뒤 올리아에게서 몸을 뒤로 물렸다. 그렇게 의자를 쓰러트리면서 일어나더니 아이들을 향해 외쳤다.

"자, 잘 들어라. 너희들도 착각하지 말도록! 피아의 사역마는 흑룡이 아니다! 거무튀튀하고 용 비슷한 무언가다!!"

그렇게 쾅! 하고 큰 소리를 내며 문을 닫은 뒤 돌프는 쿵쿵 거친 발소리를 내면서 방에서 나가버렸다.

올리아는 돌프가 나간 문을 씩 웃으면서 바라본 뒤 오빠와 동생을 돌아보았다.

"루드가의 가주가 피아의 사역마는 흑룡이 아니라고 단언했네. 가주의 말은 절대적이지? 두 사람 다, 실수로도 가주의 말을 어기고 피아가 흑룡을 사역했다는 소리를 떠들고 다니지 않도록 해."

"올리아 너, 지금 그건 완전히 아버지를 몰아넣은 거잖아!!"

차남 레온의 말에 올리아의 눈이 조금 가늘어졌다.

"어라? 동생 주제에 나에게 대드는 거야? 올리아가 아니지. 누나라고 불러보렴."

레온은 불만이라는 양 얼굴을 찡그리고는 마지못해 입을 열었다.

"……누나에게 굴복하는 건 아니지만, 나도 피아가 사역한 건 흑룡왕이 아니라고 봐. 생각해 봐! 기사가 될 수 있을지도 의심스러울 만큼 약한 그 녀석이 전설의 마물이라며 두려움을 받는 흑룡왕을 거느릴 수 있을 리가 없잖아. 어떤 우연이 겹쳐졌다고 해도 불가능해! 그러니까 나는 내가 믿지 않는 걸 말하지 않아. 피아가 흑룡왕을 사역마로 삼았다고 하는 건 그 녀석의 착각이야. 피아에게는 사역마가 있지만, 그건 거무튀튀하고 용 비슷한 무언가야. 흑룡왕이 아니라!"

올리아는 레온의 말에 흡족하게 고개를 끄덕인 후 장남인 알디오를 바라보았다.

알디오는 한숨을 한 번 쉬더니 아무래도 상관없다는 듯 입을 벌렸다.

"가주가 정한 일에는 따라야지. ……솔직히 나는 기사도의 극치에 다다르는 일에 전념하고 싶으니 주위가 소란스럽지 않은 게 더 낫다."

거기서 말을 끊은 뒤 알디오는 올리아를 힐끔 쳐다봤다.

"하지만 한 가지 정정해두마. 알면서 한 말일 테지만, 설령 피아가 사역한 거무튀튀하고 용 비슷한 무언가가 흑룡이라고 해도 왕족도 상급 귀족도 피아와는 결혼하지 않을 거다. 그분들이 혼인을 맺는 상대는 성녀님뿐이니까."

알디오의 말을 들은 올리아는 눈을 데굴 굴리더니 어깨를 으쓱했다.

"물론 알지. 이건 혼잣말인데, 거무튀튀하고 용 비슷한 녀석을 사역한 피아가 성녀님보다 더 가치가 있다고 보지만. ……왕족분들의 성녀 편중은 도가 지나치단 말이지."

"올리아!"

"네네, 혼잣말인걸요."

스스로도 지나치게 불경한 말이라는 자각이 있었던 올리아는 알디오의 경고에 순순히 응했다.

"뭐, 하지만 실제로 그 거무튀튀하고 용 비슷한 녀석은 흑룡치고는 작긴 해. 흑룡이 아니라 다른 마물이라고 생각하는 게 더 그럴싸한데. ……뭐, 됐어. 마물은 내 분야도 아니고, 피아가 '흑룡의 계약자'라고 떠받들어지면서 괜한 견제를 받게 되는 일이 없다면 그걸로 충분해."

올리아는 그렇게 중얼거린 뒤 의자에서 일어났다.

"그럼 우리 가문의 기사와 수습 기사들에게도 가주의 결정을 전달해둘게."

그렇게 올리아는 재빠르게 방에서 나간 뒤 위풍당당한 발걸음으로 기사들이 있는 곳으로 향했다.

───그로부터 일주일.

야무진 것처럼 보이는 올리아라고 해도 역시 루드가의 일원이다.

정작 피아 본인에게 입막음을 하지 않았다는 걸 떠올린 것은 자신이 소속된 기사단에 돌아온 뒤였다.

"이, 이런! 가장 중요한 걸 잊어버렸어!!"

올리아가 소속된 기사단은 왕도(王都)에서 멀리 떨어져 있다.

지금 올리아가 할 수 있는 일은 피아가 신중하게 행동해주길 기도하는 것뿐이었다…….

"피아, 미안해. 언니가 덤벙댔어! 그러니까 실수하지 마──!!"

별에게 기도를 바치는 올리아. 그 소원은 피아에게 닿을…… 것인가?

7 성녀의 힘 테스트

'성인 의례'로부터 사흘 동안, 나는 방에 틀어박혀서 지냈다.

너무 많은 정보를 제대로 처리할 수 없어서 힘이 빠지는 바람에 멍하니 있었다는 게 그 실체지만.

그리고 오늘 아침, 아버지와 오빠들과 언니가 다 기사단에 돌아간다고 하기에 드디어 방에서 빠져나와 배웅한 후 저택 뒤에 와 있었다.

사흘간 방에 틀어박혀 있었던 덕분에 머리가 개운하다.

기억도 주요 부분은 다 떠올렸고.

먼저, 내가 대성녀로서 살던 시대에서 약 300년이 지났다.

그리고 이번 생에도 전생과 같은 나라에 태어났다.

전생의 나는 전설이 되었고, 현 왕가에는 그 피가 이어져 내려오고 있다고 전해지고 있지만 그건 거짓말이다. 왜냐하면 나는 결혼은커녕 사랑도 해보지 못한 채 죽었으니까.

아, 떠올렸더니 칙칙한 전생 때문에 기분이 우울해진다…….

전생에서는 다들 마력을 지니고 있었고, '공격마법을 쓸 줄 아는 자'와 '회복마법을 쓸 줄 아는 자' 중 하나로 나뉘었다. 비율로 따지면 1:9로 회복마법 사용자가 압도적으로 많았다.

다만 공격마법과는 술식이 다른 건지, 회복마법을 사용할 때는 막대한 마력이 필요하다. 평균적인 마력을 지닌 사람이 회복마법을 한 번 사용하면 마력 고갈을 일으켜버릴 정도다.

그래서 전생에선 성녀는 다들 정령과 계약했다.

계약하면 대기 중에 있는 마소(魔素)를 에너지로 사용할 수 있게 되니 마소 9:마력 1로 회복마법을 사용할 수 있기 때문이다.

"……생각해 보니 정령과 계약하기만 해도 10배나 되는 회복마법을 사용할 수 있다는 건 대단한 일이란 말이지. 다들 정령과 계약하고 싶어 한 것도 이상하지 않아."

머릿속으로 생각하고 있던 게 나도 모르게 입 밖으로 나오고 말았다.

……여기서부터는 추측이지만, 지난 300년 사이에 어떠한 이유로 정령의 계약이 사라진 게 아닐까.

정령과 계약한 자는 손등에 계약문양이 새겨지는데, 현세대의 성녀에게 계약문양이 있다는 이야기는 들어본 적이 없으니까.

……그렇다면 현세대의 성녀의 힘은 어디서 오는 걸까?

답은 '정령 계약자의 자손'이라는 점이라고 본다.

정령은 무척 배려심이 넘친다.

계약자의 아이, 그 아이, 그 아이의 아이로 이어지는 핏줄에게도 계약의 힘을 줄 정도로.

다만 그 힘은 점점 약해지기 때문에 전생에선 혈연 계승에 의한 힘에는 의지하지 않고 각자 정령과 직접 계약을 맺었다.

시기는 명확하게 알 수 없지만, 예를 들어 100년 전에 정령과의 계약이 사라졌다면 현재 성녀의 힘은 100년 전에 맺은 계약의 힘이 그 증손녀나 고손녀에게 이어진 셈이 된다.

즉 3, 4대나 전의 계약에 의지하는, 무척 약한 힘이다.

애초에 조상이 어지간히 강한 정령과 계약을 맺지 않은 한 중간에 힘이 사라져버려서 계승되지 못할 것이다.

"그렇게 보면 요즘은 성녀가 극단적으로 적은 것도 이해가 가……."

정령 계약의 힘을 어떻게든 계승한 사람이자 우연히 회복마법에 소양을 지닌 여성이 현세대의 '성녀'로 인정받고 있다는 게 되니까.

그리고 현세대에선 대부분 회복마법을 사용하지 못하니 그 힘이 아무리 미약하다고 해도 환영받는 거겠지. 음, 성녀를 숭상할 만도 하네.

…….

……내가.

내가 '성녀'라는 게 들키면 전생에 나를 죽인 마물이 찾으러 오겠…… 지.

전생에서 나를 죽일 때 그렇게 선언했으니까.

…………………….

……응, 확실하게 죽겠다.

내 검술 실력은 혼자 마왕의 오른팔을 격퇴할 수 있을 정도로 뛰어나지 않다.

전생의 오빠 세 명은 더없이 비열한 작자들이지만 어마어마하게 강했는걸.

애초에 성녀는 회복 특화이기 때문에 공격 담당과 팀을 이뤄서 제 기능을 발휘한다.

혼자 돌진해봤자 틀림없이 개죽음을 당할 뿐.

"……좋아, 정했어! 전생의 오빠들 수준의 검사가 세 명 정도 동료가 되어줄 때까지는 '성녀'의 힘을 봉인하자!!"

나는 개운해진 기분으로 하늘을 우러러보았다.

만약 성녀의 힘이 도움이 된다고 한다면 힘이 되고 싶다.

"그러니까……."

나는 검을 빼 들고 허리를 숙였다.

눈을 감고 몸속에 흐르는 마력을 확인했다.

이거지. 애초에 이걸 확인하기 위해 저택 뒤로 온 거라고.

"《신체 강화》 공격력 2배! 속도 2배!"

수평으로 검을 휘두르자 10년쯤 묵은 나무가 깨끗하게 두 동강이 났다.

"와아, 대단해라!"

여태까지는 죽었다 깨어나도 불가능했던 움직임에 환호성을 질렀다.

……좋아, 좋아. 느낌이 아주 좋아.

이런 식이라면 전생을 떠올리고 생긴 성녀의 힘을 제법 써먹을 수 있지 않을까.

위력은 떨어지고 횟수도 줄어들지만.

마력만으로 회복마법을 사용하는 거라면 전생에 나를 죽인 마물에게도 들키지 않을 거다.

이제는 '회복마법을 쓸 수 있는 자'를 성녀라고 부르는 것 같지만,

전생에선 '정령과 계약한 자'를 성녀라고 불렀으니 마물은 정령의 잔해를 통해 성녀를 찾을 테니까.

정령의 힘을 사용하지 않는다면 정령의 잔해도 남지 않고, 대기 중의 마소도 흐트러지지 않는다. 눈치챌 수 없을 거야.

"……옛날부터 기사에 그렇게 집착한 이유를 알겠어. 마음속 깊은 곳에서는 성녀가 되면 죽는다는 걸 알고 있으니까, 성녀 말고 다른 직업에 필사적으로 매달렸던 거야."

기사단 입단시험까지 앞으로 석 달.

성녀의 힘을 하나하나 시험해 보면서 내가 할 수 있는 일을 확인해나가자.

8 기사단 시험

그리고 석 달 뒤.

나는 왕도에 있는 왕성 안에서 기사단 시험을 받기 위한 수험 F열에 서 있었다.

왕도에는 어제 도착해 여관에서 여유롭게 시간을 보냈다.

"그나저나 정말 많네."

주위를 둘러보고 인원수에 새삼 깜짝 놀랐다.

100명의 합격자가 나오는 시험에 5,000명~10,000명의 응모 자가 모인다고 하니까, 이렇게 많을 법도 하지만.

기사단 시험은 기사 양성학교 졸업전형과 일반전형 시험이라 는 두 종류가 있는데 각각 다른 날에 이뤄진다. 오늘은 일반전형 의 시험일이다.

우리 집 같은 기사 가문 출신은 대부분 기사 양성학교에 입학 하지만, 장남인 알디오 오빠가 입학하지 않았기 때문에 동생들도 자연스럽게 입학하지 않았다.

참고로 기사 양성학교 졸업전형은 150명의 졸업생 중 100명의 합격자를 뽑으니까 학교를 졸업하기만 한다면 기사가 되는 건 그 렇게까지 어렵지 않다.

'대성녀의 힘'에 대해서는 지난 석 달 동안 검증을 마쳤다.

결과는 '거의 전생과 같은 수준의 회복마법을 쓸 수 있다'였다.

완전히가 아닌 이유는 '공격마법 방어'나 '질병 쾌유' 등, 피험자가 없어서 재현할 수 없는 게 있었기 때문이다.

적어도 검증할 수 있었던 마법은 다 쓸 수 있었으니, 전생과 마찬가지로 쓸 수 있지 않을까? 하는 희망 회로를 돌리고 있다.

그리고 전생에서 내 마력량은 평균의 1,000배 정도 있었는데 지금도 비슷한 수준인 것 같았다.

이렇게 말하면 얼핏 대단해 보일 테지만, 고도의 마법을 사용할 때는 마력을 엄청나게 잡아먹기 때문에 종류에 따라서는 몇 번밖에 쓰지 못한다.

전생에서는 정령과 계약했기 때문에 마소 9:마력 1의 비율로 마법을 쓸 수 있었으나 지금은 마력만 쓰게 되니까 전생의 10분의 1밖에 못 쓴다는 뜻이다.

이거 마력을 최대한 절약해야겠는데…….

또, 검증 자체는 일주일 만에 끝나서 남은 시간은 마법 훈련에 사용했다.

전생에서는 직접 상대와 싸우는 일이 없었으니, 신체 강화를 나에게 걸고 매끄럽게 행사하는 게 꽤 어려웠기 때문이다.

하지만 석 달 동안 진득하게 내 능력과 마주 본 뒤 자신감이 붙었다.

오늘은 어디까지 할 수 있을지 시험해 봐야겠다는, 조금 가벼운 기분이었다.

1차 시험은 기사를 상대로 한 공격 받기 테스트라고 한다.

시험관인 기사의 공격을 10번 받아내면 합격이라는 단순한 내용이다.

그러고 보면 언니가 입단 1년 차, 2년 차는 전부 입단시험에 동원된다고 했었는데. 이걸 말하는 모양이다.

시험관은 아직 젊은 기사라는 거지.

이름의 머리글자로 수험생을 나눠놓았기 때문에 F열에 서 있던 나는 내가 선 대기열의 맨 앞을 확인하고…… 눈이 휘둥그레졌다.

"힘이 부족해! 더 버텨!!"

시험관이 그렇게 말하며 수험생의 목검을 날려버렸다.

저 갈색 머리카락과 작은 눈은…….

"이 레온의 검을 튕겨낼 수 있는 녀석은 없는 거냐!"

……응. 본인이 먼저 이름을 밝혔네. 레온 오빠다.

그보다 일개 시험관이 저렇게 개성을 드러내도 괜찮은 거야?

계속 지켜보자 레온 오빠는 잇달아 수험생의 검을 튕겨냈다.

……1차 시험이 원래 이랬나?

아니, 어중이떠중이를 여기서 걸러낼 테니까 불합격자가 더 많은 건 이해하지만. 50명 정도가 연속으로 탈락한 데다 전원이 1합만으로 검이 날아가 버렸다.

옆줄의 시험관을 보자 1합, 2합, ……계속 검을 맞대고 마지막 10합째에 수험생의 검을 날렸다.

그런 뒤에 5명 중 1명꼴로 합격시켰다.

그래. 레온 오빠, 합격자를 낼 마음이 없구나.

애초에 시험이라는 걸 잊어버린 게 아닐까.

이건 동생으로서 한마디 해두는 게 좋으려나······. 그런 생각을 하고 있었더니 뒤에서 누군가가 내 어깨를 두드렸다.

그쪽을 돌아보자 멋진 흉근이 눈에 들어왔다.

와우, 옷 위로도 보일 정도의 근육이라니 대단한데. 그보다 돌아봤더니 가슴이 보일 정도면 키가 얼마나 큰 거야.

고개를 들자 은빛 머리카락을 지닌, 왕자님 같은 미형의 남자가 서 있었다.

······와아아.

미, 미리 말해두지만 전생도 포함해서 남자와 그렇고 그런 일은 한 번도 없었거든요. 면역력이 없습니다.

······이, 이렇게 가까운 거리에서 눈이 마주친다는 건 꽤 레벨이 높지 않아?! 사귀는 남녀가 할 짓 아니야??

순간적으로 들떠있던 나는 퍼뜩 정신을 차렸다.

아니지. 이런 미남이 나에게 볼일이 있다는 건 주의를 주거나 설교를 한다거나 그런 목적일 거야.

"······보, 복장이 흐트러져있나요? 헉, 아침에 먹은 계란 프라이가 이에 꼈나요?!"

은발 미남은 난처하다는 듯 눈썹을 휘더니 열의 뒤쪽을 가리켰다.

"불쾌했다면 미안해. 우리 쪽 시험관은 조금 독특한 건지 수험생을 전원 탈락시키고 있잖아. 하지만 1차 시험에서는 각 시험관은 수험생의 2할을 합격시켜야 한다는 규칙이 있어. 저런 타입의 시험관은 수험생이 얼마 남지 않게 되면 옆의 시험관에게 주의를 들고 급하게 합격자를 뽑기 시작할 거야. 그러니까 뒤쪽으로 가서 서는 게 합격 가능성이 올라갈 것 같은데, 어때? 봐. 여성 수험생은 다들 맨 뒤로 가서 서 있잖아."

정말로 은발 미남이 가리킨 열의 뒤쪽에는 여성 수험생들이 모여 있었다.

우와, 대단한데. 기사단 시험에서 기사도를 봤습니다.

이런 배려심이라니. 그렇다면 미남이 조언해준 대로 순순히 따라야겠지…….

"친절하게 알려주셔서 감사합니다."

나는 최대한 살았다는 분위기를 내면서 가볍게 머리를 숙인 뒤, 원래 서 있던 자리에서 이탈해 열의 맨 끝으로 이동하려다가…….

"피아, 도망치지 마! 앞으로 나와!!"

레온 오빠에게 들켰다.

아아아, 오빠. 미남의 배려가 물거품이 되었잖아요…….

나는 걱정스러운 표정을 짓는 은발 미남에게 '당신의 친절이 되레 내 순서를 앞당겼다거나, 그 때문에 화가 났다거나 하는 일은 절대 없습니다──' 라는 뜻을 전하기 위해 최대한 웃는 얼굴로 설명했다.

"오빠예요. 부름을 받았으니 다녀오겠습니다."

시험관에게 지명을 받는 수험생은 별로 없을 테지.

시선이 모이는 걸 느끼며(적어도 같은 열의 수험생은 전부 다 쳐다보는 것 같았다) 오빠가 있는 곳까지 달려갔다.

"나에게서 도망치려고 하다니, 배짱이 두둑하구나! 거무튀튀하고 용 비슷한 무언가를 예속시켰다고 거만해진 것 아니냐? ……자, 덤벼!"

"……거무튀튀하고 용 비슷한 무언가가 뭐야? 응? 이런 상황에 수수께끼?"

"예속이라고 했잖아. 마물을 예속시켰다는 건가?"

"……하하, 설마. 마물은 자기보다 강한 인간에게만 예속된다고. 현직 기사도 그렇게 쉽게 할 수 있는 일이 아니야."

오빠의 외침을 들은 주위 수험생이 술렁거렸다.

……최악의 상황입니다요, 오빠.

내 몸의 안전이 보장될 때까지는 성녀라는 걸 들키기 싫어서 조용히, 눈에 띄지 않고 지낼 생각이었는데 대체 무슨 짓이야!

나는 목검을 들고 한 칸 높게 올려둔 시험대에 올라갔다.

"잘 부탁드립니다."

꾸벅 인사한 뒤 간격을 좁혔다.

이 이상 난감한 발언을 하기 전에 빨리 끝내버려야지.

"《신체 강화》 공격력 1.2배! 속도 1.2배!"

작은 목소리로 중얼거려 몸을 강화했다.

동시에 오빠가 공격을 가했다.

따악! 하는 날카로운 소리와 함께 목검이 부딪치자 나는 한 걸음 뒤로 물러났다.

"오……?"

처음으로 1합만에 목검을 날려 보내지 못한 오빠는 의외라는 얼굴로 쳐다보았다.

반면 나는 오빠를 조금 다시 봤다.

오빠, 강하잖아!

공격력과 속도 둘 다 강화했는데 아직 오빠가 더 위다.

검이 튕겨 나가지는 않았지만, 밀려서 한 걸음 뒤로 물러나고 말았다.

《신체 강화(갱신)》 공격력 1.5배! 속도 1.5배!"

마법을 새로 바꿔서 덮어썼다. 이러면 어떠냐.

나는 두 손으로 목검을 단단히 고쳐 든 뒤 2합, 3합, 4합을 오빠와 맞댔다.

1합 때와 달리 비틀거리지도 않고 균형을 유지하며 검을 맞대는 나를 미심쩍은 얼굴로 바라보는 오빠.

그리고 점점 속도가 올라갔다.

5합, 6합, 7합, 8합, 9합!

10합째가 왔을 때, 나는 한 걸음 앞으로 파고드는 것과 동시에 검에 체중을 실어서 밀어냈다.

부웅!

허공을 가르는 소리와 함께 오빠의 검이 날아갔다.

······아, 이런.

명백하게 수험생의 시선이 집중된 것을 알아차린 나는 순간 굳었다가····· 고민한 끝에····· 오빠를 향해 헤실헤실 웃었다.

"역시 시험관님. 일정 수의 합격자를 내기 위해 힘을 조절해주신 덕분에····· 즉, 많이, 상당히, 넉넉히 봐주신 덕분에 운 좋게,

기적적으로, 우연히 10합을 마칠 수 있었습니다."

힐긋 오빠를 보자 믿어지지 않는다는 얼굴로 입을 떡하니 벌린 채 나를 쳐다보고 있다.

······저런. 그런 표정을 지으면 내 혼신의 연기가 헛수고가 되잖아.

이거 빨리 퇴장하는 게 낫겠다.

"그럼 실례합니다. 한 수 가르쳐주셔서 감사합니다."

나는 계속해서 억지웃음을 유지하며 최대한 빠른 걸음으로 이동했다.

은발 미남이 있던 부근에서 푸흡, 하고 웃음을 터트리는 소리가 들렸지만, 당연히 돌아보지 않고 쏜살같이 회장에서 도망쳤다.

2차 시험은 필기였다.

아무래도 올해 수험생은 7,000명 정도고 2차 시험까지 남은 사람은 2할인 약 1,400명인 듯했다.

100명씩 시험장을 나눠서 자리에 앉았다.

"시험 시간은 100분이다. 시작!"

시험관의 선언이 떨어지자마자 수험생들이 손을 들었다.

"필기도구를 깜빡했습니다!"

"저도 깜빡했습니다!"

"저도요!"

……음, 3분의 1이 필기도구 없이 시험을 받으러 왔구나.

시험관이 손을 든 수험생에게 필기도구를 나눠주었다.

나는 어쩐지 풀어진 기분으로 문제지에 시선을 떨궜다.

기사단의 필기시험은 그리 어렵지 않다고 들었는데…….

『제1문 : 기사단의 제복을 그려라.』

"…………."

물론 시험관을 꼼꼼히 뜯어봤습니다!

다른 수험생도 마찬가지로 시험관을 보면서 제복을 그리고 있다.

……이게 뭐지. 제복을 입은 기사를 배치해놓고 제복을 그리라는 문제를 내다니, 서비스인가?

"뭐냐, 너희들. 날 보고 넋을 놓는 게 아니라 문제를 푸는 게 좋지 않겠어?"

시험관이 실실 웃으면서 주의를 주었다.

……아, 이거 진지하게 낸 문제구나.

'문제를 만든 사람은 제복을 입은 기사가 시험장에 배치되는 걸 상정하지 않았던 거겠지…….'

『제2문 : 멧돼지에게 쫓기는 청년과 굴러가는 사과를 쫓아가는 처녀가 있다. 어떻게 할 것인가?』

"…………."

……저, 정답을 모르겠어.

건너뛸까…….

『제3문 : 선배 기사가 기사단장의 험담을 늘어놓았다. 어떻게 할 것인가?』

"…………."

……어, 어라……?

시험 문제는 쉽다고 들었는데, 어렵잖아.

이대로는 안 된다. 뭐라도 적어야지…….

어디 보자…….

『제3문 답 : '기사단장이 너무 강해, 완전히 괴물이야'라고 말하는 선배 기사에게도 동의한다.』

앗, 이 답변 괜찮은데?

험담을 험담이 아니게 만들었고, 선배 기사에게도 동의했고.

어쩐지 어떻게 풀어야 하는지 알 것 같다. 2번 문제도 알겠다.

『제2문 답 : 오른발로 멧돼지를 걷어차고 왼손으로 사과를 잡는다.』

이거다!

대단한데. 뭐든 풀 수 있을 것 같은 느낌이 들어.

근거 없는 자신감이 넘쳐난 나는 신이 나서 차례차례 문제를 풀어나갔다.

3차 시험은 검술 실전 시험이었다.

아무래도 2차 시험은 어지간한 일이 없는 한 영향이 없는 건지, 거의 3차 시험 내용으로 합격 여부가 정해진다는 듯했다.

음, 1차 시험과 3차 시험의 내용을 따져보면 거의 검술 실력만 보는구나.

한 칸 높이 올린 시험대에 100명 정도 되는 시험관이 서 있었다.

나이는 20대 중반에서 30대 초반 정도. 중견 기사가 아닐까.

중앙에 선 시험관이 또렷하게 울리는 목소리로 설명하기 시작했다.

"3차 시험에서는 시험관과 3분간 모의전을 치른다. 시험관은 3인 1조로 대전하며, 한 명이 싸우는 상대고 다른 두 명이 심판을 맡는다. 승패에 좌우되지 않고, 심판이 전투 내용이 기사로서 걸맞다고 인정한다면 합격이다. 검은 자신의 것을 사용하든, 이쪽에서 준비한 기사단의 검을 사용하든 상관없다. 시험관은 날을 무디게 만든 철검을 사용한다. 이상."

나는 내가 가져온 검을 쓰기로 했다.

'성인 의례'를 통과했을 때 아버지에게서 받은 철검이다.

겉으로 보기에는 평범한 검으로 보이지만, 사실 마법으로 다양한 효과를 부여한 검이다.

공격력 2배, 속도 2배라는, 상당히 좋은 효과다.

여기에 효과부여 무기 특유의 빛나는 이펙트는 눈속임 마법을 걸어서 발광을 죽여 평범한 검으로 보이도록 해놓았다.

후후후, 사실 효과부여는 '잃어버린 기술'이니까 이 검은 아주 귀중하단 말이지.

요즘은 효과부여 무기를 손에 넣고 싶으면 효과부여 마법을 쓸 수 있었던 시대에 제작된 '황금시대의 유산'이라 불리는 무기를 사거나, 미궁 등에 있는 보물상자에서 우연히 발견하는 것 말고는 방법이 없다.

그래서 발광을 죽인 것은 고가의 무기임을 알 수 없도록, 도난 방지책을 겸한 것이기도 했다.

주위를 둘러보자 많이 써서 익숙한 무기가 좋은 건지 수험생 대부분이 자신의 검을 사용하고 있었다.

그래봤자 나와 마찬가지로 철검이 많고, 그리 값비싼 재료로 만든 검은 보이지 않았다.

뭐, 그렇겠지. 오늘은 일반전형 시험일이니까.

귀족이나 기사 가문의 자제는 기사 양성학교 졸업전형 시험을 받을 테니, 오늘 온 수험생은 상인의 자제거나 몇 년 동안 실력을 갈고닦은 모험가가 많을 것이다.

3차 시험도 머리글자의 알파벳에 따라 수험생을 나눠놓았기 때문에 나는 F열에 가서 섰다.

여성은 줄 맨 끝에 모여 있었기 때문에 이번에는 제때 뒤로 가서 섰습죠.

이미 시험이 시작된 뒤였기에 잠시 지켜보았는데, 역시 시험관은 강했다.

수험생과는 어른과 어린아이 정도로 차이가 났다.

기사로서 매일 적병이며 마물과 싸우고 있으니 당연한 건지도 모르지만, 이거 승리는 고려하지 않고 어떻게 질지 고민하는 게 좋을지도 모르겠네…….

생각에 잠겨있었더니 아무래도 1차 시험에서 나에게 말을 걸었던 은발 미남의 순서가 온 모양이었다.

와, 다행이다. 저 사람도 남았구나.

그리고 모의전이 시작되었고…….

나는 순식간에 그 시합에 매료되었다.

은발 미남은 다른 수험생과 비교하면 압도적으로 강했다.

아니, 시험관의 움직임과 비슷한 수준이다. 베테랑 기사와 똑같이 움직이고 있다.

대단한데!

설마 시험관에게 이기거나 하진 않겠지?

……그런 생각도 했지만.

시간이 지날수록 검을 휘두르는 속도가 느려졌고 검을 맞부딪쳤을 때는 힘에 밀려서 한두 걸음씩 뒤로 밀려났다.

어라?

그의 움직임이 신경 쓰여서 무심코 자세히 보기 위해 그쪽으로 다가갔다.

……다쳤나?

……오른팔이 부러졌잖아.

시험관도 눈치채지 못한 것 같지만, 나는 전생에 계속 대성녀로서 사람들의 부상을 치유해왔기 때문에 다친 부위와 상태를 간파하는 건 누구보다 잘한다.

팔을 움직일 때마다 격통이 퍼질 테지.

은발 미남의 이마에서는 땀이 뚝뚝 떨어지고, 검을 휘두르는 속도는 현저히 느려지고 있다.

다만 표정에는 전혀 드러나지 않기 때문에 시험관도 모르는 듯

했다.

마침내 시험관이 은발 미남의 검을 튕겨낸 건지, 내 눈앞으로 검이 슝 날아왔다.

은발 미남이 당황한 듯 달려왔다.

"미안해! 다치진 않았어?"

가까이서 보자 그의 얼굴은 붉게 달아올랐고 어깨도 헐떡이는 것이 숨을 쉬는 것도 힘들어 보였다.

머리카락도 옷도 땀으로 착 달라붙어 있다.

……대단해라.

한쪽 팔은 완전히 부러졌으니까 검을 맞대기만 해도 통증이 어마어마했을 텐데.

그런데도 비명 한 번 지르지 않고, 표정에도 드러내지 않는다니 얼마나 극기심이 강한 거야!

감탄하면서 그의 검을 집어 든 다음 건네는 척하면서 그의 오른팔을 건드렸다.

"……오른쪽 팔에 보호의 가호를."

마법 발동 시에 필요한 '핵심 단어'를 사용하지 않았으니 효과는 약하지만, 그래도 아픔은 가셨을 거다.

5분 정도라면 다쳤다는 게 느껴지지 않을 만큼 움직일 수 있을 터.

"……어?"

통증이 사라진 걸 눈치챈 모양이다.

은발 미남이 놀란 눈으로 자신의 오른팔을 보고 있다.

"시험관이 기다리는 것 같은데."

말을 걸자 그는 당황한 듯 몸을 돌렸다.

"어, 어어……."

그리고 시험대에 올라가 시험관과 모의전을 재개했다.

그 움직임은 조금 전까지와는 달리 힘이 느껴지고 재빨랐다.

시험관과 호각으로 싸우는 것처럼 보이기도 했다.

"대단해……."

무의식인 듯, 심판 역할을 하던 기사가 중얼거리는 목소리가 들렸다.

◇ ◇ ◇

……그리고 1시간이 지나고 2시간이 지났을 때 드디어 내 차례가 가까워졌다.

음, 맨 뒤에 선 폐해지.

내 앞으로 3명이 남았을 때 다른 그룹의 시험관이 내가 속한 그룹의 시험관에게 말을 걸었다.

"우리 그룹은 담당 수험생 전원의 시험이 끝났다. 몇 명은 이쪽에서 데려가지."

어우우, 이 남성치고는 조금 높은 섹시 보이스, 너무너무 잘 아는 목소리네요오오.

거봐. 알디오 오빠잖아!

나는 우리 쪽 시험관에게 말을 건 시험관의 얼굴을 보고는 무릎을 털썩 꿇었다.

뭐 하는 거야, 오빠.

주위를 좀 보라고. 다른 시험관은 다 자기 그룹이 끝나니까 도와줄 생각도 없이 철수했잖아.

부탁이니까 돌아가!

간절한 마음으로 오빠를 노려보았지만.

보람도 없이 나를 포함한 세 명의 수험생을 오빠가 넘겨받는 게 정해지고 말았다.

……합격 기준이 되는 1차 시험과 3차 시험 둘 다 친오빠가 담당하는 건 좀 그렇지 않아?

이거 만약 합격해도 나중에 항의가 들어오는 패턴 아닐까.

나로서는 어떻게 할 수 없는 일로 고민하고 있었더니 오빠가 시험대 위로 훌쩍 올라갔다.

"어? '얼음의 기사'가 직접 상대해주는 거야?"

"우와, 어떡해. 영광이야."

남은 두 수험생이 흥분한 듯 중얼거렸다.

아니, 조금도 영광이 아니거든.

오빠는 봐주는 걸 모른다고. 우리 세 명은 철저하게, 탈탈 털릴 거란 말이야.

……그리고 예상한 대로 첫 번째 사람은 2분 만에 항복하고, 두 번째 사람도 1분 30초 만에 항복했다.

으허허. 오랜만에 오빠가 싸우는 모습을 보았는데 변함없이 교본 같은 기술이구나.

정확하고 정밀한 검기.

……이거 제대로 싸워봤자 못 이긴다. 실력 차이가 너무 심하게 난다.

일격필살이라고 해야 하나, 일발필중이라고 해야 하나. 그런 특수공격이 없으면 불가능하다.

"피아, 죽일 생각으로 덤벼라."

……조용한 도발을 받았지만.

흐하하, 안 넘어갈 겁니다. 카운터를 먹일 생각이었겠지.

나는 남몰래 사기를 치기로 결심했다.

가슴 주머니에서 마석을 꺼낸 후 검의 폼멜에 뚫려있는 구멍에 끼워 넣었다.

물론 흑룡 자빌리아에게 받은 마석을 가공한 녀석이다.

무기든 방어구든, 재료에 따라 부여할 수 있는 마법에는 상한이 있다.

철검은 내가 부여한 공격력 2배, 속도 2배가 한계다.

반면 마석은 다른 재료에 비해 마법을 부여하기 쉽다. 직경 5cm의 귀한 마석이라면——A랭크 마물에게서만 나온다는 점에서도 알 수 있듯이——큰 마법을 부여할 수 있다.

"오빠, 필살 '찌릿찌릿검'을 받아보시라!"

나는 시험대 위에서 오빠를 마주 본 뒤 득의양양하게 필살기의 이름을 외쳤다.

"……너는 조금 더 어휘력을 늘리는 게 좋겠다. 그건 단순한 의성어다."

살짝 눈을 가늘게 뜨며 평탄한 목소리로 대답하는 오빠.

변함없는 설교로군요! 필살기 정도는 좋아하는 이름을 붙여도 되잖아!!

나는 개시 신호와 함께 오빠를 향해 달려들었다.

캉!

1합.

고작 한 번의 공격에 오빠의 무릎이 무너졌다.

"흐하하하하하, 봤느냐. '찌릿찌릿검'의 위력!!"

나는 거만한 자세로 다시 필살기의 이름을 크게 외쳤다.

반면 오빠는 한쪽 무릎을 꿇은 자세로 검을 지팡이처럼 세워서 상반신을 기대고 있다. 그러더니 날카롭게 이쪽을 노려보았다.

"무슨 짓을 한 거지……?"

"상태이상이야, 오빠. 이 검에 닿으면 100%의 확률로 마비되거든."

"무슨……."

오빠는 믿어지지 않는다는 얼굴로 쏘아보았다.

"너, 그런 대단한 마검을 어디에서 손에 넣은 거냐! 거무튀튀하고 용 비슷한 사역마에게 부탁한 건가?! 그보다 이 마비는 언제 낫는 거지?!"

"30분이나 1시간 정도? 적어도 3분 내로는 낫지 않아. 하지만 심판은 그런 걸 모르니까, 나는 이렇게 3분간 오빠에게 검을 겨누고 있으면 오빠는 움직이지 못하고 제한 시간이 다 되어서 내 승리로 합격이 굴러들어 온다는 말씀."

"……너, 그런 비겁한 방법으로 이겨서 만족하는 건가?"

"어리석은 질문이야, 오빠. 패배자는 변명을 늘어놓는 것조차 허락되지 않는다고. 승리는 승리야."

"나는 동생에게, 그런 기사도를 가르친 기억은 없어……."

"당연하지. 최근 오빠는 날 무시했으니까. 뭘 배운 기억도 없어."

코웃음을 치며 대답하자, 오빠가 무시무시한 눈빛으로 노려보았다.

"기억해둬라, 피아……."

어머나, 무서워라. 그거 아주 전형적인 패배자의 대사잖아.

그리고 3분 동안 오빠는 그 자세 그대로 나를 노려보다가 제한 시간이 끝났다.

심판을 포함해 그 자리에 있던 대다수가 딱 한 번의 공격으로 무릎을 꿇은 '얼음의 기사'를 망연한 얼굴로 바라보았다.

1차 시험과 마찬가지로 눈에 띄어버리고 말았다는 사실을 내가 깨달은 것은, 여관에 돌아간 뒤였다.

9 합격 발표

열흘 뒤, 기사단 입단시험의 결과가 발표되었다.

조심조심 합격 게시판을 들여다보고 내 번호를 발견했을 때는 진심으로 안도의 한숨이 흘러나왔다.

시험 다음 날에 3차 시험은 패배가 아니라 전투 방식을 보고 판정한다고 했던 것을 뒤늦게 떠올렸기 때문이다.

내 전투 방식은 견해에 따라서는 비겁하다고 간주되어 기사도에 어긋난다고 불합격이 되는 게 아닌지 걱정했다.

전생에서 실전을 많이 경험한 몸으로서는 살아남는 게 전부고, 승리 방식은 생각해본 적도 없었으나 앞으로는 조금 고려해야겠다고 맹세했다.

애초에 직접 검과 마석에 마법을 부여했으니 검의 힘도 내 힘인 것처럼 생각했지만, 냉정하게 따져보면 3차 시험은 검의 성능만으로 이긴 거라 내 실력과는 전혀 상관이 없었던 같은 느낌이…….

하하하. 메마른 웃음소리가 입 밖으로 흘러나가는 걸 내버려두며 배정표 앞에 멈춰 섰다.

합격 발표와 함께 배속처도 발표되었는데, 아쉽게도 기사 지망자는 다들 키가 크다 보니 훌륭한 엄폐물 노릇을 하고 있었다. 정작 발표 내용이 전혀 보이지 않는다.

어쩔 수 없으니 사람이 줄어들 때까지 기다리기로 하고 옆으로 빠졌을 때 목소리가 들렸다.

"안녕."

뒤를 돌아보자 기사단 시험에서 같은 F열에 있던 은발 미남이 있었다.

"배정표를 보러 왔다는 건, 너도 합격한 거 맞지?"

그렇게 말하며 싱긋 웃고는 오른손을 내밀었다.

우와, 어쩐지 일일이 반짝반짝 빛이 나서 왕자님 같아.

"자기소개를 해도 괜찮을까? 와이너 후작가의 적남(嫡男)인 파비안, 17살이야."

"……어?"

……후, 후작가라고 한 거야?

이 나라에 10명 정도밖에 없는 상위귀족이잖아?

심지어 적남이라고 했지. 헉. 차기 후작??

"……어? 후작이라니 도시 전설 아니야? 정말로 존재하는 거였나??"

전생에선 왕녀였지만 성에 틀어박혀 있거나 마물 퇴치하러 나가거나 둘 중 하나였기 때문에 귀족과는 그리 만난 적이 없었고, 지금은 신분 차이가 심하게 나기 때문에 만날 기회가 없다.

깜짝 놀라서 무심코 입 밖으로 튀어 나간 말에 그는 생각지도 못했다는 양 웃음을 터트렸다.

"실제로 후작인 건 아버지지만, 유령도 마물도 아니라고 보장할게."

"어? 아, 아니, 그럴 의도는 아니고. 그, 루드 기사 가문의 차녀 피아, 15살입니다."

"응. F로 시작하는 여성 합격자는 한 명뿐이었으니까 네가 피아려나? 했어. 피아라고 불러도 괜찮을까? 나는 파브라고 불러주면 좋겠는데."

"허? 저기……."

"피아에게 고맙다고 인사하고 싶어서 찾았어. 3차 시험에서 검을 주워줘서 고마워. 실은 시험 때 팔을 다쳤는데, 네가 건네준 검을 들었더니 신기하게도 아픔이 날아갔거든."

"허어……."

파비안은 굳어버린 내 오른손을 천천히 두 손으로 감싸 쥐더니 진지한 얼굴로 이쪽을 들여다보았다.

……음, 내가 회복마법을 걸었다는 건 눈치채지 못한 것 같지?

그야 그렇겠지. 성녀는 그렇게 쉽게 만날 수 있는 존재가 아니니까. 애초에 기사단에 있을 리가 없잖아. 우연히 아픔이 사라졌다고 생각하는 거겠지……?

나는 내 손을 잡은 그의 오른팔을 쳐다보고…… 깜짝 놀랐다.

억?! 부러졌던 팔이 열흘 만에 완치됐잖아!

"저기……, 다쳤다고 했는데. 벌써 다 나은 거야?"

"응. 신입이 팔이 부러진 채 입단하는 건 보기 좋지 않으니까. 회복약을 쭉쭉 마시고 격통에 몸부림치는 사이에 마무리로 성녀님께 회복마법을 받았어."

기사단 소속이 아닌 인간이 성녀의 힘을 빌리는 것은 몹시 어렵다고 들은 적이 있다.

역시 후작가는 힘이 있구나, 하는 생각을 하면서 애초에 왜 다친 건지 궁금해졌다.

표정을 보고 내 의문을 알아차린 건지 파비안은 쓴웃음을 지으며 가르쳐주었다.

"우리 집에서 기르는 고양이가 4층 베란다에서 나무로 점프해서 올라가더니 내려오지 못하게 되었거든. 구출하려고 나무를 타서 고양이를 잡은 것까지는 좋았는데, 균형이 무너져서 추락하는 바람에 팔이 부러졌어."

"와……."

완벽남 스타일의 반짝반짝한 왕자인 줄 알았더니, 꽤 덜렁이구나…….

"그게 기사 양성학교 졸업전형 입단시험일 당일이었어. 아무리 그래도 그날 바로 수험을 보는 건 포기하고, 일반전형으로 다시 수험을 친 거야. 그때는 운이 나쁘다고 생각했는데, 결과적으로 피아를 만났으니까 행운이었네."

"히익……."

사람 살려. 이 남자, 귀족 중에 흔하다고 하는 닭살남인가봐.

얼굴이 뻣뻣해져서 조금씩 뒷걸음질 치는 내 팔을 덥석 붙잡은 파비안이 웃는 얼굴로 폭탄을 떨어트렸다.

"피아, 네 배속처는 제1기사단이었어. 나도 같은 곳이야."

"…………………………뭐?"

제1기사단??

그럴 리가 없잖아.

기사단은 전부 20개인데, 제1기사단은 슈퍼 엘리트 집단으로 절대 신인이 배속될만한 부서가 아니다.

"왕족 경호 담당인 제1기사단과 왕성 경비 담당인 제2기사단은 통상 10년 이상 근무한 기사만 배속된다고 해. 신입이 배속되는 건 기록에 남아있는 한 처음이라던데. 이번에도 우리 둘뿐인 것 같아."

생긋 웃으면서 가르쳐주는 파비안과 딱딱하게 굳어버린 나.

"마도사가 배치되는 제3마도기사단과 마물사가 배치되는 제4마물기사단은 특수부대니까 예외고, 왕도 경비 담당인 제5기사단, 마물 토벌 담당인 제6기사단부터 제10기사단, 국경 경비 담당인 제11기사단부터 제20 기사단 전체에 우리 말고 다른 신입이 배치되었다고 해."

"………."

이쯤 되니 맞장구를 칠 여유도 없어진 내 머릿속에서는 빙글빙글 같은 생각이 맴돌았다.

왕족이라면 분명, 전생에 나를 죽게 내버려 두고 간 세 오빠 중 누군가의 핏줄이겠지…….

으아아아아. 그걸 전력으로 지켜야만 하는 거냐…….

할 수 있을까. 짜증 나서 죽게 내버려 두거나 하진 않을까.

"……피아?"

"아니, 그게, 왕족은 어떤 분들이 계셨던가 생각하느라…….”

얼버무리기 위해 적당히 주워섬기는 나에게 파비안은 친절하게 가르쳐주었다.

"왕족은 현재 두 분밖에 안 계셔. 국왕 폐하와 왕제 전하. 이건 폐하께서 직접 공언하신 것이니 말하는 거지만 국왕 폐하는 여성을 사랑하실 수 없다고 해. 그래서 차기 국왕은 왕제 전하라고 공언하셨지."

"허, 허어어⋯⋯."

생각지도 못한 이야기가 튀어나오는 바람에 나는 눈을 부릅떴다.

"그리고 알고 있을 테지만, 왕제 전하는 20개의 기사단을 통솔하는 기사단 총장님이시지."

"총장님!!"

"⋯⋯몰랐나 보구나."

아니, 물론 모든 기사단장을 혼자서 반죽음을 해놨다거나, 살아있는 전설 같은 존재라는 총장님의 소문은 많이 들었다. 하지만 왕족인 줄은 몰랐거든.

"태어난 뒤로 지금까지 15년 동안 시골 영지에서 한 걸음도 나온 적이 없었다 보니 어느새 어엿한 정보 소외자가 되어버렸구나⋯⋯."

시무룩하게 중얼거리는 나를 보고 파비안은 난처하다는 듯 작게 고개를 기울이더니 정보를 추가했다.

"내일 기사단 입단식에서 인사하실 테니까, 제대로 봐 두도록 해. 백문이 불여일견이라는 말의 현저한 예시야. ⋯⋯자, 기사단 제복을 받으러 가자. 휘장(徽章)은 소속에 따라 달라지니까 잘못 받지 않도록 조심해야지. 그리고 오늘은 일찍 자서 내일에 대비하는 게 좋겠어."

파비안에게 질질 끌려가듯 제복 배포처까지 온 나는 소속 예정 기사단을 대던 도중 배정표를 직접 확인하지는 않았다는 사실을 깨달았다.

……어, 어라? 나 정말로 제1기사단 맞는 거지?

파비안이 잘못 봤을 가능성이 무지막지 큰 느낌이 든다.

흐어어어어어어. 배속처에 찾아갔다가 다른 기사단 소속이라고 쫓겨나는 건 싫은데!

10 기사단 입단식

입단식 당일은 눈이 부실 정도로 하늘이 맑았다.

어제 지급된 기사복을 입고 방 안에 있는 거울을 보았다.

기사단의 제복은 이상·성실을 상징하는 파란색을 바탕으로 포인트 컬러로서 검은색이 들어가 있다.

여기에 제1기사단의 증표로 왕가의 문장인 흑룡이 그려진 휘장을 단다.

"……제복 효과 끝내주네. 2할 더 멋있어 보이는 것 같아."

거울에 비친 나를 흡족한 기분으로 바라보며 포즈를 취해보았다.

그러자 거울 속에 덜떨어진 아이를 보는 눈빛으로 나를 바라보는 여성의 모습이 비쳤다.

"흐억, 올가 기사님! 아침부터 추한 꼴을 보여드렸습니다!"

올가는 따뜻한 음료가 든 컵을 나에게 건네주더니 빈손을 털털 흔들었다.

"올가라고 부르라고 했잖아. 다음에 기사를 붙여서 부르면 대답 안 할 거야."

"……알겠습니다, 올가."

"그 존대도 빼. 우리는 동등한 동료니까. 존댓말을 쓸 상대는 대장이나 단장 같은 위 계급뿐이야. 다들 그렇게 하고 있어."

"……알겠습, ……알게따."

아차. 말이 헛나왔다.

"하하하! 너 어제부터 발음 많이 꼬인다!"

호쾌하게 웃는 올가는 기숙사의 룸메이트다.

기사단 입단시험 합격이 발표된 어제, 왕도에서 근무할 예정인 제1기사단부터 제6기사단은 기사 기숙사의 입소가 허가되었다.

기사 기숙사는 남녀, 그리고 기사단별로 나뉜다. 간부 말고는 2인실이고 욕실이나 화장실은 공동이다.

같은 방을 쓰게 된 올가는 상아색의 피부에 노란색 머리카락을 지닌 키가 큰 여성 기사다.

기사단에 입단한 지 12년차인 27살로, 제1기사단에 온 지는 2년째라고 했다.

털털한 성격이며 10살 넘게 어린 나에게도 대등하게 대해주었다.

"슬슬 갈 거야? 신입은 일찍 집합하잖아?"

"맞아! 좀 빠른 느낌도 들지만 길을 헤매면 안 되니까 먼저 갈게."

방을 뛰쳐나와 제1기사단 여자 기숙사에서 나오자 입구에 파비안이 서 있었다.

나를 알아보고는 살짝 웃으며 한쪽 손을 들어 올렸다.

……히, 히이이이이이이이이익!

파비안을 본 나는 놀라서 펄쩍 뛰어올랐다.

파란색과 검은색의 기사단 제복을 입은 은발의 파비안은 반짝반짝 빛나는 것이 완벽한 왕자님이었기 때문이다.

"안녕, 피아. 혼자 가는 건 불안해서 기다렸어. 같이 가도 될까?"

"죄, 죄송합니다! 제복을 입었더니 2할쯤 더 멋있어 보인다는 헛소리를 지껄여서 죄송합니다."

"……어?"

파비안은 영문을 알 수 없어 이상하다는 듯 쳐다봤지만, 나는 10분 전의 나를 떠올리고 쥐구멍이라도 찾고 싶은 기분이었다.

"피아?"

"아니, 기사복을 입고 신이 나서 자만했었습니다! ……파비안을 봤더니 이성이 돌아왔어."

"흐응? 도움이 되었다니 다행이네."

파비안은 여전히 의아하다는 듯 웃고 있었지만 나는 아침부터 전신에서 힘이 쭉 빠져버렸다.

고작 나를 보고 멋지다는 생각을 하다니, 얼마나 심하게 자아도취했던 거냐! 하고 기합을 넣으며 입단식 회장으로 향하는 파비안의 뒤를 얌전히 따라갔다.

입단식은 왕성 안에 있는 기사 훈련소에서 치러지며, 새로 입단한 기사 200명에 더해 모든 기사단의 단장·부단장과 왕도 주재(駐在)의 제1기사단부터 제6기사단의 전원이 참가할 예정이다.

식순은 ①기사단 총장의 말씀, ②신입 기사 대표 인사, ③신입 기사와 기존 기사 대표의 모범시합 순으로 이어진다.

무시무시하게도 ②와 ③은 누가 대표가 되는지 사전에 알려주지 않고, 그 자리에서 갑자기 지명한다고 했다.

어휴, 소심한 나는 도저히 무리야…….

그런 생각을 하면서도 막연하게 인사말을 고민하는 점에서 조금 자의식 과잉인 건지도 모르겠다……

신입 기사는 회장 중앙에 모여 정렬한다고 했기에 동기인 신입 기사들과 함께 서서 기다리고 있었다.

조금씩 각 기사단의 기사가 모이기 시작하며 신입 기사를 에워싸듯 타원형을 그려나갔다. 제1기사단부터 제6기사단은 각각 200명 정도의 인원이라고 하니, 다 합쳐서 1,200명 정도가 모이게 될 텐데……. 모여든 기사들의 모습이 압권이었다.

멀리서 봐도 한 명 한 명이 탁월한 기사라는 걸 알 수 있었다.

탄탄히 단련된 몸에 기사복을 입고, 혹은 갑옷을 걸치고 허리에는 검을 차고 있다.

전원이 모였나 싶을 때쯤 약 50명 정도 되는 기사가 들어왔다.

부단장 이상만 착용할 수 있는, 신뢰·청렴을 상징하는 하얀색 기사복을 입고 있다.

한눈에 봐도 강한 기사들로 분위기부터 다르다. 공기가 갑자기 무거워진 것 같은 느낌이었다.

웅성거리던 회장도 어느새 쥐죽은 듯 고요해지고 기침 소리 하나 들리지 않았다.

긴장감이 최고조에 달했을 무렵, 한 기사가 들어왔다.

천 명이 넘는 인간이 모여 있는데도 그 기사가 발을 옮길 때마다 부츠가 땅을 딛는 소리가 들렸다.

회장은 아주 조용했다.

그 기사가 내뿜는 존재감은 평범하지 않았으나, 그의 가장 큰 특징은 주위 기사들이 그에게 보이는 태도였다.

그는 승리나 성공이라는 눈에 보이는 형태로 10년이라는 세월에 걸쳐 결과를 보여주었다고 했다.

그것이 절대적인 맹종이라는 모습으로 주위 기사의 태도에 드러나 있었다.

기사단장도 일개 기사도 그가 눈앞을 걸어가면 직시할 수 없다는 양 머리를 조아렸다.

그것이 회장 전체에 퍼져나갔고, 어느새 머리를 들고 있는 사람은 그 사람밖에 남지 않았다.

──나브 왕국 흑룡 기사단 총장, 사비스 나브.

그는 그 존재 하나로 무시무시할 정도로 기사단을 장악하고 있었다.

"먼저 우리에게 새로운 동포가 늘어난 것을 기뻐하자."

단상에 올라간 사비스 총장님은 낭랑하고 또렷한 목소리로 인사를 늘어놓기 시작했다.

그 자리에 있는 모든 이가 한 마디도 놓치지 않겠다는 양 귀를 쫑긋 기울였다.

그 목소리며 모습이 사비스 총장님 신격화에 한몫하고 있다는 건 틀림없으리라.

잘 단련된 육체와 훤칠한 장신. 다른 기사보다도 길어서 무릎까지 내려가는 하얀색 기사복이 그 몸을 감싸고 있다. 포인트 컬러는 검은색과 금색. 주홍색 안감이 인상적인 검은색 망토를 한쪽 어깨에 걸쳤다.

망토와 마찬가지로 윤기가 흐르는 검은색의 머리카락은 조금

길러서 목덜미까지 내려왔고, 앞머리 아래에는 머리카락과 같은 색의 눈동자가 빛나고 있다.

반듯한 이마, 흑요석 같은 눈동자, 오뚝한 콧날, 얇은 입술. 그러한 파츠가 맞물려서 극상의 조형미를 만들어내고 있지만, 가장 특징적인 건 오른쪽 눈이 검은 안대로 덮여있다는 점이겠지.

애꾸눈.

……하지만 그 특징은 그의 매력에 아주 작은 흠집도 내지 못했다.

오히려 완성된 미모에 한 가닥 그림자를 드리워 새로운 매력이 하나 추가된 것처럼 보이기도 하고…….

"우리는 청빈·정결(貞潔)·충절을 맹세한다. 그 누구도 약탈하지 않고, 배제하지 않고, 굴복하지 않는다. 기사의 십계를 지키고 마지막 피 한 방울까지 이 나라와 국민에게 바치리라. ……하늘과 땅의 모든 것은 나브 왕국 흑룡 기사단과 함께!"

그 목소리는 파동이 되어 회장 안에 있는 기사들을 휩쓸었다.

기사들은 입을 모아 소리치면서 주먹을 들어 반대쪽 어깨를 두드렸다.

"하늘과 땅의 모든 것은 나브 왕국 흑룡 기사단과 함께!"

……………………………뭐라고 해야 하나.

……………………………………대단하네.

나는 감격에 겨워하는 기사들 속에서 혼자 감탄하며 사비스 총장님을 바라보고 있었다.

전생에선 왕녀였기 때문에 부왕이나 오빠 왕자들, 이웃나라 왕의 연설을 들을 기회가 많았지만 이렇게나 듣는 이들의 마음을 사로잡은 사람은 처음 봤다.

……정말 대단해. 타고난 것에 더해 실력을 꾸준히 보여준 결과일 테지만, 평범한 인생이 아니었겠는데…….

그렇게 감탄하면서 쳐다보자 사비스 총장님과 눈이 마주쳤다. ……는 느낌이 들었다.

응, 이런 걸 말하는 거지.

인심 장악에 뛰어난 사람은 모든 이에게 자기는 그 사람에게 특별한 존재라고 생각하게 만드는 걸 잘한단 말이지.

정신 차리자. 자의식 과잉이게도 총장님과 눈이 마주쳤다는 생각을 하고 말았어…….

아무튼. 회장 전체를 뒤흔들어놓은 사비스 총장님의 인사 후 운이 나쁘게도 신입 기사 대표 인사를 맡게 된 사람은 파비안이었다.

……응, 그럴 것 같았어.

전례 없이 신입 기사 시절부터 제1기사단에 입단한 유망주인걸. 파비안이나, 자의식 과잉일지도 모르지만 나일 수도 있다고 짐작했었다. 다, 다행이다. 파비안이라서.

안도하면서 파비안을 지켜보자 역시 후작가의 적남이라고 해야 할까.

옆에서 봐도 몹시 긴장하긴 했지만, 걸리는 부분 없이 멋지게 연설을 마쳤고 선배 기사들에게 인사하는 자세도 무척 모범적이었다.

후우. 이것으로 두 번째 식순이 끝났다. 남은 건 모범시합뿐이구나……, 하고 있을 때 사회석 쪽이 술렁거리기 시작했다.

의아해하면서도 인사를 마치고 돌아온 파비안을 칭찬했다.

"한 번도 말이 꼬이지 않다니, 대단해. 잘했어."

"……그 기준은 피아만의 기준이라고 생각하지만. 고마워."

그때 사회진행자 역할의 기사가 경직된 목소리로 안내했다.

"이어서 모범시합을 거행한다. 신입 기사 대표는…… 제1기사단 소속, 피아 루드."

"………허?"

나는 얼빠진 소리를 내며 입을 떡하니 벌리고 진행자를 쳐다보았다.

진행자 기사는 몇 번 기침하더니 목청을 크게 키웠다.

"상대하는 기사는, ……………, 그…………, 초, 총장, ……사비스 나브 왕국 흑룡 기사단 총장!"

…………………………………………………………허?

이번에는 그 얼빠진 소리조차 나오지 않았다.

주위가 순식간에 소란스러워졌다.

특히 각 기사단의 기사단장이 있는 곳이 시끄러웠다.

"뭐?! 기, 기사단 총장님께서 직접 상대하신다고? 이봐, 사회! 무슨 장난을 치는 거냐!!"

"……아뇨, 그게. 이건 총장님께서 직접 지시하신 사항입니다."

"뭐라고?! 그렇다면 상대역은 나를 지목해! 꼭 총장님과 싸우게 해줘!!"

"아뇨, 안 됩니다. 이건 신입 기사와 치르는 모범시합이니까요. 취지가 다릅니다. 어디까지나 신입 기사가 총장님께 한 수 배우는 형식이라…….'"

"그렇다면! 그 피아 루드라는 녀석을 내보내!! 정체가 뭐야?! 애초에 신입인데 제1기사단 소속이라니, 어떻게 된 일인데!!"

……어, 어쩌지.

전혀 내 잘못이 아닌데 엄청난 사태가 일어나고 말았다.

파비안이 진심으로 동정한다는 듯 나를 쳐다보았다.

"……으음, 힘내. ……총장님께선 혼자 A급 마물을 쓰러트리셨다거나, 적병 천 명을 처치하셨다 같은 전설이나 일화가 많은 분이시니까. 그런 분을 상대하는 거니까 어떤 결과가 나와도 신경 쓰지 않아도 돼."

싸우기 전부터 졌을 때의 마음가짐을 설파당했어! 정확하게는 뼈도 못 추리고 당했을 때를 위한 마음가짐인가?!

"그, 그래. 보통 모범시합 상대는 5년 정도 먼저 입단한 선배 기사가 맡지, 대장급조차도 나올 일이 없어. 단장급이 상대한다는 이야기조차 들어본 적이 없는데, 초, 총장님이라니…….'"

"일격! 일격만 버텨도 너는 용사야!"

묘한 연대 의식이 피어난 건지 대화해본 적도 없는 동기 기사들에게서도 응원을 받았다.

최대한 눈에 띄지 않으려고 조심조심 앞으로 나아가자 모여 있던 기사들이 어안이 벙벙해진 얼굴로 쳐다보았다.

"……어? 뭐야, 저 어린아이는?"

"어? 작은데? 총장님의 배도 안 닿는 거 아니야?! 뭐야, 저 꼬맹이!!"

"초, 총장님. 일방적인 학살이 펼쳐질 뿐입니다. 재고해주십시오!!"

비명과도 같은 아우성이 퍼져나갔다.

나는 완전히 울상이 되었다.

아니, 무리라고.

이렇게 주목을 모으다니, 긴장해서 몸이 움직여지지 않는다고.

오른팔과 오른발이 같이 나가는 게 느껴지는데도 돌려놓을 방법을 알 수 없을 정도니까.

도움을 요청하듯이 동기들이 모여 있던 장소를 돌아보자 어째서인지 다들 사라진 뒤였다.

놀라서 주위를 둘러보자, 어느새 그들은 신입 기사를 에워싸듯 타원형으로 포진해있던 선배 기사들 사이에 섞여 있었다.

……너, 너무해. 제물을 바쳐놓고 자기들은 관전할 생각이구나.

덜덜 떨면서도 도망치지 못하고 우두커니 서 있었더니 오빠들이 달려와 주는 게 보였다.

"오, 오빠……."

나는 다른 의미로 울상이 되었다.

역시 피는 물보다 진하다는 말이 사실이었구나! 마지막 순간에 기댈 수 있는 건 혈육이었어!!

"피아, 명심해! 사비스 총장님과 검을 맞댈 수 있다는 건 네 인생의 모든 행운을 전부 긁어모은 일이야!! 죽어도, 두 동강이 나도 좋으니까 1초라도 오래 싸워."

차남인 레온 오빠가 이해할 수 없는 소릴 했다.

"피아, 잘 들어라. 기사의 철칙은 압도적으로 불리한 상황에서도 승리를 포기하지 않는 것이다. 개미라고 한들 용을 쓰러트릴 수 있을지도 몰라. 하지만 그건 포기하지 않음으로써 비로소 가능성이 생겨난다. 알겠지?"

장남인 알디오 오빠도 지나친 이상론을 논했다.

진지한 표정으로 헛소리를 하는 두 사람을 보고 떠올렸다.

그래. 오빠들은 기사에 환장한 인간들이었지.

그리고 나도 계속 기사가 되고 싶었잖아. 그 동경의 땅에 서게 되었는데 뭘 두려워하고 있는 걸까.

오빠들의 (얼간이 같은) 격려 덕분에 마음을 차분하게 가라앉힌 나는 사비스 총장님을 돌아보고…… 나를 향해 걸어오고 있다는 것을 알아차렸다. 어느새 망토를 벗은 상태였다.

"피아이지?"

"힉──, 피아가 총장님께 이름을 불렸어───!!!"

레온 오빠가 절규하면서도 총장님을 방해하지 않도록 알디오 오빠와 함께 달려갔다.

거리가 떨어져 있는데도 총장님의 열기라고 해야 하나, 근육의 무게라고 해야 하나, 짓눌릴 것 같은 압력 같은 것이 온몸으로 느껴졌다.

……소, 소름이 돋는데요.

반면 총장님은 1,200명이나 되는 기사들의 시선을 한 몸에 받고 있는데도 미동도 하지 않았다. 20m쯤 앞에서 멈춰서더니 검을 뽑았다.

"내 쪽에서는 일절 공격하지 않겠다. 전력으로 덤비도록."

……우와아아아아, 카리스마!!

역전의 용사인데도 나를 제대로 상대해줄 생각인가보다.

보통 기사단의 수장이자 왕제라는 신분을 지닌 사람은 신입 기사는 거들떠보지도 않는데!

이렇게 된 이상 어중간하게 싸울 수는 없게 되었다. 총장님에게 실례다.

그전에 주위 기사 집단이 날 죽이려고 들 거야!

검집에 손을 댄 뒤 작은 목소리로 주문을 외웠다.

"《신체 강화》 공격력 3배, 속도 3배."

검 자체에도 효과가 부여되어 있지만, 총장님을 상대하기에는 턱없이 부족한 느낌이었기 때문에 나 자신을 한계까지 강화했다.

하지만.

힐끔 총장님에게 시선을 준 나는 절망적인 기분에 사로잡혔다.

우와————…….

뭐냐, 이거. 이거 뭐냐고. 진짜 뭐지. 인간 맞나?

총장님이 영락없는 괴물로 보인다. 아니, 괴물 맞지. 응, 괴물이야. 흑룡 자빌리아 같은, 그 이상 같기도 하고.

전생에 성녀였던 나는 어딜 얼마나 다친 건지 간파하는 것과 마찬가지로 강함을 가늠하는 것도 특기다.

왜냐하면 마력을 낭비하지 않기 위해서라도 적이 얼마나 강한지 보고, 그 강함에 맞춰서 방어마법을 사용했으니까……

하하, 이렇게 잔뜩 도핑했는데도 내가 우위에 있는 건 속도뿐이네…….

총장님의 뒤로 용의 환각이 어른거렸다.

"불초 피아 루드! 총장님께 한 수 배우겠습니다!!"

최대한 정중하게 기사의 예법으로 인사한 다음 크게 소리쳤다.

입술을 꾹 깨문 뒤 각오를 다지며 가볍게 달려나갔다.

5m 정도 앞에서 갑자기 속도를 올린 뒤 발도하여 전력으로 휘둘렀다.

쿵! 하는 둔한 소리가 났다. 내 검을 받은 총장님은 아주 살짝 눈을 가늘게 떴다. 순간적으로 총장님의 전신에 힘이 들어간다.

─────그렇죠, 그렇죠. 이 검 아주 무겁죠?

알고말고요. ……검을 맞댄 저도 같은 무게를 느끼고 있으니까요…….

총장님을 상대하는 것이니 전신 마비를 일으키는 마석은 뺐지만, 이 사람이라면 기합으로 상태이상을 날려버릴 수 있는 게 아닌지 의심스러울 정도로 무시무시하게 강했다.

나는 일단 뒤로 물러났다.

그 후 총장님의 왼쪽, 왼쪽, 왼쪽을 공격하다 한 번 페인트로 오른쪽을 벤 후 다시 왼쪽으로 파고들었다.

쿵, 쿵, 쿵. 금속 소리가 울려 퍼진다.

어느새 회장이 작게 웅성거리기 시작했다.

……응, 소리가 통상적인 소리와는 좀 다르지. 아는 사람은 검의 무게를 이해하고 있을 거다.

"……뭐, 뭐지? 저 속도…….."

"그보다 이 검격음! 저 검, 상당히 무거운 것 같은데?!"

나는 한 번 더 뒤로 물러난 뒤 가속도를 붙여서 뛰어올라 총장님의 왼쪽을 향해 검을 휘둘렀다.

"하아압!!"

이어서 왼쪽, 왼쪽, 왼쪽, 그리고 왼쪽!! 한 번 더 왼쪽!!

"칫!"

총장님은 토해내듯이 중얼거리더니 처음으로 검을 밀어냈고, 그 힘에 내 검이 날아가 버렸다.

"……시, 시합 종료! 승자, 사비스 기사단 총장!"

심판이 총장님의 승리를 크게 외쳤지만 기사들은 어안이 벙벙해져서 이쪽을 바라보고 있었다.

총장님이 이글거리는 눈으로 나를 노려보고 있다.

나는 땅바닥에 엉덩방아를 찧은 자세로 헤실헤실 웃었다.

……어, 어라? 뭐 잘못한 건가?

"승리는 무효다! 나는 일절 공격하지 않겠다고 선언해놓고 그

것을 어겼다!"

사비스 총장님은 큰 소리로 심판의 판정을 부정했다.

함성을 지르던 기사들이 입을 꾹 다물었다.

그리고 총장님은 나를 쳐다보았다.

"피아 루드."

"네, 넵!"

"네 검을 보여줘 봐라. 조금 전에 보인 속도와 공격력은 도저히 그 몸에서 나올 수 있는 게 아니었다."

히이이이이익. 역시 대단한 혜안이십니다, 총장님!!

튕겨 나간 검을 허둥지둥 주워서 총장님을 향해 쭈뼛쭈뼛 내밀었다.

총장님은 아무런 특이점도 없는 철검을 무표정하게 바라보더니 오른손으로 쥐고…… 가볍게 스윽 휘둘렀다.

쌔액!!

이질적인 소리가 나더니 검의 기세에 맞춰서 흙먼지가 일어났다.

"……속도 상승과 공격력 상승의 부여마법이 걸려있군. 철검에 복수의 마법이 부여된 건 처음 본다. 심지어 부여를 은폐하기 위해 발광을 숨기기 위한 눈속임 마법까지 걸려있다니. ………시릴!"

총장님은 뒤도 돌아보지 않고 누군가의 이름을 불렀다.

단장·부단장이 모여 있던 자리에서 한 기사가 달려왔다.

하얀 기사복 위에 어깨띠를 대각선으로 걸친 것을 보면 단장이고, 어깨띠의 색을 보아하니 제1기사단이었다.

와, 제 상사군요!

시릴 제1기사단장은 회색 머리카락에 파란 눈을 지닌 20대 후반의 기사였다.

총장님처럼 몸이 우람하고 압도적인 존재감을 발산하는 타입과는 정반대로, 호리호리해서 굳이 따지라면 학자 같은 타입의 미형이다.

"검을 들어라. 잠깐 상대하도록."

총장님의 말에 시릴 단장님은 희미한 미소를 짓고는 스릉 검을 뽑았다.

우와, 예쁜 검이다. 은백색인 걸 보면 미스릴로 만든 검이겠네.

무지막지 비싸서 이 검 하나로 철검을 100자루 넘게 살 수 있을 것이다.

미스릴검을 살 수 있다니, 역시 단장. 월급이 두둑하구나.

시릴 단장님은 하늘에 뜬 구름을 가리키듯이 검을 들어 올리고는 고요히 멈췄다.

단장님이 자세를 잡은 것을 확인한 총장님은 가볍게 스텝을 밟더니 단숨에 파고들었다. 그 속도가 어마어마하게 빠르다!

반사적으로 손목을 돌려 방어한 시릴 단장님의 검을 향해 총장님의 검이 위에서 아래로 부웅 휘둘러졌고…… 깡! 하는 소리와 함께 그대로 단장님의 검을 부러트렸다.

"………어?"

시릴 단장님은 반으로 뚝 잘린 자신의 검을 멍하니 바라보았다. 믿어지지 않는다는 듯 가볍게 도리질하더니 총장님을 응시했다.

"……확인하고 싶습니다만, 총장님. 이건 미스릴검이고 그건 철검이죠? 철로 미스릴을 부러트리다니…… 속도와 힘을 얼마나 실으신 겁니까?! 애초에 지금 파고드실 때의 속도는 대체 뭐죠?"

"답은 거기에 있는 네 부하가 알고 있지 않겠나. 그렇지? 피아."

………아차아아아아아아아아아아아아아!!

나는 처절하게 후회하며 바닥을 마구 구르고 싶은 기분이 들었다!

공격력은 수치화할 수 있다. 일반적인 기사라면 100이다.

따라서 공격력을 부여할 경우는 +10이나, +15 같은 식으로 올린다. 이렇게 추가하는 게 부여술사가 사용할 수 있는 유일한 방법이기도 하다.

그래. 그러니까 실수한 거다.

대성녀로서 정령에게 가르침을 받은 나만이 사용하는 부여 방법을 쓰고 말았다.

2배, 라는 곱셈을.

괴물급인 총장님의 힘이 2배가 된다면 무슨 말도 안 되는 괴물이 탄생하는 건데에에에.

내가 쓰는 것밖에 생각하지 않았다.

아아아. 내가 공격력 80이라고 치면 왜 +80 같은 방식으로 부여하지 않았던 거냐아아아.

2배라니.

총장님이 500이라면 1,000이 되어버리잖아!!

"피아, 이건 국보급의 물건이다."

총장님이 말을 걸었지만, 바닥에 무릎을 꿇은 채로 얼굴을 들 수가 없다.

왜냐하면 이어질 말이 뻔했기 때문이다.

"이 검의 부여 내용은 공격력 +100이나 200 수준이 아니던데. 속도도 마찬가지다."

아뇨, 아닙니다. 여러분이 모르실 뿐이지 배수 부여라는 게 있거든요. 아예 덧셈이 아니거든요.

"이 검을 들면 마인이 된 기분이군."

네, 그렇겠죠. 당신은 마인이 될 수 있답니다. 그 검을 쥐면!

………나는 내가 할 말을 정한 뒤 얼굴을 들었다.

"그 검은……."

총장님과 내 대화를 듣고 있던 기사들이 침을 꼴깍 삼키는 소리가 들렸다.

◇ ◇ ◇

나는 주위를 한 바퀴 둘러본 후 찾던 상대를 발견하고…… 그 상대를 바라보면서 말했다.

"그 검은 '성인 의례'를 통과한 기념으로 아버지께 받은 검입니다."

덜컹덜컹. 단장급의 자리에서 한 기사가 요란한 소리를 내며 굴러 나왔다.

말할 것도 없이 루드 기사 가문의 가주이자 제14기사단의 부단장이기도 한 나의 아버지, 돌프다.

"뭐, 뭐라고?! 그 검은 저택 무기고에 있던 검 중에서 적당히 고른 것뿐이다! 그런, 국보인지, 난생처음 보는, 그런 종류의 검이 아니야!"

그리고 총장님을 향해 필사적으로 변명했다.

"이런 비상식적인 마검이라는 걸 알았다면 즉시 나라에 헌상했을 겁니다!! 몰랐습니다!!"

……그야 그렇겠지. 왜냐하면 무기고에 있던 시점에선 평범한 철검이었으니까.

아버지는 필사적으로 총장님에게 그 마검을 바치겠다는 둥, 부하를 자택 무기고에 파견하여 다른 무기도 전부 확인하겠다는 둥의 약속을 했다.

좋아, 나에게서 주목이 옮겨갔군.

역할을 마친 것에 안도하면서 슬금슬금 신입 기사들 틈바구니로 들어가려고 했으나, 그렇게 일이 쉽게 풀리진 않는 건지 총장님이 나를 불러세웠다.

"잠깐."

"네헥!"

성대한 음 이탈이 나고 말았지만 총장님은 그건 언급하지 않고 (친절해!) 별것 아니라는 양 물었다.

"마지막으로 한 가지 질문이 있다. 모의전에서 내 왼쪽만 공격했던 이유는 뭐지?"

으아아, 질문은 친절하지 않아!

나는 표정을 진지하게 가다듬은 뒤 대답했다.

"기사도 정신입니다. 절대 공격하지 않겠다고 선언하신 총장님께 시야가 안 좋은 쪽을 노리는 건 옳지 않다고 생각했습니다."

좋아, 좋아! 신입 기사로서 완벽한 대답이야!

마음속으로 승리에 취해 있었더니 총장님이 업신여기는 듯한 눈으로 쳐다보았다.

"호오. 이런 마검까지 동원해가며 승리에 집착한 녀석이, 기사도 정신이라고?"

아니, 그건 생각의 차이거든요. 그 검에 마법을 부여한 사람은 저니까 검의 힘도 저의 힘이라고 생각하고 있다고요. 저는.

……라고 설명할 수도 없고.

난감하네. 조금 전 대답한 걸로 해방해줄 생각은 없는 걸까?

힐끗 쳐다보자 이쪽을 마주 보고 있던 총장님과 눈이 마주쳤다. ……견딜 수 없어진 나는 솔직하게 대답하기로 했다.

"네, 말씀하신 대로입니다. 승리에 집착하는 것이 총장님께 보일 예의라 생각했습니다. 총장님께선 왼쪽 다리를 다치셨기 때문에 왼쪽을 공격했습니다."

"뭐?!"

그렇게 소리친 사람은 어느 기사단의 단장이었을까.

내 대답을 들은 순간, 단장·부단장 전원이 한 걸음 앞으로 나서며 살기 등등한 눈으로 나를 노려보았다.

히이이이이이이이이이익!!

단장·부단장 40명이라니! 주, 죽겠다!!

경애하는 총장님께 기사도 정신과는 정반대의 공격을 가해서 죄송합니다!!

공포에 질려 부들부들 떨고 있었더니 위에서 총장님의 목소리가 떨어졌다.

"왜 왼쪽 다리를 다쳤다고 생각했지?"

"네? 그야 걸으실 때 왼쪽 발이 지면에 닿는 시간이 오른쪽 발이 지면에 닿는 시간보다 더 짧았고요. 서 있을 때도 체중이 아주 조금 오른쪽 발에 많이 실려있었습니다. 총장님처럼 육체가 발달된 기사는 좌우 균형이 아주 잘 잡혀있거든요. 그게 무너져있다면 다치셨다는 거죠."

정직하게 대답하자 단장·부단장들의 살기가 눈에 띄게 사라졌다.

오히려 경악한 듯 눈을 부릅뜨고 쳐다보고 있었다.

……어? 뭐, 뭐지?

"……그렇군. 피아 루드. 네 이름, 기억해두겠다."

그렇게 말하더니 총장님은 한쪽 손을 들어 올렸다. 그게 신호였던 건지 사회가 입단식 폐회를 선언했다.

【SIDE】 기사단 총장 사비스

나는 나브 왕국 흑룡 기사단 총장 사비스 나브.

10년 전, 약관 17살의 나이에 기사단 총장이라는 지위에 올랐다.

통상적으로는 말도 안 되는 나이지만, 왕제라는 신분이 그것을 가능케 하였다.

총장이라는 자리는 무겁다.

기사단의 수장으로서 모든 기사의 목숨을 맡고 있는 위치다.

내가 잘못된 지시를 내리면 살아남을 수 있는 기사가 죽게 된다.

모든 목숨을 구할 수 있다는 오만한 생각을 해서는 안 된다.

냉정하게, 냉철하게. 아무리 가혹한 전투 속에서도 늘 머리 한 구석은 차갑게 식히고 '최소한의 고통'을 간파하며 지시를 내린다. 내 임무는 동료를 살리는 것. 하지만 잘라내게 되는 '최소한의 고통'도 그렇게 생각해줄 것인가…….

망설여서는 안 된다. 흔들려서도 안 된다. 사과할 수는 없다.

공포와 초조함을 억누르고 여유로운 표정으로 선두에 서서 기사들을 고무시키는 것이 나의 역할이다.

신입 기사 입단식은 날이 아주 맑았다.

신기하게도 입단일과 날씨 사이에는 같은 우연히 계속되고 있는데, 입단일이 맑은 날인 해에는 우수한 신입이 들어온다.

나는 기대하는 마음으로 입단식 회장에 들어갔다.

단상에서 신입 기사를 둘러보자 다들 반짝반짝 빛나는 눈으로 이쪽을 바라보았다.

입단식에서는 늘 이렇다. 꿈과 희망으로 넘쳐나는 젊은이가 기사의 이상을 내걸고 입단한다.

───그 마음을 계속 유지해라. 그리하면 훌륭한 기사가 될 수 있을 터이니.

인사를 마치고 한 번 더 신입 기사를 둘러보자 고양되어 흥분한 사람들 속에 딱 한 명, 냉정하게 나를 바라보는 눈이 보였다.

───누구지? 저건.

그 자리의 분위기에 휩쓸리지 않고 냉정하게 국면을 관찰하며 분석하고 있다. 저건…… 지배하는 측의 인간이다.

단상에서 내려간 뒤 수험 담당자를 불렀다.

"신입 중 빨간 머리카락의 여성 기사는 한 명뿐입니다. 루드 기사 가문의 피아, 제1기사단에 배속했습니다."

"신입이면서 제1기사단에 들어간 여성 기사라면, 예의 그……."

"네."

그렇군.

왕족 경호를 담당하는 제1기사단에는 조만간 젊은 여성 기사가 필요해진다. 그것을 위한 배치인가.

하지만 그게 지배자의 눈을 지닌 기사라니, 재미있군.

"그녀를 모범시합 상대로 지명해라. 내가 상대하겠다."

"⋯⋯⋯⋯⋯⋯⋯⋯⋯⋯⋯⋯⋯⋯⋯⋯⋯⋯⋯⋯⋯⋯⋯네?"

수험담당 기사는 입을 떡하니 벌리고 넉넉히 10초 정도 굳어있었다.

오랫동안 알고 지냈는데, 이 녀석의 이런 얼굴은 처음 보는군.

표정에는 드러내지 않았지만 내심 흥미진진해 하면서 쳐다보자, 수험담당 기사는 당황한 듯 말을 쏟아냈다.

"초, 총장님의 분부를 거스르는 듯하여 본의는 아닙니다만, 상대는 신입 기사입니다! 우리 기사단 중에서도 최고의 실력을 자랑하는 총장님을 상대하기에는 턱없이 부족합니다! 1합도 버티지 못할 겁니다!! 게다가 애초에, 총장님께서 손수 상대하시다니, 그런 전례는 들어본 적도 없습니다!"

"음, 그렇겠지. 내가 입단식에서 모범시합에 나간 적은 한 번도 없으니까. 다만 이번 목적은 내가 '그녀'의 호위를 담당하게 될 기사를 상대하는 것에 의미가 있다. 나 자신이 힘을 확인한 기사를 '그녀'의 호위로 붙인다면 교회 측에서도 수긍할 터이니."

"⋯⋯그, 그렇군요! 총장님의 깊은 생각을 헤아리지 못하고 경솔한 발언을 한 것을 사과드립니다!!"

헤아릴 수 있을 리가 없지. 지금 적당히 떠오른 것을 늘어놓았을 뿐이니까.

사실은 그저, 지배자의 눈을 지닌 기사와 검을 나눠보고 싶었던 것뿐이다.

───행동할 때마다 주위 사람들이 받아들일 수 있을 법한 이유가 필요한 지위라는 건 참으로 불편하군.

◇ ◇ ◇

피아 루드와 대치했을 때, 가장 먼저 든 생각은 '작다'였다.

기사단에 소속된 여성 기사와 비교하면 명백하게 작고 호리호리하다.

───그런데 어째서일까. 단장급과 마주했을 때와 같은 압력이 느껴졌다.

자신의 감각이 둔해졌을 것 같지는 않다. 겉보기 이상의 무언가가 있는 걸까.

"불초 피아 루드! 총장님께 한 수 배우겠습니다!!"

아직 어린 소녀답게 높은 목소리로 외친 뒤 이쪽을 향해 달려왔다.

그런데 5m 정도 앞에서 갑자기 속도가 올라갔다.

처음 보는 빠르기로 발도하더니 내 왼쪽을 향해 검을 휘둘렀다.

그녀의 검을 받은 나는 그 무게에 놀랐다. 뭐지, 이 검은.

순간적으로 전신에 힘이 들어갔다.

피아는 일단 뒤로 물러나더니 다시 달려들었다. 내 왼쪽으로. 왼쪽, 왼쪽, 왼쪽, 다시 왼쪽.

마지막 일격은 특히나 무거워서, 무심코 힘이 들어가 검을 튕겨내고 말았다.

———이 소녀는, 뭐지?

아니———……, 이상한 것은 검인가?

그녀의 검을 확인하자 터무니없는 물건임을 알 수 있었다.

복수의 마법효과가 부여된 마검이었다.

마법효과가 부여된 무기는 수가 적으며, 현재는 제작도 불가능하기 때문에 귀중하다.

그리고 현존하는 효과부여 무기는 대부분 하나의 효과만 붙어 있다.

그런데 그 검에는 속도 상승, 공격력 상승이라는 두 가지 부여 마법이 중첩되어 있었다.

게다가 효과부여 무기라는 것을 숨기기 위해 눈속임 마법까지 걸려서 발광을 가려두었다.

문제는 효과의 내용인데…….

제1기사단장 시릴을 상대로 시험해보자, ……………………국보급이었다.

정확한 내용은 제3마도기사단에 확인해보라고 해야 할 테지만, 속도·공격력 둘 다 +300은 넘어가지 않을까.

현존하는 무기 중 최고 수준인, 300년 전의 '초황금시대(超黃金時代)'의 작품과 비교해도 손색이 없을 것이다.

출처를 물어보자 아버지인 돌프 부단장이 선물했다고 대답했다.

참으로 수상한 이야기이긴 하지만, 돌프 본인이 그 이야기를 긍정했다. 여기서 의심해봤자 좋은 결과는 얻지 못하리라.

나는 마음을 다잡고 한 가지 더 질문을 입에 담았다.

"모의전에서 내 왼쪽만 공격했던 이유는 뭐지?"

기사는 다들 호전적이다. 상대가 누구라 한들 이기기 위해 최선의 방법을 취하고, 상대가 나라면 시야가 나쁜 오른쪽을 공격한다.

혹은 균형 있게 좌우를 섞어서 공격할 것이다. 왼쪽만 노리는 피아의 공격은 부자연스러웠다.

"기사도 정신입니다. 결코 공격하지 않겠다고 선언하신 총장님께 시야가 안 좋은 쪽을 노리는 건 옳지 않다고 생각했습니다."

피아는 더없이 수상하게 진지한 얼굴로 대답했다.

지배자의 눈을 지닌 녀석은 배짱이 참 두둑한 모양이었다.

나를 상대로 당당히 거짓말을 할 줄이야.

유감스럽게도 자신의 발언에 만족한 건지, 입꼬리를 꿈틀거리며 웃음을 참고 있었지만.

재차 추궁하자 피아는 체념한 듯 내가 왼쪽 다리를 다쳤으니 왼쪽을 노렸다고 자백했다.

……확실히 내 왼쪽 발목은 부상이 완전히 치유되지 못했다. 같은 공격을 받아도 왼쪽이라면 오른쪽보다 더 버티기 어려워진다. 왼쪽을 노리는 게 최선책이다.

하지만. 어디를 다쳤는지 알려지는 건 약점이 되기 때문에 비밀시되는 정보이다.

부상 자체도 10년도 더 예전 일이기 때문에 완치된 것으로 알려져 있고, 왼쪽 발의 오랜 상처를 아는 이는 단장 · 부단장뿐이다.

때문에 피아의 발언을 들은 단장 · 부단장은 분노한 나머지 벌떡 일어났다. 아마 정보가 누설된 것이라고 생각했겠지.

하지만 그것도 피아의 설명을 들을 때까지였다.

치밀한 관찰력에 기반한 설명을 하면서 그 결과 내 부상을 추측했다고 진술했다.

……재미있군.

지배자의 눈을 지닌 자는 그 외에도 많은 것을 간파할 수 있는 혜안을 지닌 모양이었다.

11 제1기사단

캉, 캉, 캉. 검과 검이 부딪히는 규칙적인 소리가 울린다.

나는 아침부터 상쾌한 땀을 흘린 뒤 파비안을 향해 웃었다.

"역시 대단해, 파비안. 정확하고 곧은 검로(劍路). 정말 상대하기 쉬워! 입단식에서 대표인사를 할 만 하다니까."

"⋯⋯고마워. 그럼 나도 말해도 괜찮을까?"

파비안이 생긋 웃으며 나를 바라보았다.

어라? 파비안을 칭찬한 답례로 나도 칭찬을 받는 건가?

기대하면서 기다리고 있었더니⋯⋯.

"피아의 검은 왜 이렇게 가벼운 거야? 총장님과 모범시합을 치를 때 사용한 보검이 너무 유명해져서 다들 피아의 근력은 별것 아니라고 생각하는 것 같지만, 입단시험의 1차 시험에서는 목검을 사용했지? 그때 시험관의 검을 날려버린 건 네 힘이잖아? ⋯⋯지난 일주일 정도 살펴봤는데, 네 검은 언제나 가볍고 힘을 빼고 휘두르는 것 같지도 않아. 어떻게 된 거야?"

으아악! 생각지도 못한 날카로운 지적이다!

올바른 사회인이라면 칭찬에는 칭찬을 돌려줄 줄 알았다고!!

"⋯⋯어———, 실은 나 아침에 약하거든. 검술 훈련이 아침에 있는 게 문제 아닐까⋯⋯."

"피아, 이거 아침에 약하다는 수준의 이야기가 아니야."

······그렇죠.

"······그럼 궁지에 몰리면 평소보다 더 큰 힘이 나오는 타입인 걸까?"

가끔 그런 타입이 있단 말이지. 그렇게 생각하면서 말하자 파비안은 난감하다는 듯 작게 손을 내저었다.

"피아······. 실례되는 말을 해서 미안하지만, 네 변명은 3살짜리 어린아이 수준이야."

아니, 파비안. 너 3살짜리 어린아이를 상대해본 적 없지?

적어도 3살짜리 어린아이는 이렇게 유창하게 말하지 못하거든! 내가 훨씬 더 위거든!

게다가 변명하자면, 신체 강화는 오랫동안 걸어둘 만한 게 못 된다고. 불가능한 건 아니지만 다음 날 근육통 때문에 고생하니까······.

"풉, 피아도 참."

환장하겠네, 다음에는 뭐라고 변명해야 하지? 하며 고민하고 있었더니 파비안이 웃긴다는 듯 웃음을 터트렸다.

"표정이 왜 그래. 요즘 네가 난처해하는 얼굴을 보는 게 즐거움이 된 것 같아서 조금 심술을 부리고 말았나 봐. 미안해. ······자, 다음은 교양 시간이니까 이동해야겠다. 오늘은 체스였지?"

파비안은 역시 신사였다.

궁금한 게 있어도 깊이 추궁하지 않고 눈감아준다.

······신입이지만 이미 숭고한 기사님이야!

나는 목검을 원래 있던 장소에 돌려놓은 후, 파비안을 향해 생긋 마주 웃었다.

"고마워, 파비안. 옷 갈아입고 나서 오락실로 집합하자."

◇ ◇ ◇

———내가 제1기사단에 배속된 지 일주일이 지났다.

제1기사단의 역할은 왕족 경호로, 경호 대상은 국왕과 왕제인 총장 두 명이다.

그들에게는 몇천 명 단위의 기사가 3교대로 경호하고 있지만 인원수는 충분하다.

그래서 처음 몇 달간, 새로 배속된 기사는 기본적으로 경호 임무에서 제외되며 제1기사단 특유의 훈련을 받게 된다.

즉, 예법이나! 댄스나! 대륙공통어 학습이나! 음악이나! 시가(詩歌)나!

이게 기사에게 필요한 거냐!! 하는 세계다.

네, 저도 전생에서는 왕녀였죠. 하지만 300년이나 지났으니…….

관심이 없는 건 익히지 않았다고 해야 하나, 익혔어도 300년 전의 지식은 별 도움이 되지 않는다고 해야 하나.

……즉, 다시 배워야 한다는 소리입니다. 커헉.

뭐, 왕족 경호가 특수하다 보니 다양한 기술이 필요하다는 것이겠지만…… 즐겁지는 않다.

실제로 나 말고 새로 배속된 기사들도 통상훈련인 승마나 검술 시간은 반짝반짝한 얼굴로 훈련하는데, 교양 시간은 전혀 의욕이 느껴지지 않는 건 내 착각이 아닐 거다.

참고로 이번에 새로 제1기사단에 배속된 인원은 파비안과 나를 포함해 20명인데, 특징적이게도 그중 10명은 여자였다.

기사단에 소속된 여자의 비율을 생각하면 명백하게 너무 많아서 작위적인 느낌이 들었다.

"……국왕 폐하는 여성을 사랑하지 못하신다고 했었지? 여자를 싫어하는 건가? 그래서 그걸 고치려고 한다거나?"

아무리 싫어하는 상대라고 해도 근처에 두면 익숙해지는 법. 그런 걸까.

"아니면 총장님이 주위에 다 남자밖에 없어서 기분전환을 하고 싶어지셨다거나?"

남자 기사들이 총장님께 바치는 사랑은 뜨겁고 무겁다. 조금 느낌을 바꾸고 싶다고 생각해도 어쩔 수 없지.

그런 생각을 하면서 빠르게 갈아입은 뒤 오락실로 향했다.

……문 앞에 서자 뒤숭숭한 분위기가 느껴졌다.

으으음, 오늘도 와 있는 걸까…….

쭈뼛쭈뼛 오락실의 문을 열자 바로 목소리가 날아왔다.

"늦었잖아, 피아. 이미 말은 다 세팅해두었어."

"히익! 데즈먼드 단장님."

불길한 예감이 적중하고 말았다.

"자, 앉아. 네가 흰말이야."

가장 안쪽 자리에 떡하니 자리를 잡고 있던 어두운 남색 머리카락의 기사가 손짓했다.

이 무해하고 서글서글해 보이는 미형의 기사는 데즈먼드 제2기사단장님이다.

본인의 자기소개에 의하면 32살, 독신, 기사 기숙사생이라고 한다.

친근한 기사로 보이지만 이래 봬도 시릴 제1기사단장님과 함께 '왕국의 용호(龍虎)'라고 불리는 기사단의 쌍벽이라고 한다.

"저기, 데즈먼드 단장님. 매번 체스 상대를 해주셔서 참으로 황송한데요, 업무는 괜찮으신 건가요?"

은연중에 돌아가라는 뜻을 담아 말해보았지만, 상대방은 역시나 기사단장. 내 마음의 소리쯤은 다 들었을 텐데도 산뜻하게 무시하며 앞에 앉으라고 손짓했다.

"괜찮아, 괜찮아. 단장은 직접 해야 할 일이 없거든. 무슨 일이 있을 때만 대처하면 돼. 가장 중요한 건 연락이 되는 것이니까. 아, 그래서 여기에 없으면 반대로 문제야. 나는 앞으로 1시간은 오락실에 있겠다고 부하에게 말하고 왔거든."

"……그렇습니까."

말해봤자 소용없다고 생각했기에 포기하고 단장님 앞자리에 앉았다.

게다가 단장님과 체스를 두는 건 솔직히 재밌다. 체스하는 동안 다양한 이야기를 해주기 때문이다.

"그럼 너부터 와. 어때? 기사단에는 익숙해졌어?"

"네. 다른 분들이 참 잘해주세요. 그래도 아직 훈련 중이니까 빨리 통상 업무를 받고 싶습니다."

중앙에 있는 폰을 움직이며 신입 기사답게 성실하게 대답했다.

"하하하. 제1기사단의 훈련은 특수하니까. 시와 노래 같은 게 있잖아?"

"네. 어제 강의가 있었습니다. '귀부인에게 바치는 경애'라는 테마로 시를 지어오라는 과제를 받았는데, 파비안이 퍽 멋진 시를 짓더라고요. 장래에 수많은 여자를 후리고 다니는 게 아닐지 걱정됩니다."

"아…… 그 녀석은 인기 많을 것 같긴 해. 너 동기지? 그런 녀석은 어때?"

데즈먼드 단장님이 이쪽을 힐긋 보면서 물었다.

"하하, 후작가의 적남인걸요? 신분이 너무 안 맞잖아요."

"그렇지. 네가 무언가 특수 능력이라도 있다면 별개일 테지만."

"특수 능력……. 한쪽 눈을 감으면 모든 남자가 무릎을 꿇고 저를 칭송하는 시를 바친다거나, 그런 건가요?"

"……없어, 그런 능력. 네 망상이 참 대단하다."

뭐, 이런 식으로 태평한 대화를 나누면서 이기기도 하고 지기도 하는 걸 반복했다.

솔직히 왜 데즈먼드 단장님이 매번 체스 상대를 해주는 건지는 모르겠다.

입으로는 그렇게 말했지만 기사단장이라는 건 무지막지 바쁠 텐데.

그런데 체스 교습 첫째 날부터 당연하다는 얼굴로 오락실 의자에 앉아있질 않나, 심지어 오래전부터 아는 사이인 양 나에게 말을 걸었다.

그 후로 매번 체스 시간에는 데즈먼드 단장님이 나를 상대해주고 있다.

단장·부단장이라는 건 아득히 위 계급의 사람이니까 보통은 좀처럼 대화하지도 못한다.

그런데 옆 기사단의 단장님이 이렇게 상대해주는 건 조금 편애하는 것처럼 보여서 동료들에게 무슨 말을 듣는 게 아닐지 파비안에게 상담했더니, 파비안은 황당하다는 눈으로 쳐다보았다.

"총장님과 검을 나눠놓고 이제 와서 무슨 소리야. 기사들이 질투한다면 오히려 그쪽일걸. 하지만 기사단은 감탄이 나올 정도로 수직 사회니까. 상위계급인 총장님이나 단장님·부단장님이 자신의 의지로 움직이는 일에 대고 방해하거나 반발하는 기사는 없어."

다만 어떤 집단에도 예외는 있으니까. 질투로 헛짓거리를 하는 녀석들이 있어도 이상하지 않지. 그래, 피아의 걱정이 기우로 끝나지 않을지도 몰라. 조심해. 파비안은 그렇게 마무리를 지었다…….

"그리고 보면 내일은 제6기사단의 마물 토벌에 동행한다고 했지. 조심해."

문득 생각났다는 듯 데즈먼드 단장님이 그렇게 말하기에 인사를 돌려주었다.

"감사합니다. 조심할게요."

그 후에도 소소한 이야기를 하면서 체스를 두었고, 그날은 4승 1패로 끝났다.

데즈먼드 단장님은 기분파인 건지 강한 날과 약한 날이 있다.

참고로 오늘은 약한 날이었다. 내일은 마물 토벌이 있는 날이니까 좋은 조짐을 만들어주려고 일부러 져 주신 건가?

【막간】 제1회 기사단장 비밀회의

그날 밤, 왕성 안에 있는 단장·부단장 전용 오락실에서 세 명의 기사가 밀회를 하고 있었다.

이 한정된 사람만이 입실을 허락받은 상급 오락실은 무척 호화롭게 생겼다.

널따란 실내의 바닥재로는 전부 검은 호두나무를 사용하여, 어두운 갈색으로 빛나는 바닥 위를 걸으면 듣기 좋은 구두 소리가 울린다.

방 안쪽에는 여러 대의 체스 테이블과 당구대가 놓여있으며, 그것을 방해하지 않는 위치에 테이블과 의자가 놓여있다. 그 모든 것이 장인의 손을 거친 최고급품이다.

고급스러운 벨벳이 깔린 의자에 앉은 제1기사단장 시릴이 입을 열었다.

"……그래서, 우리 신입은 어떤 느낌입니까?"

제2기사단장 데즈먼드는 손안에 든 잔을 돌리면서 짧게 대답했다.

"모르겠어."

그 답변을 들은 시릴은 데즈먼드를 추궁했다.

"무슨 말씀을 하는 겁니까! 헌병부의 수장이기도 한 당신이 직접 확인하겠다고 하기에 저도 뒤로 물러나서 지켜본 겁니다. 체스 시간을 이용해 벌써 세 번이나 일대일로 대화했잖아요. 여느 때의 당신이라면 이미 결론이 나왔을 텐데요!"

"흥분하지 마. 늘 온화한 제1기사단장의 명성이 추락하겠다."

"흥, 그건 단순한 소문이라는 걸 알고 계시면서. 저는 기사단에서 제일 호전적이고 공격적인 남자라고요."

"그런 소릴 자기 입으로 말하지 마. ……피아 말이지. 그래, 지금까지 만나본 어떤 타입에도 들어맞지 않아."

데즈먼드는 잔 안에 든 호박색 액체를 단숨에 들이컨 후 카운터에 있는 급사에게 같은 것을 주문했다.

데즈먼드 제2기사단장.

왕성 경비의 최고책임자이자, 복수의 기사단을 아울러서 편제되는 헌병사령부의 정점인 헌병사령관을 겸임하고 있는 남자다.

헌병사령부의 업무는 기사단 내부만이 아니라, 왕성의 침입자 및 백성들 사이에 섞여 있는 수상한 인물의 수사·적발로 데즈먼드 본인도 심문·고문의 일인자다.

무해하고 사람 좋아 보이는 외모는 말 그대로 겉모습에 불과하며, 왕성에 숨어든 간첩이나 수상한 사람의 모든 정보는 그의 손으로 백일하에 드러난다.

"그거 알아? 고문 도구에 붙는 이름은 전부 여성형이야. '엑서터 공작의 딸', '마녀의 쐐기' 같은 식으로. 왜냐고? 재앙을 부르는 건 늘 여성이니까. 그래서 나는 여성이라는 것만으로도 믿지 않기로 했어."

"기다리세요, 데즈먼드. 그건 당신의 정혼자가 당신을 버리고 당신의 동생과 결혼한 일로 인한 개인적인 편견에 기반한 것뿐이잖아요! 편견을 갖기 전에 자신의 매력을 다시 살펴보세요!"

"시끄러워! 나는 나를 괴롭히지 않는 타입이야. 내 매력을 다시 살펴봐봤자 비참한 결과밖에 안 나오잖아. 누가 그런 자학을 할까 보냐!"

데즈먼드는 눈앞에 놓인 새 잔을 붙잡더니 한 모금을 마셨다.

"본론으로 돌아가서. 피아 말인데, 그건 특수한 타입이야. 예를 들어 체스를 둔다고 쳐. 강한 상대와 두면 져. 이건 평범하지. 하지만 약한 상대와 둘 때는 차이가 거의 나지 않는 방식으로 이겨."

"무슨 소리죠?"

"보통은 본인의 실력은 달라지지 않으니까, 상대가 아주 약하면 압도적으로 이기고 상대가 거의 호각이라면 아슬아슬하게 이기거든. 하지만 피아는 상대가 아주 약하든, 거의 호각이든 반드시 아슬아슬하게 이겨."

"흥미롭네요."

"지적했더니 놀란 걸 보면 무의식중에 나온 행동이겠지. 아마 그 녀석은 상대방의 힘을 가늠한 뒤 약간의 차이를 두고 이기도록 무의식중에 조절하는 거야. 습관이 될 정도로. ……그게 무엇을 위해서인지, 언제 생긴 습관인지는 모르겠어."

"인간을 상대로 한 행동 분석에서 당신도 모르는 게 있다니, 처음 듣는군요."

시릴은 순수하게 놀랐다.

"……총장님의 왼쪽 다리 부상을 간파했잖아. 그런 건 보통 아무도 몰라. 그걸 그 짧은 시간과 총장님의 작은 동작을 보고 꿰뚫어 봤어. 범상치 않아. 하지만 피아를 관찰하다 보면 평소에는 전혀 날카롭지 않아. 파비안이 머리카락을 자른 것조차 눈치채지 못했다고. 말도 안 되잖아! 매일 얼굴을 보는 사람의 머리카락이 3cm나 짧아졌는데. 그걸 눈치채지 못하다니! 그래서 일반적으로 분류하면 아주 둔감한 타입이야."

"그러니까 정리하자면, 전투 시에 상대방의 힘을 가늠할 줄 알고, 근소한 차이로 이기려고 한다. 부상 한정으로 관찰력이 뛰어나다. ……………영 알 수 없는 인물상이네요."

"그래. 그러니까 모르겠다고 한 거야."

데즈먼드는 잔을 비운 뒤 같은 것을 두 잔 더 시켰다.

"그래서? 너는 어때? 이노크."

화살이 날아오자 홀로 조용히 술을 즐기고 있던 남자가 고개를 들었다.

연보라색의 긴 머리카락을 지닌 잘생긴 남자다.

아몬드형의 눈은 이지적이고, 그 두뇌는 이 세상의 온갖 것들을 이해할 수 있으리라고 일컬어지고 있으나 아쉽게도 그의 머릿속에는 마법술식만 채워져 있기로 유명하다.

그 남자, 제3마도기사단장 이노크는 가볍게 고개를 끄덕였다.

"예의 검은 확인 결과 300년 전의 '초황금시대'에만 제작할 수 있었던 효과변동형 검이라는 게 판명되었다. 즉 소유주가 강할수록 공격력과 속도가 향상된다는 거지."

"진짜?! 정말로 대단한 보검이잖아!!"

"효과변동형이라면 왕국에도 세 자루밖에 없습니다. 심지어 세 자루 전부 300년 전부터 왕가에 대대로 전해 내려왔죠. 그것 말고는 지난 300년 동안 한 자루도 찾지 못했습니다. 그런 검이 왜 이제 와서 발견된 거죠?"

"돌프 부단장이 저택 무기고에 있었다고 했지만, 그 가문은 기사 가문이 된 지 아직 100년도 되지 않았잖아. 왜 300년 전의 보검이 있는 거야. 이상하다고!"

"하지만 돌프 부단장도 피아도 증언은 일치했잖아요?"

시릴의 질문에 데즈먼드는 눈을 가늘게 떴다.

"맞아. 두 사람 다 내가 직접 확인했어. 어느 쪽도 거짓말은 아니야."

그리고 데즈먼드는 생각할 때의 습관대로 손가락으로 머리카락을 가볍게 쓸어넘겼다.

"……어쩐지 기분이 찜찜해. 아마 이 불가사의한 점과 점은 하나의 선으로 이어져 있을 텐데. 하지만 그 선이 보이지 않아."

"어쩌면 당신이 상상도 할 수 없을 법한 무언가가 숨겨져 있는 건지도 모르겠군요. ……그런데, 슬슬 피아를 상대하는 건 그만둬주시겠어요? 우리 기사단 소속이니까, 그녀는 이미 우리 애입니다. 당신에게 허락한 건 피아에게서 정보를 듣는 것뿐이니 여기까지예요."

"알았어. 아마 이 이상 피아에게서 들을 수 있는 정보는 없을 거야. 하지만 피아도 참 김이 샌다니까. 그 왜, 총장님과 모의전을 할 때는 약점을 노려서 이기려고 한 주제에 기사도입네 핑계를 댔었잖아. 얼마나 속이 시커먼 인간인지 기대하고 있었는데, 뚜껑을 열어봤더니 놀랄 정도로 단순하고 솔직했어."

"좋은 일이잖아요. 그럼 이제 피아를 따라다니지 말아 주세요."

"나는 일한 거거든! 변태 스토커인 양 말하지 마."

투닥거리는 두 명의 기사단장과 술을 즐기는 한 명의 기사단장.

이렇게 상급 오락실의 밤은 깊어져 갔다——…….

12 마물 토벌

그날, 나는 아침부터 살짝 흥분 상태였다.

마물 토벌!

기사단에 속한 이상 마물 토벌은 피할 수 없다.

그래서 어느 기사단에 배속된다고 해도 입단 1년 차는 반드시 마물 토벌에 동행해야 하는 규칙이 있다.

오늘은 파비안과 내가 마물 토벌 전문인 제6 기사단에 동행하는 방식으로 참가하게 되었다.

매일 검술 훈련을 하고 있다고는 하나 입단한 지 1년이 지나지 않아 실전경험이 없는 신입.

오늘은 선배 기사들이 어떻게 움직이는지를 보고 배우는 것이 주된 목적이고, 어지간한 일이 없는 한 전투에는 참가하지 않게 되어있다.

10명이 한 팀을 이루는 소대가 5개 참가하고, 파비안과 나는 제3소대에 동행했다.

장소는 왕도의 북부에 위치한 '별내림 숲'으로, 말로 1시간 정도 거리다.

나는 제3소대의 맨 뒤에서 말을 타고 달리며 그리운 기분을 억누르지 못하고 있었다.

300년이 지나 마을 풍경은 바뀌고 말았지만, 숲은 바뀌지 않는다.

'별내림 숲'은 왕도에서 가장 가까운 숲이기도 하기에 전생에서도 때때로 찾아갔던 장소다.

숲의 입구에 도착하자 소대별로 갈라져서 소대장에게 설명을 들었다.

그때 반짝반짝 빛나는 액체가 들어간 작은 병을 한 사람당 하나씩 지급받았다. 회복약이다.

역할 분담으로는, 10명이 마물과 싸우고 5명이 성녀를 호위, 2명이 색적, 3명이 주위를 경계하는 경계병 역할로, 파비안과 나는 경계병이 되었다.

그렇다. 오늘은 성녀들도 동행한다.

성녀라고 하면 어느 의미 내 동료라고 할 수 있다.

이번 생에서는 아직 성녀를 만난 적이 없기 때문에, 성녀를 만나는 걸 무척 기대하고 있었다.

하지만 준비가 갖춰지고 설명이 끝나 토벌을 곧 개시하는 시간이 되어도 성녀의 모습은 찾아볼 수 없었다.

오히려 기사 전원이 무언가를 기다리듯 도열한 채로 대기하고 있다.

……어어. 이거 성녀가 오는 걸 기다리는 건가?

30분 정도를 기다리자 숲의 입구에 다섯 대의 마차가 도착했다.

그리고 마차 안에서 도합 15명의 하얀 로브를 걸친 여성들이 나타났다.

모여 있는 기사 중에서 가장 상석인 가이 부단장님이 빠른 걸음으로 여성들을 맞으러 갔다.

남은 기사들은 여성들을 보자마자 오른손을 주먹 쥐고 왼쪽 어깨에 올린 뒤 머리를 숙였다. 기사의 경례다.

나도 서둘러 다른 사람들을 따라 예를 갖췄다.

"잘 와주셨습니다, 성녀님들. 제6기사단의 부단장인 가이라고 합니다. 오늘 하루 잘 부탁드립니다."

성녀들은 유유히 고개를 끄덕인 뒤 가이 부단장님보다 앞서서 천천히 걸어갔다.

그리고는 소대마다 세 명의 성녀가 붙게 되었다.

제3소대에 배치된 건 각각 20대, 30대, 40대 정도 되는 성녀들이었다.

아무래도 성녀의 이름은 기본적으로 가르쳐주지 않고, 다들 '성녀님'이라 부르는 모양이었다.

단, 성녀의 능력이 뛰어난 상위 10명은 성(聖)1위, 성2위, 성3위…… 하고 능력 순으로 순위가 부여되어 이름이 널리 공개되어 있다고 했다.

"그럼 성녀님, 함께 가주실 수 있겠습니까."

제3소대장 헥터가 성녀님들에게 의향을 물었다.

성녀는 셋 다 무릎 아래까지 내려가는 하얀 로브에 레이스업 부츠를 신었고, 손에는 각자 마석이 박힌 지팡이를 들고 있었다.

그리고는 입을 꾹 다문 채 고개를 끄덕이더니 지팡이를 근처에 있는 기사에게 넘겼다.

……으으음. 이건 소중한 지팡이를 맡길 정도로 기사들을 믿는

다는 건가? 아니면 무거우니까 대신 들어라?

두 개의 선택지가 머리를 스쳤지만, 기사들과 눈도 마주치지 않고 입도 벙긋하지 않는 성녀들을 보고 확신했다.

……응, 후자구나. 무거우니까 대신 들라는 뜻이겠네.

그 후 소대별로 나뉘어 숲속으로 들어갔는데, 성녀 호위 기사는 고생이 많아 보였다.

숲속이기 때문에 나뭇가지며 잎사귀가 아주 자유롭게 뻗어있다.

그게 성녀들의 얼굴이나 손을 찌르지 않도록 성녀 호위가 손도끼로 가지를 잘라서 치웠다. 성녀의 진행 방향에 있는 나뭇가지와 잎사귀를 모조리!

그렇게 만들어진 길을 참으로 당연하다는 얼굴로 걸어가는 성녀들.

아……, 응. 300년이나 지났으니까 가치관이 바뀌는 건 이해합니다요.

계속 변하지 말고 똑같이 있으라는 어린아이 같은 말은 나도 안 하지.

하지만…….

"나왔다!"

선두에서 걷고 있던 기사들의 목소리가 들렸다. 아무래도 마물과 조우한 모양이다.

나타난 마물은 멧돼지처럼 생긴 바이올렛 보어로, 몸길이가 2m 가까이 되며 아주 공격적이다. 지금도 코를 움찔거리면서 이빨을 드러내고 있다.

그러나 역시 현역 기사들.

순식간에 바이올렛 보어를 에워싸듯 진형을 짜더니, 미끼가 되는 자, 공격하는 자로 자연스럽게 갈라져 확실하게 마물을 공격했다.

기사들은 조금씩 바이올렛 보어를 몰아세웠지만, 여기서 신기한 일이 일어났다.

성녀들이 천천히 걸어가 전투 장소에서 멀어진 것이다.

그러더니 조금 떨어진 바위 위에 앉았다.

……어?

놀라서 쳐다보자 성녀들은 앉은 채로 셋이서 대화하기 시작했다.

얼굴을 마주 보면서 웃곤 하는 걸 보면 싸움과는 다른 방향으로 의식이 가 있는 모양이었다.

그 세 사람을 에워싸듯이 서서 성녀들을 호위하는 다섯 명의 기사.

……어어어. 어쩌지. 영문을 모르겠네.

성녀는 함께 전투에 참가해서, 다친 기사를 그 자리에서 낫게 해줘야 하는 거 아니야?

내가 뭐 틀렸나??

어안이 벙벙해서 멍하니 성녀들을 쳐다보는 사이에 전투가 끝나고 말았다.

다친 기사 한 명이 성녀들 앞으로 걸어갔다.

그러자 성녀들은 셋이서 상처 위에 손을 올리고는 무언가 주문 비슷한 것을 중얼거렸다. 그렇게 30초 정도 계속 손을 올리고 있자 상처 부분이 희미하게 하얀색으로 빛났다.

성녀들이 손을 치우자 마물의 이빨에 긁혔던 상처가 사라진 게 보였다.

치유를 받은 기사는 호들갑스러울 정도로 꾸벅꾸벅 허리를 숙이다가, 급기야 감격에 겨운 건지 무릎을 꿇고 감사의 말을 바쳤다.

반면 성녀들은 이마에 맺힌 땀을 닦으면서도 썩 나쁘지 않다는 표정으로 기사가 바치는 칭송을 듣고 있다. 잘 보자 성녀 세 명 모두가 이마에서 땀을 뚝뚝 흘리고 있었다.

……으으음. 확실히 조금 전의 기사는 마물의 이빨에 팔을 다쳤죠.

물린 건지 이빨의 흔적이 팔을 관통했었죠.

……하지만 부상 수준을 따지자면 경상이잖아. 어라? 주문 필요 없지 않아? 애초에 순식간에 낫게 할 수 있는 수준이었지.

어, 어라아아아아아아아아아아아아아아아아.

성녀가 약체화했다는 이야기는 들었지만, 이 정도로 심각했어어어어어?!

나는 어지간히 넋을 놓았던 모양이다.

파비안에게서 점심시간이라는 말을 듣고 정신을 차렸다.

방부처리를 해주는 커다란 잎사귀에 싼 도시락을 받은 뒤 파비안 옆에 앉았다.

"파비안……."

"왜 그래? 피아."

"저기, 성녀님은 참 대단하지? 마물의 이빨이 팔을 관통해서 기사의 팔에 구멍이 뚫렸잖아. 그 상처를 겨우 세 명이서 낫게 하다니, 아주 대단하지? 고작 30초 만에 낫다니, 정말정말 대단한 거지?"

……나는 아직도 머리가 혼란스러웠다.

정말?

……정말로, 아까 본 힘이 성녀의 최대 출력인 거야?

그 세 사람은 성녀 수습 같은 거고, 진짜 성녀의 힘은 훨씬 더 강력한 거 아니고?

그렇게 생각하며 파비안에게 물어봤는데, 무정하게도 그는 내 말을 긍정했다.

"그래. 기적의 힘이라고 봐. 손을 올리기만 했는데 고작 몇십 초 만에 흔적도 없이 상처를 치유하다니, 성녀의 복음이지."

"…………………………그렇구나아."

"어, 피아?!"

파비안이 당황한 듯 내 얼굴을 들여다보았다.

"피아, ………우는 거야?"

"흐어어어어어엉."

모르겠다. 모르겠지만, 눈에서 물이 흘러……….

파비안은 당황하며 주머니에서 손수건을 꺼내 나에게 내밀었다.

"피아, 괜찮아?"

"흐어어어어어엉."

나는 파비안을 꽉 끌어안았다. 눈에서는 계속 물이 줄줄 흘렀다.

………속상해.

전생의 나는 성녀라는 사실에 긍지를 갖고 있었다.

반드시.

반드시 싸움 한복판에 서서, 전장이 아무리 끔찍하다고 해도 도망치지도 물러나지도 않고, 검과 도끼를 들고 싸우는 사람들을 치유하는 일에 매진했다.

기사가 나의 방패였던 것처럼, 내가 그들의 방패였는데.

언제부터 성녀가 망가져 버린 걸까. 올바른 모습을 잃어버린 걸까.

나는 '대성녀'라고까지 불리며 성녀의 능력을 최대한으로 사용했었는데, 결국 아무것도 남기지 못했어……….

파비안은 눈에서 물을 콸콸 흘려대는 나를, 그에게 계속 매달려있도록 내버려 두었다.

그리고는 진정된 무렵을 가늠하여 내 얼굴을 살폈다.

"괜찮아? 피아. 마물과 전투하는 장소에 입회한 게 무서웠어? 아니면 성녀님의 힘에 감동한 거야?"

"………………………………둘 다 아니야. 눈에 달린 수도꼭지를 잠그는 걸 깜빡해서 눈에서 물이 흐른 것뿐이야……."

"……그렇구나. 다음에 나에게 네 눈의 수도꼭지가 어디 있는지 가르쳐줄 수 있을까? 그러면 네가 잠그는 걸 깜빡 잊었을 때는 내가 잠가줄 수 있으니까."

파비안은 다정하구나.

응, 다음에 그가 시무룩해져 있을 때는 내가 위로해줘야지.

나는 도시락 꾸러미에서 주먹밥을 꺼낸 뒤 한입 깨물어 먹었다.

"후후. 눈에서 나온 물 때문에 축축해졌으니까 흐물흐물한 주먹밥이 되었을까 걱정했는데, 딱 적당히 소금기가 들어가서 맛있어."

파비안은 울적해진 내 기분을 배려해준 건지 점심시간 동안 그이상은 아무런 말도 하지 않고 조용히 옆에 앉아있어 주었다.

……파비안, 너 정말 멋있다.

점심을 먹은 뒤에는 다시 숲속을 걸어 다녔다.

그리고 마물과 조우해서 쓰러트리기를 반복했다.

가장 많았던 건 바이올렛 보어로, 다섯 마리는 쓰러트린 것 같다.

한 기사가 오늘 밤은 고기 파티일 거라며 신난 목소리로 말했다.

음, 그 마음 알죠. 기사는 고기를 아주 좋아하니까요. 저도 좋아합니다.

성녀들은 변함없이 전투가 시작되면 떨어진 장소에 앉아있다가, 전투가 끝나면 치유하는 행위를 반복했다.

그러다 해가 머리 꼭대기보다 조금 서쪽으로 기울어졌을 때, 처음으로 헥터 소대장님에게 말을 걸었다.

"피곤해. 돌아갈게요."

"알겠습니다! 가급적 신속하게 귀환하겠습니다!"

이리하여 마물 토벌을 마치고 귀환하게 되었다.

돌아가는 길은 갈 때와 달리 마물을 따로 찾아다니지 않고, 우연히 마주치는 마물을 토벌하는 선에서 그쳤다.

주위에 있는 기사들도 안도하며 어깨에서 힘이 조금 빠진 것처럼 보였다.

하지만 재난이라는 건 흔히 방심했을 때 찾아오는 법이다.

"마물이 접근합니다!"

색적병이 별안간 당황한 목소리로 외쳤다.

그는 공격마법을 사용하는 사람으로, 마법탐지로 어느 정도 마물의 위치를 파악할 수 있다.

"뭐, 뭐라고?! 몇 시 방향이지?! 경계를…….."

말을 하던 헥터 소대장님이 날려갔다.

숨을 삼키고 돌아보자 파란 눈을 형형하게 빛내는, 3m 정도 되는 사슴형의 마물이 서 있었다.

플라워 혼 디어. 성장할수록 머리에 난 뿔이 마치 꽃처럼 벌어지는 사슴형 마물이며 이 숲에서만 서식하는 고유종이다.

토벌하려면 30명의 기사가 필요하다고 하는 B랭크 마물이므로 오늘 토벌한 다른 마물들과는 차원이 다르게 강하다.

마물은 강하면 강할수록 숲속 깊은 곳에 산다. B랭크쯤 되면 더 깊이 들어간 곳에 있을 터이다. 하루 만에 숲 밖으로 나갈 수 있는 깊이에서 만날만한 마물이 아니다.

애초에 오늘 토벌에서 만나는 걸 상정하지 않았을 것이다. 소대가 20명으로 편제된 것이 그 증거다.

가장 큰 불운은 지휘관인 소대장님이 날아가서 의식불명이 되었다는 것이겠지.

하지만 이건 우연으로 볼 수 없다.

B랭크의 마물은 지능이 높다. 순식간에 누가 이 집단의 지휘관인지 간파하고 혼란을 주기 위해 일부러 소대장님을 노린 게 분명하다.

기사들은 타원형으로 흩어져 서 있는데, 그 일각에 마물이 뛰어든 형태였다.

타원형의 가장자리에는 소대장 대리가 얼어있었다.

"파비안, 너 지휘할 수 있어?"

내 질문에 파비안은 정신을 차린 듯 눈을 깜빡였다.

"아니……. 저 마물은 처음 봤어. 특성도 아무것도 모르는 이상은 무리야."

그렇겠지…….

이 숲의 고유종이고, 평소엔 숲속 깊은 곳에 사는 마물인걸. 보통은 특성을 모르겠지.

우리가 대화하는 목소리에 정신을 차린 건지 주위에 있는 기사들이 검을 뽑았다.

하지만 마물이 어떤 공격을 할지 모르기 때문에 섣불리 움직일 수 없어 대치 상태가 이어졌다.

"꺅————!!"

그런 와중에 세 명의 성녀가 갑자기 비명을 지르면서 제각기 다른 방향으로 달려갔다.

"앗, 안 돼!"

플라워 혼 디어는 움직이는 것을 쫓아가는 습성이 있다.

나는 무심코 검을 빼 든 뒤 성녀를 향해 달려가려고 하는 플라워 혼 디어의 앞을 가로막았다.

"《신체 강화》 공격력 3배! 속도 3배!"

작은 목소리로 중얼거린 뒤 검을 옆으로 세워서 아래로 내리꽂히는 뿔을 막아냈다.

"크윽……!"

일단은 받아냈지만, 충격에 몸이 뒤로 밀렸다.

"플라워 혼 디어를 토벌해본 적이 있습니다! 제가 지휘하겠습니다!"

그렇게 외친 뒤 마물의 파란 눈을 바라보면서 밀려나지 않도록 전신에 힘을 줬다.

그 상태가 몇 초간 지속되었을까. 갑자기 마물의 눈이 파란색에서 빨간색으로 바뀌었다.

찰나, 나는 뒤로 몸을 날렸다.

"물러나!"

내 목소리와 동시에 마물을 중심으로 반경 3m 정도가 불꽃에 휩싸였다.

"무슨! 가, 갑자기 불꽃이 나왔어!!"

"위험해! 물러나!!"

기사들이 당황한 듯 소리치면서 뒤로 물러났다.

"플라워 혼 디어 토벌 시 조심해야 하는 것은 하나! 눈동자의 색을 보고 파란색이면 공격한다, 빨간색으로 변화하면 즉시 멀어진다! 이상!"

이 마물은 눈동자가 빨간색으로 바뀌었을 때만 불꽃을 조종한다. 그리고 불꽃을 조종하는 동안에는 공격하지 않으므로, 간격을 벌리면 문제없다.

"단, 이 마물은 피부가 단단하기 때문에 숨통을 끊을 때까지 시간이 걸려! 파비안, 구조요청 호각을 불어서 원군을 불러! B랭크의 마물을 상대하기에는 인원수가 부족해!"

곧바로 파비안과 그 외 손이 비어있던 기사가 구조요청 호각을 불었다.

근처에 다른 소대가 있다면 좋겠는데.

원래 20명으로 편제된 데다 소대장이 쓰러진 지금, 명백하게 인원수가 부족하다.

초조해하는 사이에 플라워 혼 디어의 불꽃이 작아졌다.

머지않아 불꽃이 사라지고 마물의 눈이 파란색으로 바뀔 것이다. 그렇게 되면 마물의 공격이 시작된다.

"공격 담당 중 세 명은 정면에서 방패로 뿔을 막아! 나머지는 마물을 포위! 이 마물은 점프력이 아주 탁월해. 조금이라도 포위에 틈이 있으면 거기로 뛰어서 도망칠 거야. 그리고 포위 밖으로 나가면 우리를 한 명씩 공격할 거고! 그러니까 절대로 놓치면 안 돼!"

훈련된 기사들은 곧바로 내 목소리에 반응해 플라워 혼 디어를 에워싸는 진형을 만들었다.

"공격할 때는 최대한 복부의 하얀 부분을 노려! 등은 단단하니까 검이 박히지 않을 거야!"

————————그로부터 몇 분 정도 지났을 무렵.

단단한 마물의 피부에 검이 박히지 않아 악전고투하던 우리를 향해 엉뚱할 정도로 태평한 목소리가 날아왔다.

"이런, 구조요청 호각이 들려서 무슨 일인가 했더니, 보기 드문 마물이 있군요……."

무심코 그쪽을 돌아본 내가 본 것은, 그곳에 있을 리가 없는 '왕국의 용'이라 불리는 기사였다.

【SIDE】 제1기사단장 시릴

나는 시릴 서덜랜드. 제1기사단의 단장을 배명받았다.

더해서 10년 전, 17살의 나이로 아버지에게 공작위를 물려받았기 때문에 서덜랜드 공작이기도 하다.

아버지는 선왕의 동생이었기 때문에, 나에게도 왕위계승권이 있다. 순서로는 사비스 총장님의 뒤를 잇는 제2위.

그래서 그런지, 제2기사단장인 데즈먼드와 합쳐서 '왕국의 용호'라고 불리는 일이 있는데 개인을 따로 지칭할 때는 데즈먼드가 '왕국의 호랑이'고 내가 '왕국의 용'이다. 몹시 불쾌하다.

애초에 용은 왕가의 문장이고, 왕을 가리켜 용이라고 부르기도 한다.

아무리 내가 상위의 왕위계승권을 지녔다고 해도 이건 불경하기 그지없지 않은가.

그렇게 화내는 나를 보고 사비스 총장님은 표정 하나 바꾸지 않은 채 '예를 들어, 네가 왕태자가 된다면 용이라고 불려도 위화감이 없겠지'라고 했다.

세상에는 어떻게 할 수 없는 일이 있다.

아무리 능력이 좋아도, 아무리 노력해도 어떻게 되지 않는 일이 있다.

10년 전, 총장님이 오른쪽 눈과 감정을 잃어버렸을 때 그 사실을 절절히 깨달았다.

나는 총장님 옆에 있으면서 아무것도 하지 못했으니까.

그날 이후 나는 총장님의 오른쪽 눈이 되었다.

총장님의 오른쪽 눈으로서 봐야 할 것을 보고, 보면 안 되는 모든 것을 배제해왔다.

전장에서는 반드시 총장님의 오른쪽에 서서 그의 오른쪽 눈으로서 움직였다.

나의 모든 것은 왕국에 바쳤다. 차기 국왕이신 그분을 위해서라면, 아껴야 할 것은 무엇 하나 없다.

그날은 낮부터 총장님과 함께 근처 숲으로 나와 있었다.

마물이 나오는 숲이기 때문에 만약을 위해서 50명의 호위를 붙였다.

총장님은 정기적으로 검을 휘두른다.

매일 왕성 내의 훈련소에서 검을 휘두르고 있긴 하지만, 그것과는 별개로 정기적으로 실전을 원하신다.

그건 단순히 몸을 움직여서 답답함을 발산시키는 것처럼 보이기도 하고, 실전을 거듭하여 더 높은 경지를 추구하는 것처럼 보이기도 했다.

혹은 고민이나 망설임이 있을 때 검을 휘둘러서 자신의 생각을 정리하거나.

그날은 2시간 만에 약 10마리의 마물을 쓰러트렸다.

전부 C랭크 이하의 마물로, 총장님이 거의 혼자 쓰러트리셨다. 익숙한 일이다.

검을 가볍게 휘둘러서 날에 묻은 피를 털어내는 총장님을 보며 이로써 기분이 조금이라도 개운해졌길 바랐다.

그때였다. 근처에서 구조요청 호각 소리가 들렸다.

이 소리는 기사단 전용의 호각이다. 이 숲은 제6기사단 관할일 터.

구조요청 호각을 사용하다니, 무언가 예측하지 못한 사태가 일어난 건가…….

선두에서 걸어가려는 총장님을 말린 뒤 호각 소리를 따라가자 예상했던 대로 제6기사단의 소대와 조우했다.

……그런데, 이건 뭐지?

나는 그 자리의 상황을 파악한 뒤 아주 잠깐이지만 굳어버렸다. 전장에서는 절대 해서는 안 되는 일이었다.

플라워 혼 디어가 있다. B랭크로, 평소에는 숲속 깊은 곳에 있는 마물이다.

보기 드문 사례지만 그것 자체는 됐다.

하지만 전장의 중앙에서 이 싸움을 지휘하는 이가 제1기사단의 신입이라는 건…… 어떻게 된 일이지?

말을 걸자 가장 먼저 그 신입이 돌아보았다.

"시릴 단장님! 플라워 혼 디어입니다. 주위를 빈틈없이 포위했으니 현재 도주할 걱정은 없습니다. 생명력 450 정도의 개체로,

잔존 생명력은 85%. 지금부터 7초 후에 파란색 눈으로 바뀌고 불
꽃이 사라집니다!"

"헤에……."

나는 어릴 때부터 엄한 교육을 받았으며, 특히 발언에 관해서
는 끊임없는 지도를 받았다.

듣는 이가 올바르게 이해할 수 있도록, 적확한 발언을 하라는
가르침을 받았고 그걸 실천해왔다.

이렇게 아무런 의미가 없는, 얼빠진 말을 입 밖으로 내는 것은
아주 어린 시절 이후로는 처음일 것이다…….

……애초에 플라워 혼 디어는 이 숲의 고유종이다. 그 특성에
대해서는 널리 알려져 있지 않을 텐데, 왜 피아는 이렇게 잘 아는
것일까.

그리고 왜 마물의 생명력을 수치화할 수 있는 걸까. 마물의 생
명력을 수치화한다는 건 처음 들었기에, 그게 맞는 건지 틀린 건
지조차 알 수 없다. 잔존 생명력 또한 마찬가지다.

게다가 이 마물을 상대하기 어려운 이유로 빨간 눈과 파란 눈
이 바뀌는 타이밍을 잡을 수 없다는 점을 꼽을 텐데. 이상하다.
내 지식이 부족한 걸까.

"피아……. 저는 이미, 마물보다도 당신 생각으로 머리가 가득
합니다."

나는 진심으로 힘이 빠져서 그렇게 말했는데, 눈앞의 소녀 기
사는 기쁘다는 양 헤실 웃었다.

"단장님께서 와주셨으니 이제 안심이네요. 저도 그런 멋진 단

장님 덕분에 가슴이 벅차오릅니다!"

틀렸어, 전혀 이해하지 못했어…….

나는 피로를 느끼면서도 여느 때처럼 총장님이 설 위치의 오른쪽에 자리를 잡았다. 동시에 총장님이 마물의 정면에 섰다.

"어? 총장님?!"

이제야 총장님의 존재를 인식한 피아가 놀라서 소리쳤다.

……정말 어떻게 해석해야 하는 거지?

전장의 현장 파악 능력은 최상급인데, 그것 말고는 데즈먼드의 말대로 무척이나 둔하다는 게 정답인 걸까.

'……이렇게 존재감 덩어리 같은 총장님께서 가까이 접근할 때까지 눈치채지 못한다는 건 보통 말이 안 돼.'

혹은 아무도 눈치채지 못하는 현황마저 간파하고 있었고, 그때문에 총장님을 인식하지 못했다(현장파악능력은 완벽)는 게 정답인 걸까.

'……아니, 이건 아무리 그래도 말이 안 되겠지.'

나는 생각을 멈추고 마물과 대치했다.

마물이 불꽃을 거둔 순간, 총장님이 재빠르게 발도한 뒤 돌진해온 마물을 가볍게 피한 후 위에서 내리긋는 일격 하나로 그 목을 베어버렸다.

"우와……."

"역시 총장님! 우리 20명이 덤벼도 힘을 빼게 하지도 못했던 마물을 일격에 처치하시다니!"

기사들이 놀라서 탄성을 질렀지만, 나에게는 익숙한 광경이다.

총장님은 강하다.

숨을 거둔 플라워 혼 디어의 뒤처리는 제6기사단에게 맡기기로 하고. 나는 아직 일이 남아있다. 정확하게는 새로 발생했다고 표현해야 할까.

"피아, 잠시 이리 오세요."

"네, 단장님!"

무슨 심문을 받을지 아는 파비안은 뒤에서 연민하는 듯한 시선을 보냈지만, 막상 피아는 전혀 모르는 건지 생글생글 웃으면서 다가왔다.

"단장님, 감사합니다! 덕분에 살았습니다."

활짝 웃으면서 인사까지 했다.

너무나도 태평한 모습에 한숨을 쉬는 총장님의 숨소리를 들은 피아가 허둥지둥 총장님을 향해 몸을 돌렸다.

"앗, 그, 아니에요! 단장님께는 '와주셔서 감사합니다'고요! '쓰러트려 주셔서 감사합니다'는 총장님이요!!"

그리고 엉뚱한 발언을 했다.

총장님은 무어라 할 말이 있다는 듯 나를 보며 한쪽 눈썹을 올렸다.

……네, 압니다. 제 교육이 부족했습니다.

13 회복약

사비스 총장님은 역시 대단하다.

B급 마물을 일도양단해버리다니, 얼마나 강한 거냐고!

검은 칼날의 궤도가 올바르다면 베어낼 수 있다고 하지만, 힘이 전혀 들어가지 않은 것처럼 보였는데. 어떻게 해야 저렇게 싹둑 베어버릴 수 있는 걸까.

나는 흥분해서 시릴 단장님이 부르는 대로 두 사람에게 걸어갔다.

나를 부르던 단장님이 흠칫 놀라서 내 팔을 보았다.

"피아! 다친 겁니까?"

"네? 아, 그러고 보니 플라워 혼 디어의 뿔에 긁혔었어요. 가벼운 상처입니다."

"아뇨, 보아하니 10cm 정도로 길어 보이고 깊이도 제법 되는 것 같네요. 가벼운 상처가 아닙니다. 성녀님께…….."

내 옷의 소매를 걷어 올려 상처를 확인하던 단장님은 무언가를 발견하고 말을 멈췄다.

단장님의 시선을 쫓아가자 성녀들이 기사를 향해 무어라 소리치고 있었다.

……응, 내용이 안 들려서 다행이네.

상황에 따라 우선순위는 바뀌기 마련이다. 플라워 혼 디어가

출현한 순간 마물을 쓰러트리는 것이 최우선이 되었으니, 성녀 호위도 마물 토벌에 참가했다.

마물을 쓰러트리지 못한다면 소대가 전멸할 수 있으니 이건 어쩔 수 없는 일이다.

하지만 성녀들에게는 도저히 용서할 수 없는 폭거인 거겠지. 멀리서 봐도 어마어마하게 화내고 있다.

……응, 이거 글렀네. 지금 전투에서 상당한 부상자가 나왔지만 치유해주지 않을 것 같다.

나는 치유받는 걸 깔끔하게 포기한 뒤 단장님을 향해 몸을 돌렸다.

"가벼운 상처입니다. 지급된 회복약이 있으니 나중에 마실게요."

"아뇨, 지금 당장 마시세요. 그건 마신 뒤에 효과가 나올 때까지 시간이 걸리니 미리 마셔둬야 합니다."

끄으응. 하지만 회복약은 마시면 통증이 장난 아니라고 하던데요. 괜찮습니다. 먹지 않아도 알아서 치유할 수 있어요. 이래 봬도 전직 대성녀니까요. (엄지 척)

"피아……? 당신, 설마 일시적인 통증이 두려워서 약을 마시지 않을 생각인 건 아니겠죠? 그건 작은 고통을 피하기 위해 큰 고통을 겪게 되는 겁니다. 이미 15살의 성인이니까 어린아이 같은 반항은 하지 마세요!"

단장님에게 억지로 목덜미를 잡힌 나는 입을 벌려야만 했다.

"다, 다, 단장님, 안심하세요! 루드가는 대대로 튼튼하거든요! 아니, 정확하게는, 아버지가 약에 의존하는 건 나약한 짓이라고 하셨습니다. 저는 루드가의 일원으로서 아버지의 가르침을……
크헥헥."

말하는 도중이었는데도 단장님은 사정 봐주지 않고 약을 내 입
에 쑤셔 넣었다.

"힉————, 뭐야, 이거, 써! 으악, 써!!"

무심코 두 손으로 입을 누르며 어떻게든 쓴맛에서 도망치려고
했지만, 이미 입안에 퍼지는 쓴맛은 나가주지 않았다.

어떻게 할 수 없는 건지 해결책을 찾아 주위를 둘러보았다.

총장님과 시선이 마주쳤기에 반사적으로 매달리는 눈으로 쳐
다보았지만, 총장님은 재미있다는 듯 한쪽 손을 가볍게 흔들었을
뿐이었다.

으헝. 도와줄 마음이 없으시군요.

견디지 못하고 그 자리에서 펄쩍 뛰었다.

쓰다, 너무 쓰다, 환장하게 쓰다! 혀가 얼얼할 정도야! 아아, 평
소에 쓴 음식을 먹어버릇할 걸 그랬다. 그랬다면 이 쓴맛도 조금
은 견딜 만하지 않았을까.

지리멸렬한 생각을 하면서 펄쩍펄쩍 제자리 뛰기를 반복했다.

하지만 몸을 움직이다 보면 때로는 좋은 생각이 떠오르는 모양
이다.

단맛! 그래, 단것을 먹어서 맛을 상쇄하면 되잖아!

주위를 두리번두리번 둘러보다 원하는 열매를 발견하고 쏜살
같이 달려갔다.

"어, 피아! 혼자서 어디에 가는 건가요?"

뒤에서 단장님이 당황한 듯 말을 걸었지만, 거기에 신경 쓸 겨를은 없다.

찾던 나무 앞에 도착한 나는 주렁주렁 달린 엄지만 한 크기의 빨간 열매를 땄다.

그리고 그걸 입에 쏙 집어넣었다.

"피아! 뱉으세요!"

당황한 듯 단장님이 달려왔지만 우물우물우물, 이미 먹어버렸답니다.

……여전히 이 열매는 달착지근하다. 왜 이렇게 맛있는 걸 숲의 짐승들은 먹지 않는 걸까.

"피아!"

뒤따라온 단장님이 내 입에 손가락을 집어넣고는 입 안을 헤집었지만, 아쉽게도 이미 먹어버린 뒤랍니다.

"다, 다자님도 드시고 시프셔써요? 그어면 아직 저기 마니 다려이써요. 제 입에 들어간 걸 뺏어 가려 하지 마시고 직접 따서 드시면 되잖아요."

"……괜찮은 겁니까? 그건 얼핏 맛있어 보이지만 회복약과는 비교도 되지 않을 만큼 아주 쓴 과일인데요……."

"네? 아주 달달한데요?"

고개를 옆으로 기우뚱 기울이고 물어보면서도 손은 바쁘게 움직이며 두 개, 세 개째의 과일을 따서 입안에 넣었다.

"우물우물우물, 음. 달아요."

"……회복약을 쓰다고 평하는 걸 보면 미각치인 것도 아닐 텐데요……."

단장님은 조심조심 과일 하나를 딴 뒤 조금 깨물어 먹었다.

"! ……크윽, 당신을 믿은 제가 어리석었습니다!"

지면에 한쪽 무릎을 꿇고 고통스러운 표정을 짓는 단장님을 보면서 나는 '미형은 얼굴을 찡그려도 미형이구나……'라는 부러움을 느꼈다.

"아, 단장님은 술 드시죠? 그래서 단맛이 입에 안 받는 거예요."

"……무슨 소릴 하는 겁니까. 이 과일은 어마어마하게 쓰다고요."

"에이. 단것이 싫은 건 딱히 부끄러워할 일이 아닌걸요."

대화하면서 네 개째, 다섯 개째의 과일을 쏙쏙 입에 넣었다.

맛있다고 감탄하며 단맛을 음미하고 있었더니, 단장님이 물끄러미 바라보는 걸 눈치챘다.

"아, 역시 더 드시고 싶어지셨어요? 여기요."

새로 한 알을 따서 단장님의 눈앞에 내밀었다.

하지만 단장님은 기피 대상을 보는 듯한 눈으로 바라볼 뿐, 손을 대려 하지 않았다.

왜 그러는 거지? 의아해하고 있었더니 천천히 걸어온 총장님과 눈이 마주쳤다.

"총장님, 드세요. 아주 맛있습니다."

총장님은 말없이 몇 초간 나를 바라보았으나, 조용히 손을 내밀어 내 손바닥에서 과일을 받아 갔다. 그리고는 입안에 통째로 집어넣었다.

"총장님!!"

단장님이 경악한 듯 언성을 높였지만 총장님은 아랑곳하지 않고 과일을 우물우물 씹었다.

"……달군."

그리고는 의외라는 양 중얼거렸다.

"설마, 그럴 리가."

놀란 듯이 그렇게 말한 단장님은 새로 과일을 하나 더 따서 먹었다가 '우욱' 하고 다시 맥없는 비명을 지르고는 땅바닥에 몸을 웅크렸다.

……으음. 입에 안 맞는다면 그대로 뱉으면 될 텐데. 꼬박꼬박 먹으려고 하는 점에서 단장님의 성품이 보인다.

곁눈질로 단장님을 바라보며 다시 과일을 따자 총장님이 말을 걸었다.

"피아, 시릴에게 하나 나눠줘라."

"알겠습니다. 단장님, 여기요."

내가 내민 손에서 쭈뼛쭈뼛 과일을 하나 받아 간 단장님이 그걸 통째로 입에 넣었다.

그리고는 굳게 결심한 듯 깨물고는, ……감고 있던 눈을 번쩍 떴다.

"달아……."

……흠흠, 그렇구나. 제가 권했을 때는 한입 깨물었을 뿐이었는데 총장님이 시키면 통째로 드시는군요. ……단장님은 정말 총장님을 좋아하시나 봐요. 알고 있었던 거지만.

하지만 괜찮습니다. 직속 부하는 그런 일로는 안 삐지니까요.

제대로 단장님의 편을 들어드릴게요.

"네, 달죠. 하지만 괜찮습니다! 단것을 싫어하는 남성은 오히려 호감도가 올라가기도 하니까요."

"이건 대체 어떻게 된 일이죠?"

내 위로의 말을 홀랑 무시해버린 단장님이 총장님에게 말을 걸었다. 크흑!

"……이 숲에는 옛날에 정령이 살고 있었다는 말이 전해지고 있지. 그리고 마음에 든 자에게는 은혜를 나눠주었다고. ……정령의 가호일 거다. 피아, 너는 '정령에게 사랑받는 자'인 모양이다. 쓴 과일을 단맛으로 바꿔줄 정도로 정령이 너를 돕고 있다. 혹은 이미 정령 자체가 이 숲에서 사라진 뒤라면 숲이 너를 돕고 있거나. ……아쉽군. 회복마법을 쓸 줄 알았더라면 뛰어난 성녀가 되었을 텐데."

왕국에 태어난 여아는 전원 3살과 10살 때 회복마법을 사용할 수 있는지 검사를 받는다. 교회에서 데려가지 않았다는 건, 두 번다 회복 마력이 없다는 판정을 받았다는 뜻이다.

"……충분합니다. 필요한 것은 전부 받았으니까요."

나는 총장님을 바라보고는 생긋 웃으며 단언했다.

……나는 이 나라에 한 번 더 태어나는 기회를 받았다.

그게 정령이 준 최대의 가호다.

잠시 침묵이 흐른 후, 그걸 지워내듯 단장님이 입을 열었다.

"……그런데, 피아. 진정이 되었다면 당신에게 묻고 싶은 게 있는데요……."

묻고 싶은 것?

"네, 말씀하세요."

그리고 내가 고개를 갸우뚱 기울였을 때였다. 내 전신에 격통이 퍼져나갔다!

"아아아아아악?!"

맞다, 회복약을 마셨지!

"피아?!"

바닥에 털썩 쓰러지는 나를 보고 단장님이 달려왔다.

그리고 걱정하며 내 이름을 불렀지만 도저히 대답할 수 있는 상태가 아니었다.

아파, 아파, 아파, 아파, 아파, 아파, 아파!!

아프다고! 아파, 아파, 아파, 아파, 아파———!!

이거, 틀렸어. 회복약 제작법이 틀린 거야.

작용하는 방향이 다르다.

아아아. 흑룡 자빌리아가 회복약을 사용했을 때 너무 큰 고통 때문에 공격한 기분을 이해할 수 있을 것 같다. 그보다 자빌리아는 지금 뭐 하고 있을까?

아, 어쩌지. 의식이 혼란스러워졌어. 누구야, 이런 회복약을 만든 사람!

이건 완전히 세상에 내놓으면 안 되는 실패작이라고————!!

땅바닥 위에서 몸부림치는 나를 보고 단장님이 걱정된다는 듯 중얼거렸다.

"가끔 회복약이 안 맞는 사람이 있단 말이죠. 팔의 이 상처를 가벼운 상처라고 말하는 걸 보면 피아가 고통에 약한 것 같지도 않으니, 회복약이 안 맞는 체질인가 보군요."

……네, 그렇습니다. 회복약은 사용자의 회복능력을 억지로 끌어올려서 상처를 낫게 하는 건데, 이건 작용 방식이 틀렸거든요. 이래서는 회복 마력이 높을수록 고통을 느끼게 되겠죠. 그래서 저는 죽도록 아픕니다아아아아아아아아아!

"하지만 큰일이네요. 이 고통은 상처가 다 나을 때까지 정기적으로 발생합니다. 이래서는 제6기사단과 함께 귀성시키는 건 어렵겠어요."

단장님이 플라워 혼 디어와의 전투 뒷정리를 거의 끝낸 제6 기사단을 힐끗 보면서 중얼거렸다.

나는 격통에 시달리면서도 가까스로 입을 열었다.

"시, 싫어요. 제6기사단과 함께 돌아갈 겁니다. 오늘은 고기 파티를 하는 날이라고요……."

"네?"

"무념무상의 경지에 이르면 불도 시원해진다고 하잖아요! 아프지 않다고 생각하면 아프지 않습니다. 하지만 고기는, 먹고 싶다고 생각해도 고기가 없으면 먹을 수 없어요! 무념무상의 경지에 이르러도 불은 여전히 뜨겁다고요!"

"……피아. 상처가 다 나으면 진득하게 대화 좀 합시다."

단장님이 더없이 친절하고 부드럽게 웃으면서 제안했다.

"시, 싫습니다. 설교할 때의 알디오 오빠와 똑같은 압력이 느껴져요. 저는 오늘 열심히 했다고요. 고기를 먹게 해주세요!"

나는 벌떡 일어난 뒤 단장님에게서 거리를 벌렸다.

아, 조금 통증이 가신 것 같은 느낌이 들어…….

"나았다! 나았습니다! 아픔도 없으니까 제6 기사단과 함께 귀성하겠습니다."

아니, 진짜로. 이래 봬도 전직 대성녀거든요. 이 정도의 상처는 순식간에 없앨 수 있다고요. 눈 깜빡할 사이에 낫게 할 수 있답니다. 네, 회복약을 마셔서 상태이상 회복도 필요해진 만큼 조금 더 번거로워지긴 했지만, 그래도 눈 깜빡할 사이에 끝낼 수 있다니까요.

"시릴 단장님, 대화 도중에 죄송합니다."

사이에 끼어든 목소리에 그쪽을 돌아보자 파비안이 서 있었다.

"허락해주신다면 제가 피아를 데려가겠습니다. 그녀는 저보다 한참 몸집이 작으니, 필요하다면 업고 갈 수 있습니다. 단장님께선 총장님을 경호해야 하실 테니, 괜찮으시다면 저에게 맡겨주실 수 있겠습니까?"

생각에 잠기는 자세를 취했지만, 단장님은 곧바로 파비안의 제안을 받아들였다.

"……그렇군요. 그럼 맡기겠습니다. 몇 번 격통을 호소할 테니, 그때는 업어 주세요. 절대 다른 기사들과 떨어지지 말고요."

그 후 단장님은 잠깐 주저한 뒤 다시 입을 열었다.

"마물에게는 마물의 세력 구도가 있습니다. 이 대륙을 다스리는 삼대마물 중 하나가 빠진 것 같다는 보고가 들어왔어요. 그 탓에 마물의 분포가 평소와는 다른 상태가 되어있다고 합니다. 이 땅은 그 일각이 빠져버린 장소에서 꽤 멀리 떨어져 있으니 문제없다고 생각했지만, 플라워 혼 디어가 심층부에서 나왔다는 건 적잖은 영향을 받았을지도 모르죠. 그러니 예기치 못한 마물과 조우할 위험이 있습니다. 절대로 다른 기사들과 떨어지지 마세요."

"명심하겠습니다."

파비안은 진지한 얼굴로 단장님에게 대답한 뒤 나를 인수해주었다.

다, 다행이다. 이걸로 고기 파티에 참가할 수 있고, 몰래 회복 마법을 사용해서 이 격통에서 벗어날 수 있어.

제3소대와 합류하자 사람들이 말을 걸었다.

"피아! 너 팔을 다쳤잖아. 이리 와. 붕대를 감아줄게."

시키는 대로 그쪽으로 가서 팔을 내밀자, 어째서인지 머리를 마구 쓰다듬어주었다.

"너 대단하다! 그런 이상한 마물의 특성을 용케 알고 있었어!"

"그 녀석 진짜 무지막지했다고! 포위해도 불을 뿜으니까 떨어지지 않으면 안 되고, 떨어지면 불이 사라져서 공격해대니까 또 포위해야 하고! 네가 알려주는 타이밍이 어긋났더라면 오늘 밤 고기 파티에는 고기가 되어서 참가했을 거야!"

"아니, 네가 고깃덩어리가 된다고 해도 고기로 참가시키진 않을 거거든!! 고기인 너에겐 참가권 없어!"

153

"후후후, 플라워 혼 디어는 끝내주게 맛있답니다!"

잔뜩 흥에 겨운 기사들을 앞에 두고 나는 아는 정보를 득의양양하게 늘어놓았다.

"지금까지 먹어본 고기는 대체 뭐였던 거냐! 라는 생각이 드는 맛이 납니다. 깜짝 놀랄 거예요. 혀가 살살 녹아요. 쟁탈전이 벌어질걸요. 전쟁입니다."

"진짜로……?"

기사 중 몇 명은 벌써 플라워 혼 디어의 맛을 상상하기 시작한 건지 시체가 된 마물을 황홀한 눈으로 쳐다보았다.

와우, 터프하네요. 직전까지 살아있던 마물을 벌써 완벽한 고기로 볼 수 있다니, 역시 기사님!

나는 기사 중 한 명이 붕대를 얼기설기 감아주는 응급처치를 받고 그들과 함께 귀로에 들었다.

그리고 한동안 걷다가…… 갑작스러운 격통에 몸을 웅크렸다.

"끄아아아아아아아악!!"

아차! 회복약을 마신 걸 잊어버렸어!

"이봐, 피아. 왜 그래?!"

"배탈이라도 났어?"

주위에 있던 기사들이 걱정하며 말을 걸었다.

너무도 큰 고통에 대답도 하지 못하는 나 대신 파비안이 설명했다.

"회복통일 거야. 조금 전에 팔의 부상을 치유하기 위해 회복약을 복용했으니까, 회복통이 도진 게 아닐까."

"아———."

"응, 그건 답이 없지."

이미 여러 번 회복통을 경험해봤을 기사들이 동정하듯 고개를 끄덕였다.

그리고 파비안과 내 방패를 들어주었다.

"갑옷을 입었으니까 어깨로 부축하는 건 피아가 힘들 거야. 옆으로 안아 드는 게 나아."

그런 식으로 기사 중 누군가가 이야기하는 게 들리나 싶더니, 팔이 다가와 바닥에 납작 들러붙어 있던 나를 안아 들었다.

"……힉!"

파, 파비안, 이건 아니야!!

너는 그냥 업무의 일환으로 안아 드는 것일 테지만, 내가 삿된 마음을 품으면 어떡하려고 그래!!

게다가…….

"이, 이건 갑옷 때문이니까! 내 갑옷은 통상 갑옷보다 무거워지는 저주가 걸려있어. 그, 그러니까 파비안이 무겁다고 느끼는 것도 전부 다 갑옷의 무게 때문이야!!"

나는 필사적으로 중요한 말을 강조했다.

아직 격통이 이어지고 있지만 갑옷의 무게를 주장해두는 게 더 중요하다.

"어———, 응. 그런 저주는 들어본 적도 없지만 피아가 말한다면 있을지도 모르지."

"헤에———, 너 대단한데. 지급품인 갑옷에서 그런 저주받은 물건에 걸리다니."

조금 전과는 달리 기사들의 시선이 뜨뜻미지근해진 듯한 기분이 들었지만, 나는 신경 쓰지 않기로 했다.

중요한 건 언질을 받아두는 것이니까.

여러분, 저주의 갑옷을 긍정했죠? 제가 다 들었거든요!

그 후 통증이 사라졌을 때 파비안에게 내려달라고 한 나는 잠시 휴식할 때 나무 뒤로 숨어서 몰래 성녀의 힘을 사용했다.

당연하지만 팔에 난 상처도, 정기적으로 격통을 느낀다는 상태 이상도 순식간에 사라졌다.

……다쳤으니까 치유한다. 단순한 과정이 왜 회복약을 마셔서 복잡해지는 걸까.

14 고기 파티

그날 밤, 때가 무르익어 고기 파티가 개최되었다.

식당 앞에 위치한 정원에는 고기를 굽기 위한 망이 놓이고, 눈앞에서 고깃덩어리가 구워진다.

고기 획득의 공로자인 제6 기사단만이 아니라 제1과 제2, 제5 기사단에서도 참가자가 적잖이 나타난 것은 역시 고기를 좋아하는 기사의 행동으로서는 당연하다고 볼 수 있다.

고기가 넉넉하게 뿌려지고, 그 이상으로 많은 술이 제공되었다.

후후후. 나도 훌륭하게 '성인 의례'를 마치고 성인이 되었으니까 술을 마실 수 있단 말이지.

나는 눈앞에 놓여있던 노란색의 음료를 손에 들고 단숨에 쭉 들이켜 보았다.

"……으──응, 부글부글하네? 찌릿하다고 해야 하나, 조금 쌉쌀한 것 같기도 하고. 이거 맛있는 건가?"

주위에 기사들이 있으니까 익숙한 척 마셔보았지만, 알코올을 마시는 건 '성인 의례' 날 밤에 이어 아직 두 번째였다.

후후후. 하지만, 나 대단해.

기사단에 입대해서 술까지 마시다니, 완벽한 어른이야!

신이 나서 꿀꺽꿀꺽 잔을 비웠다. 흐흥, 역시 나는 술이 잘 받는구나.

새 잔을 들고 반쯤 마셨을 때 파비안이 나를 발견했다.

"피아, 괜찮아? 얼굴이 새빨개."

"응, 오늘은 붉어지고 싶은 기분이거든."

아, 뭔가 이 멘트 멋있지 않아? 이렇게 되어야지 하는 모습이 있고, 그것을 위해 알코올을 필요로 하다니. 어른 같고 좋은데!

나는 내가 뱉은 말이 마음에 들어서 히죽히죽 웃고 있었지만, 파비안은 그런 나를 보면서 후후 웃었다.

"피아가 술에 취해서 쓰러지면 분명 내가 안아 들고 방에 데려가야 하겠지. 후후, 갑옷을 벗은 지금은 뭐라고 변명할래?"

"흐흥. 무슨 소리 하는 거야. 갑옷을 벗은 나는 깃털처럼 가볍다고."

그렇게 말하며 파비안에게 맛있어 보이는 부위의 고기를 건네주었다.

"플라워 혼 디어는 오늘의 메인이니까 처음부터 나오진 않는대. 하지만 바이올렛 보어도 아주 맛있으니까 먹어봐."

"응, 그러게. 맛있네."

한입 먹어본 파비안이 수긍하는 얼굴로 우물우물 고기를 씹었다.

좋아, 좋아. 이대로 파비안에게 고기와 술을 잔뜩 먹여서 점심 때 느낀 체중의 기억을 지워버려야지.

히죽히죽 웃으면서 파비안에게 술을 권하고 있었더니 입구 쪽이 소란스러워졌다.

돌아봤더니 시릴 제1기사단장님과 사비스 총장님이 들어오는 중이었다.

와, 오늘만 두 번째로 만나 뵙는 거네요!

단장님도 그렇지만, 총장님은 구름 위의 존재니까 좀처럼 볼 수 없는 사람일 텐데 조우율이 이상하게 높다. 으음, 마치 SS랭크의 마물과 마주친 것 같은 느낌입니다.

낮에 도움을 받은 것에 감사 인사를 하러 갈까도 생각했지만, 총장님도 단장님도 몇 걸음 걷기도 전에 수많은 기사에게 둘러싸였다.

이거 한동안은 접근을 못 하겠는데.

뭐, 오늘은 신나는 파티니까 우선 먹자고 고기를 뜯고 파비안과 즐겁게 대화를 하고 있을 때 단장님이 우리를 불렀다.

……어라?

고개를 갸웃거리면서 파비안과 함께 단장님에게 가자 식당 일부에 구역을 나눠서 만든 개별실로 안내를 받았다. 개별실 안에는 함께 마물 토벌을 한 제6기사단 제3소대의 기사들도 모여있었다.

……어라?

뭔가 목 뒤가 따끔따끔한데. 이거 알디오 오빠에게 설교를 들을 때의 감각이다. 다, 단장님, 설마…….

나는 자연스럽게 몇 걸음 뒤로 물러나 파비안의 뒤로 숨어보았다.

"피아, 보입니다. 앞으로 나오세요."

"……네."

어쩔 수 없이 최대한 기척을 죽이며 앞으로 나갔다.

눈앞에는 시릴 단장님이 가로막고 있고, 그 한걸음 뒤에는 (어깨띠의 색을 봐서) 제6기사단 단장님이 서 있었다. 게다가 두세 걸음 안쪽에는 사비스 총장님이 무심하게 의자에 앉아있다.

……어쩌지. 혼날 것 같은 예감이 풀풀 풍기는데.

시릴 단장님의 지시에 따라 오늘의 제3소대 기사들은 가로 세 줄로 열을 맞춰 단장님 앞에 놓여있는 의자에 앉게 되었다.

전원이 앉은 것을 확인하자 시릴 단장님이 서서히 입을 열었다.

"여러분에게 모여달라고 한 것은 다름이 아니라, 오늘 보여준 용맹한 자세를 칭찬하고 싶기 때문입니다. 절대적으로 불리한 상황에서 B랭크의 마물과 조우했으면서도 한 명의 사망자도 내지 않고 마물을 몰아세우던 수완이 훌륭합니다. 감탄했습니다."

단장님은 생글생글 웃는 얼굴로 칭찬해주었지만, 역시 역전의 기사들.

아무도 단장님의 칭찬에 속지 않았다.

말없이 미간에 주름을 만들며 곧 떨어질 벼락을 대비하며 몸을 보호하고 있다.

"————하지만."

별안간 단장님의 얼굴에서 미소가 사라지고 무표정이 되었다.

"왜 지휘하는 사람이 제1기사단에 입단한 지 얼마 되지도 않은 신입이었는지, 가르쳐주실 수 있을까요?"

콰르릉, 쫘광————!!

효과음을 붙인다면 이런 느낌이다.

지금 떨어졌어! 시릴 단장님이 벼락을 떨어트렸다고!!

헥터 소대장님이 이마에서 땀을 삐질삐질 흘리며 발언했다.

"참으로 유감스럽게도 저는 마물과 마주치자마자 공격을 당해 의식불명 상태였습니다. 부끄럽기 그지없습니다."

도망쳤다! 헥터 소대장님이 사죄의 탈을 쓰고 완전히 도망쳤습니다!

시릴 단장님은 '호오' 하는 느낌으로 살짝 턱을 들어 올리더니 소대장 대리 이하의 제3소대 기사들을 스윽 둘러보았다.

"그래서? 당신들은 그만큼 머릿수를 갖춰놓고도 무슨 생각으로 우리 신입에게 지휘를 맡긴 거죠?"

"·················."

"'별내림 숲'은 제6기사단의 관할구역이죠. 그렇다는 건 제6기사단 전원에게 그 숲의 '서식마물 리스트'가 배포되어 있을 텐데요. 즉 전원이 그걸 읽었을 터이니, 그 숲에 사는 모든 마물의 종류·특징은 파악하고 있을 테죠."

"·················."

"그래서 이야기를 되돌리자면, 당신들은 숲의 마물에 관한 지식을 충분히 갖추고 있으면서도, 그리고 그만큼 머릿수가 모여 있으면서도 무슨 생각으로 우리 신입에게 지휘를 맡긴 건가요?"

"·················."

역시 베테랑 기사들. 불필요한 말은 일절 하지 않고 침묵을 고수하고 있다.

정답입니다, 여러분! 침묵은 금이에요!!

"저런, 아무도 제 질문에는 대답해주지 않는 겁니까. 소속이 다르다는 이유로 상대도 해주지 않다니, 기사단도 의외로 정이 없는 조직이군요."

시릴 단장님은 누구 한 명 입을 움직이지 않는 기사들 앞에서 보란 듯이 서글픈 표정을 지어 보인 뒤 중얼거렸다.

그리고는 나를 향해 생긋 웃었다.

"하지만 우리 기사단의 단원이라면 그렇게 매정하게 대하지는 않을 테죠. 분명 제 질문에 솔직하게 대답해줄 겁니다. 그렇죠? 피아."

"히, 히이이이이이이이익……!!"

무섭다. 웃는 얼굴이 무섭다. 아까 무표정해서 무섭다고 생각했는데, 웃는 얼굴은 그거보다 더 무서워!!

"파, 파, 파비안. 사, 살려줘……."

숨도 제대로 못 쉬고 중얼거리면서 오른쪽 옆에 앉은 파비안을 올려다보자, 그는 얼굴이 창백하게 질려서 이를 악물고 있었다.

완전히 굳어버린 걸 보면 내 목소리조차 들리지 않는 모양이다.

트, 틀렸어. 전혀 도움이 안 되겠네…….

"소, 소, 소대장 대리님. 살려주세요……."

마지막 구원이라는 양 왼쪽 옆에 앉은 소대장 대리님을 바라보자 그는 동공이 완전히 열린 눈으로 시릴 단장님 뒤에 있는 제6기사단장님을 응시하고 있었다.

제6기사단장님은 40살이 조금 넘긴 나이로 적갈색 머리카락을 지닌 육체파 기사였다. 성숙한 어른의 매력이 넘치지만, 지금은 그 매력이 오직 위압감이라는 방향으로만 집결되어 있다. 팔짱을 끼고 오연하게 부하를 쏘아보는 그 모습은 영락없는 마족의 일원이었다.

그, 글렀어. 지금 소대장 대리님은 뱀 앞의 개구리 신세야. 아니, 마족 앞의 개구리라고 해야 하나. 이쪽도 도움이 안 되겠네⋯⋯.

큭. 인간은 어차피 혼자라더니 사실이구나.

지금부터 이 폭풍과도 같은 시릴 단장님 앞에 홀로 맞서야만 하다니.

"우, 우후후후⋯⋯. 다, 당연하죠. 시릴 단장님. 제가 대답할 수 있는 일이라면 뭐든 대답하겠습니다."

나는 경직된 미소를 지으며 대답했다.

우, 우후후후⋯⋯. 분명 다시는 체험하고 싶지 않을, 즐거운 시간이 시작됩니다요━━━⋯⋯.

◇ ◇ ◇

"그럼 간단한 질문부터 하겠습니다, 피아."

생긋 곱게 웃으면서 시릴 단장님이 나와 시선을 맞췄다.

아, 위험 신호. 이 영혼 밑바닥까지 꿰뚫어 보려는 느낌. 전력을 다해 몰아세울 생각이구나.

나는 우후후후 웃으면서 단장님을 마주 바라보았지만, 등에는 폭포수 같은 땀을 줄줄 흘려댔다.

"당신은 왜 플라워 혼 디어에 대해 잘 아는 거죠?"

"네? 아, 음, 그건 도감에서 봤기 때문입니다."

다, 다행이다! 정말로 간단한 질문이 왔어!

"마물 도감에는 발견된 마물이 전부 실려있잖아요. 도감에서 보고 뿔이 꽃처럼 벌어지다니 예쁜 마물이구나······ 하고 기억해뒀습니다."

"뭐? 너 토벌해본 적 있다고 했었잖아?"

득의양양하게 이야기하는 나를 보고 제3 소대의 기사 중 한 명이 놀라서 중얼거렸다.

"그건 당연히 허세 부린 거죠. 도감에서 읽었다고 하면 아무도 제게 맡기려고 하지 않을 거잖아요. 후후후, 말은 하기 나름인 법입니다."

나는 잘 속였다는 만족감에 싱긋 웃었다.

뭐, 전생에서는 그야말로 몇백 번은 쓰러트린 플라워 혼 디어지만, 그걸 이번 생에서의 경험으로 꼽을 만큼 뻔뻔하지는 않거든요.

어차피 쓰러트렸다고 주장해봤자 입단할 때까지 영지에서 한 걸음도 나간 적이 없다는 건 조사해보면 나오는 사항이니 거짓말이라는 게 금방 들통날 테고.

전생의 체험은, ······으음. ······비유하자면 꿈속에서 체험한 거와 비슷하려나?

"음, 꿈속에서는 쓰러트린 적이 있으니까 잘 될 거라고는 생각했지만요."

"너, 너는······."

제3소대의 기사들이 입을 뻐끔뻐끔 움직였다.

"가, 간단하게 말하지만 도감에서 읽은 것만으로 특징과 특성을 파악하고 실전에 적용할 수 있을 리가 없잖아!"

"애초에 보통은 도감에서 본 게 전부인 특성 같은 건 잊어버린 다고! 우리도 리스트를 읽었으니 한 번은 학습했어도 눈의 색이 바뀐다는 건 네게 듣고서 떠올렸을 정도니까!"

"설령 눈의 색이 바뀐다는 특성을 기억하고 있다고 해도 어떤 타이밍에 바뀌는지, 육안으로 확연히 구분할 수 있을 만큼 색이 바뀌는지 등 불분명한 부분이 너무 많아서 움직일 수 없다고!"

"너는 천재냐! 처음 본 마물의 토벌을 지휘하다니, 전술 천재라 도 되는 거냐?!"

"아앗, 어쩌지. 예상치 못한 칭찬 세례……!!"

기뻐서 빨개진 얼굴을 두 손으로 누르자 그 자리에 있던 전원 이 반박했다.

"""아니거든!!"""

뭐야, 이 배신감. 칭찬인 줄 알았는데 결과적으로는 욕먹었잖아!

그때까지 끼어들지 않고 침묵을 지키고 있던 시릴 단장님이 노 골적으로 제3소대의 기사들에게 시선을 맞췄다.

"흐음? 그렇다면 제6기사단의 우수한 기사들은 15살의 신입 기 사가 허세로 경험이 있다고 말한 것에 매달려 지휘권을 헌상했다 는 거군요?"

"………………."

순식간에 침묵을 지키기 시작하는 제3소대의 기사들.

시릴 단장님은 제3소대의 기사들을 날카롭게 훑어본 후 나에 게 시선을 옮긴 뒤 확인하듯 물었다.

"그럼 피아는 토벌 경험이 없었는데도 불구하고, 경험이 있다고 선언하고 플라워 혼 디어 토벌의 지휘를 자청했다는 겁니까. 그 경험이라는 건 도감에서 본 지식과 꿈속에서 겪은 일이고요. ……흐응, 도감과 꿈이요. 이걸 경험이라고 칭해도 지장이 없다고 생각한 거군요."

……어, 어라? 또다시 분위기가 수상해졌는데.

닥치고 있자.

"………………."

입을 열지 않고, 시선도 발치로 내려보았지만, 한동안 침묵이 이어졌기에 조심조심 시릴 단장님을 힐끗 쳐다봤다. 그러자 어느새 시릴 단장님 옆에는 데즈먼드 제2 기사단장님이 서 있었다.

데즈먼드 단장님은 말없이 고개를 내저었고, 시릴 단장님은 무언가 생각에 잠겨있다.

으응? 뭐 하는 거지?

"그럼 피아. 다음 질문입니다. 당신은 왜 플라워 혼 디어의 빨간 눈과 파란 눈이 바뀌는 타이밍을 아는 거죠? 당신이 '7초 후에 파란색 눈이 된다'고 했고, 정확하게 7초가 지나자 파란색이 되던데요."

"어? 그야 단장님이 오시기 전에 이미 몇 번 눈의 색이 바뀌었으니까요. 특징을 알기에는 충분합니다."

한번 말을 끊었다가 이해하지 못한 듯해서 보충 설명을 덧붙였다.

"그러니까, 그 개체는 불꽃이 3단계로 사라지는 타입이거든요. 제2단계에서 제3단계로 넘어가는 시간은 제1단계에서 제2단계로 넘어가는 시간의 3분의 2였으니까, 계산하면 7초 뒤라는 걸 알 수 있습니다."

시릴 단장님 옆에 있던 데즈먼드 단장님이 재차 고개를 절레절레 내저었다.

그리고 시릴 단장님의 얼굴이 점점 딱딱해졌다…….

"그럼 마지막 질문입니다. 당신은 그 개체의 생명력과 잔존 생명력을 수치화했었죠. 어떻게 하면 정확하게 수치화할 수 있는 거죠?"

"으음, 예를 들어 플라워 혼 디어의 경우는 몸의 크기와 뿔의 가지 수로 생명력을 가늠할 수 있잖아요. 잔존 생명력은 어느 기사가 얼마나 공격했는지 같은 걸 보거나, 마물의 자세나 땀을 얼마나 흘렸는지 등을 봐도 가늠할 수 있고요. 뭐, 하지만 반 이상은 감과 느낌으로 재는 거니까 오차는 있지만요."

마물의 생명력과 잔존 생명력을 가늠하는 건 성녀의 기본인걸.

그리고 전생의 나는 셀 수 없을 만큼 많은 마물을 쓰러트렸으니까, 샘플은 넉넉합니다. 계속계속 쓰러트리다 보면 한눈에 보기만 해도 마물의 생명력을 잴 수 있게 되거든요.

"……즉 피아. 당신은 마물을 보기만 해도 그 생명력을 대략 수치화할 수 있고, 기사가 공격을 한 번 할 때 어느 정도 타격을 주는지도 알 수 있다는, 그런 건가요?"

"네, 그렇죠……."

내 대답을 들은 데즈먼드 단장님이 또다시 고개를 저었다.

뭐 하는 걸까, 정말로.

이쪽은 시릴 단장님에게서 설교인지 심문인지를 계속해서 받고 있는데, 고개를 살랑거리며 놀고 계시다니. 단장님이라는 지위가 참 좋긴 합니다?

아아아, 이제 설교는 질렸어.

"피아. 당신의 말이 사실이라면 이건 대단한 일입니다. 제4마물 기사단과 상의가 필요하지만, 사역마……, ……피아, 왜 그러죠? 하고 싶은 말이 있다면 말해보세요."

"그렇게 말씀하시지만 정말로 말하면 화내실 거잖아요."

"화내지 않겠습니다. 약속할게요."

"하지만 일개 신입 기사와 기사단장님이면 직급이 너무 다른걸요. 제가 자유롭게 발언하면 건방지다거나, 상관에게 거역하지 말라거나 하면서 또 설교하실 텐데요."

"이 이상 설교하지 않을 겁니다. 약속할게요."

"그렇다면!"

나는 오른손과 왼손을 각각 불끈 움켜쥔 뒤 힘차게 우짖었다.

"어째서 오늘은 고기 파티인데 설교 대회가 된 건가요! 제 엉덩이는 이 딱딱하고 앉아있기 불편한 의자에 앉기 위해서 존재하는 게 아닙니다! 제 손도 단장님의 설교인지 심문인지를 듣고 식은 땀을 흘리면서 기사복 바지 위에 주먹 쥐고 올려놓기 위해 존재하는 게 아닙니다. 이 손은! 맛있는 고기와 술을 먹기 위해 있습니다!!"

"……………그거, 실례, 했습니다."

내 발언이 예상하지 못한 내용이었던 모양이다. 독기가 빠져버린 듯한 얼굴이 된 단장님이 그렇게 중얼거리고는 총장님을 돌아보았다.

총장님은 나와 시선을 마주치더니 고개를 끄덕였다.

"피아, 나중에 나에게 와라. 맛있는 술을 마시게 해주마."

"알겠습니다! 저는 명령을 꼭 준수하겠습니다!"

그 후 총장님은 제3소대의 기사들을 둘러본 뒤 입을 열었다.

"너희들은 마물에 대한 학습이 필요한 모양이더군. 플라워 혼 디어의 특성과 전투 방법에 대한 보고서를 작성해서 재커리에게 제출하도록."

"네, 총장님!! 알겠습니다!!"

재커리 제6 기사단장님은 엄숙한 얼굴로 부하들을 바라보더니 느릿하게 입을 열었다.

"보고서는 인당 30장이다."

"히, 히이이이이이이이익."

우렁찬 비명이 실내에 울려 퍼졌다.

회장 안을 맛있는 냄새가 가득 채웠다.

발을 동동 구르면서 기다려온 내 귀에 '플라워 혼 디어가 다 구워졌습니다!' 하는 주방장의 목소리가 들렸다.

후다닥 고기 옆으로 다가갔는데, 어라? 아무도 없네?

의아해하며 주위를 둘러보자 제3소대의 기사들에게 에워싸여 있었다.

"피아, 플라워 혼 디어의 최고 공로자는 너야. 네가 제일 먼저 먹어."

허어어어얼. 이 고기 정말로 맛있는데, 괜찮은 건가요?

"그럼 사양하지 않겠습니다. 주방장님! 등뼈에 붙은 로스 부위를 주세요!"

그렇게 받은 고기를 덥석 깨물었다.

"후우, 맛있어! 맛있어! 맛있어! 뜨겁지만 맛있어!"

고기 본래의 맛이 완벽하게 전해진다. 아아, 맛있는 고기를 먹는 것보다 더 행복한 게 세상에 존재할까?

어느새 제3소대의 기사들을 비롯해 다른 사람들도 플라워 혼 디어를 먹기 시작했다.

"이것은! ⋯⋯⋯⋯진짜 맛있어!!"

"육즙이 끝내줘! 쭈와악 나오잖아. 게다가 부드러워!"

"비계가 별로 없는 게 좋은데. 느끼하지 않아서 얼마든지 먹을 수 있겠어!"

그렇죠, 그렇죠. 배가 터질 때까지 먹을 수 있다는 느낌이라구요.

나는 몹시 흡족한 기분이 되어 제3소대의 기사들과 함께 고기를 먹고 술을 마셨다.

"피아, 정말 고맙다. 허세에 기반한 지휘라는 건 놀랐지만, 네 지휘는 무척 싸우기 쉬웠어."

"맞아. 시릴 단장님에겐 마물에 대해 너무 모른다고 혼났지만 말이야. 플라워 혼 디어는 깊은 곳에 사니까 보통은 절대 마주칠 일이 없는 마물이라고. 확실히 제6기사단에 배속되었을 때 마물 리스트를 받았긴 해. 하지만 그렇게 몇 년 전에 얼핏 보기만 했을 뿐인 마물의 특성을 누가 기억하겠냐고!"

"진짜, 네가 없었다면 전멸했을지도 몰라. 덕분에 살았어! 좋아, 마셔라! 그리고 먹어라!"

그 후 한 기사가 내 어깨를 두드렸다.

"피아, 너는 신입이지만 이미 어엿한 동료야! 우리에게 존댓말 쓰지 마. 알았지?"

"알겠습니다! 피아 루드, 지금부터는 존댓말 안 쓸게요!"

"""""쓰고 있잖아!!"""""

다들 입을 모아 지적하더니 와하하 웃었다.

흐으으. 기사들과 어울리는 건 역시 상쾌해. 호탕해서 좋다니까!

그렇게 얼마나 마셨을까. 제3소대의 기사들이 차례차례 술을 따라줘서, 기쁜 마음에 전부 마셨는데…… 응? 이거 누구지?

내 옆에서 상반신을 홀딱 벗은 기사가 열변을 토하고 있었다.

어라? 이거 누구더라? 나 이 기사 아는데…… 누구였지?

아까 시릴 단장님 뒤에서 본 것 같기도 하고——…….

"그러니까…… 듣고 있냐, 피아!"

그 상반신 알몸의, 적갈색 머리카락의 기사가 화를 냈다.

"네? 아뇨, 안 듣고 있었습니다. 뭐였는데요?"

주위를 둘러보자 제3소대의 기사들이 진절머리가 난다는 표정으로 이쪽을 보고 있었다.

어라? ……아, 그렇구나. 존댓말 하지 말라고 했었지.

"어음, 그래서? 왜 상반신을 벗고 있는 거야?"

편안한 반말로 말을 걸자 어째서인지 제3소대의 기사들이 당황한 듯 이쪽을 보았다.

뭔데? 존댓말 하지 말라고 했다가, 그만뒀더니 당황하다니. 어쩌라고.

"그러니까, 총장님은 식스팩이라고!!"

"식스 팩?"

여섯 개의 팩? 팩이라면 그, 미용을 위해 얼굴이 붙이는 마스크를 말하는 거지? 으음? 총장님께서 얼굴에 팩을 여섯 개나 붙이신다는 소리야?

"어? 총장님, 얼굴이 그렇게 크셨던가?"

"왜 얼굴 이야기가 나오는 건데! 너 정말로 내 이야기 안 들었구나!"

"어어어, 듣고 있잖아! 뭐야! 뭐야는 뭐야!! 푸하하. 나 지금 무슨 소리 하는 거지?"

"됐어! 그러니까 총장님께선 복근이 여섯 개로 갈라져 있다고!!"

"허어억―――!! 그건 좀, 개인 에로 정보 아니야? 괜찮은 거야? 떠벌리고 다녀도 돼?"

"어? 이거 개인 에로 정보인가? 나 헌병에 잡히는 거야? 자, 잠깐, 너희들! 데즈먼드에게 술을 먹여서 뻗어버리게 만들어!!"

적갈색 머리카락의 기사는 당황한 듯 주위 기사들에게 명령했다.

"아무튼 피아, 날 봐라!! 내 배를!! 복근이 몇 개로 갈라져 있지?!"

"어디 보자……. 하나, 둘, 셋, 넷. 네 개! 네 개로 갈라져 있어!!"

"그래. 내 복근은 겨우 네 개로 갈라져 있다고. 그거 아냐? 복근의 모양은 태어났을 때 이미 정해져 있어. 아무리 단련해도, 죽도록 마물을 잡아도, 내 복근은 영원히 네 개인 거야아아아아아아아!!!"

적갈색 머리카락의 기사가 오열하기 시작했다.

"또 시작이네."

"재커리 단장님의 그 술버릇이 발동했어."

주위에서 제3소대의 기사들이 체념한 듯 한숨을 쉬었다.

그런 와중에 한 명의 기사가 격려하듯 말을 걸었다.

"미안하다, 피아. 재커리 단장님은 이렇게 되면 계속해서 주정을 부리시거든. 술자리에서는 매번 이 화제를 꺼내 들고 매번 부하에게 질척거리면서 매번 우셔. 솔직히 다들 지긋지긋해하는 상태인데, 막을 방도가 없어."

"너에게는 미안하지만, 오늘은 네가 상대해줘서 살았어. 우리도 다들 몇십 번씩 상대했다는 사실을 감안해서 좀 봐주라."

……으응? 다들 고생이구나.

하지만 복근이 네 개로 갈라진 게 뭐가 나쁘다는 거지?

……으으음. 지금 이 적갈색 머리카락의 기사를 뭐라고 불렀더라? 아, 맞아. 재커리.

"재커리! 나를 봐!"

나는 계속해서 오열하는 재커리를 불렀다.

그가 나에게 시선을 보내는 것을 확인한 뒤, 조용히 기사복의 윗옷 단추를 풀기 시작했다.

"자, 잠깐, 피아. 너 뭐 하는 거야!!"

재커리가 당황하며 외쳤다.

나는 단추를 다 풀어버린 윗옷의 앞자락을 두 손으로 붙잡은 뒤, 도발하는 표정으로 재커리를 응시했다. 그리고는 '보라고!'라고 소리치며 단숨에 윗옷을 벗어 던졌다.

기사복 아래에는 가슴보호대가 달린 셔츠 한 장만 입고 있으므로 배의 굴곡이 잘 보인다.

"포팩이 뭐 어쨌다고! 나는 원팩이야!! 매일 기사 훈련을 받는데도 근육이 안 붙는단 말이야아아아아!!!"

그렇게 불룩하게 튀어나온 배를 자신만만하게 내밀었다.

시야 한구석에서, 저 멀리 나를 지켜보고 있던 시릴 단장님이 입에서 술을 푸흡 뿜어버리는 게 보였다.

……어라? 예의 바른 시릴 단장님답지 않네. 뭐 하시는 거지.

"너, 너, 너, 그건……."

눈앞에서 재커리가 더듬거리는 목소리가 들려 시선을 돌렸다.

"하항! 포팩으로 불평하다니, 축복받은 인생이구나! 나는 하나라고! 아니, 복근조차 없어!!"

"피, 피아. 그건, 아무래도 좀……. 도, 동생이 낳은 3살배기 조카의 배가 딱 이렇게 생겼는데. 어린아이라면 귀여워 보이지만 너, 성인이면서 그건 좀, 너무……."

재커리가 처참한 것을 보는 눈으로 내 배를 바라보았다.

"그렇다면! 어떻게 하라고!! 나는 어릴 때부터 계에에속 기사가 되고 싶어서 매일 훈련했어. 기사가 된 지금도 일과인 훈련을 빼놓지 않아. 그런데 근육이 안 생긴단 말이야. 이 이상 어떻게 하면 되는데!!"

뭐, 좀 과장이지만.

평소엔 아무리 그래도 이렇게까지 볼록하지 않다. 오늘은 끝도 없이 술을 마시고 고기를 먹었기 때문에 한계까지 부풀어있는 거다.

푸후후. 하지만 재커리를 놀라게 하려면 이 정도쯤 되어야 효과가 있겠지.

재커리는 내 얼굴과 배를 번갈아 바라본 뒤 '으윽———' 하며 신음을 흘렸다.

그러더니 씁쓸한 표정으로 입을 열었다.

"피아. 그건 도저히, 어떻게 할 수 없는 거다. 포기해."

그리고는 말하기 거북하다는 듯 덧붙였다.

"너 그 배는 남에게 보여주지 않는 게 좋겠다. 그리고 그 화제도 이제 그만해."

"뭐라고———?"

나는 불쾌하기 짝이 없는 기분으로 재커리를 노려보았다.

"자기는! 술자리에서 네 조각 난 근육을 자랑해놓고! 그걸 본 내가 푸념하는 건 금지라니, 너무 제멋대로잖아!!"

"아, 아니, 나는 널 위해서…….”

"배려라고! 그렇다면 내 배와 네 조각 난 근육을 교환해줘!!"

"싫어!! ……아, 아니, 하지만, 아무리 그래도 그 배는…….”

나는 머뭇머뭇 더듬는 재커리를 향해 검지를 척 내질렀다.

"그렇다면! 이제 다시는 포팩 근육 자랑은 금지! 갖지 못한 나에게는 그저 자랑으로만 들리니까 불쾌해!!"

"……………그건, 내가 잘못했다. 아, 알았어. 약속할게. 다시는 근육 이야기를 안 하마."

풀썩 바닥에 무릎을 꿇은 재커리가 선언한 순간, 주위에 있던 제6기사단 전원의 입에서 환호성이 터져 나왔다.

"대단해, 진짜 대단해. 피아. 너 정말로 대단해!!"

"구원이다! 그 지옥 같이 계속 반복되는 이야기에서 구원받았어!!"

……그리고 실제로 재커리는 다시는 복근 이야기를 하지 않게 된 건지, 훗날 나는 제6기사단에게서 '배불뚝이 구세주'라는 이명을 받았다.

필요 없어!!

15 기사단 TOP 3에 의한 면담

재커리가 다시는 복근 이야기를 하지 않겠다고 선언한 뒤, 나는 시릴 제1기사단장님에게 회수당했다.

어째서인지 시릴 단장님은 무척 저기압이었다.

'결혼도 아직인 애가'라든가 '다 큰 애가'라는 말을 중얼중얼 읊조리고 있다.

그렇게 긴 복도를 여럿 지나 한눈에 봐도 구조가 다른, 호화로운 방으로 나를 데려갔다.

여기는 어디지?

널따란 방에 푹신푹신한 양탄자가 깔렸고, 중후한 느낌의 책장이며 집무책상이 방해가 되지 않는 느낌으로 배치되어 있다.

천장이 높구나…… 하며 바라보자 거기에는 기사단과 성녀의 그림마저 그려져 있었다.

"피아, 이쪽이야."

이름을 부르는 목소리에 뒤를 돌자, 방 한구석에 로우 테이블과 소파가 놓여있었는데 그 소파에 총장님과 데즈먼드 제2기사단장님이 앉아있었다.

"좋은 밤입니다. 사비스 총장님, 데즈먼드 제2기사단장님."

깍듯이 인사한 뒤 생긋 웃으며 덧붙였다.

"우후후. 데즈먼드 단장님, 저 극비정보를 입수했습니다."

"흐음? 그게 정말로 극비정보인지 아닌지 확인해줄 테니까 말해봐."

데즈먼드 단장님이 뺨을 꿈틀거리더니 진지한 눈으로 나를 바라보았다.

……그렇죠, 헌병사령관이니까요. 정보수집은 중요한 업무 사항이죠.

불초 피아 루드, 협력하겠습니다!

"내용은, 짜자잔──! 총장님의 개인 에로 정보입니다."

"………………뭐?"

"놀랍게도 총장님은 배가 여섯 개로 갈라져 계십니다!!"

"……하. 그게 다야? 아니, 그런 건 기사단 녀석들이라면 다들 아는 건데……."

"네에에에에?! 기사단은 그렇게 문란한 집단이었어요? 개인 에로 정보가 줄줄 새고 있잖아요!!"

나는 놀라서 얼빠진 괴성을 질렀다.

뒤에서 따라온 시릴 단장님이 한숨을 쉬었다.

"면목 없습니다. 완전한 만취 상태입니다."

"우후후, 아닙니다. 그냥 살짝 알딸딸한 거예요. 조금 기분이 좋아졌을 뿐이니 아무런 문제도 없습니다. 그리고 총장님과 약속한 맛있는 술은 얼마든지 마실 수 있습니다."

"그거 든든하군. 우선 앉도록."

총장님은 우리에게 착석 허가를 내린 뒤 문 쪽으로 힐끗 시선을 던졌다. 대기하고 있던 시종이 다가와 새 잔에 금색 액체를 따라주었다.

"귀부 와인이다. 달달하니 네 입맛에 맞겠지."

"………귀부 와인! 그렇게 비싸고 맛있는 것을!!"

나는 잔을 두 손으로 공손히 들었다.

총장님이 나를 바라보며 입을 열었다.

"피아, 오늘 토벌은 훌륭했다. 여기에 모인 전원이 네 위용을 축하하마. ……하늘과 땅의 모든 것은 나브 왕국 흑룡 기사단과 함께!"

"하늘과 땅의 모든 것은 나브 왕국 흑룡 기사단과 함께!"

시릴 단장님과 데즈먼드 단장님, 내가 복창한 뒤 잔을 입으로 가져갔다.

아아아, 맛있어. 향긋하고 달콤한 맛이 나. 역시 총장님. 어지간한 와인과는 맛이 완전히 다르다. ……아마도.

"총장님, 오늘은 구해주셔서 정말로 감사합니다."

나는 생긋 웃으며 총장님에게 인사했다.

결국 플라워 혼 디어는 총장님의 일격에 절명했다. 최대의 공로자가 누구냐고 묻는다면 틀림없는 총장님이다.

"……헉! 그, 그리고 보니 총장님께선 플라워 혼 디어의 고기를 드셨어요?! 잘 생각해 보니 총장님이 오늘 최대의 공로자인데 저는 제 고기를 먹는 데 열중해서 총장님의 고기를 확보하지 못했습니다. 어, 어쩌지. 아직 남아있을까……."

고기를 가지러 돌아가려고 일어난 나를 총장님이 한쪽 팔을 들어 제지한 뒤 다시 앉으라고 권했다.

"어린애가 신경 쓸 일이 아니다. 앉아있도록."

테이블 위를 보자 색색의 과일과 치즈, 햄 등이 가득 놓여있었다.

아, 충분하네요. 실례했습니다.

다시 소파에 앉은 나를 바라보더니 총장님이 입을 열었다.

"너는 신기한 녀석이군. 데이터만으로 처음 본 마물과 싸울 줄 알고, 한눈에 마물의 생명력을 수치화할 수 있고, 짧은 시간에 마물의 개별적 특징을 간파해내."

그리고는 와인을 한 모금 마신 뒤 다시 입을 움직였다.

"분명 네 눈은 특별한 것이겠지."

"눈? 눈이요? 확실히 시력은 좋은데요."

"피아, 듣기만 하세요. 당신이 입을 열면 골치 아파집니다."

시릴 단장님에게 주의를 받아 급히 입을 다물었다.

죄, 죄송합니다. 제가 대답해도 되는 타이밍인 줄 알았어요.

총장님이 생각에 잠기듯 입술을 다물었다 싶더니, 이번에는 데즈먼드 단장님 차례인 건지 그가 다섯 손가락으로 와인잔의 볼 부분을 들고는 찰랑찰랑 잔을 돌렸다.

"나는 네 대단함을 통 모르겠지만, 실제로 너는 많은 일을 했고 특별한 능력이 있는 것도 거짓말을 하는 것도 아니야. ……왜 너밖에 하지 못하는 것들이 있는 걸까. 결과만 보면 네가 해낸 것, 할 줄 아는 것은 전부 대단해. ……아아, 진짜. 뭔가, 너를 조금도 모르겠어. 내가 여태껏 쌓아온 경험이 아무런 도움도 되지 않아. 너 때문에 내 자존심은 걸레짝이 되었다니까."

"……………."

입을 열지 말라고 했는데, 이건 칭찬해주는 거 아닐까? 감사하다고 인사해야 하는 거 아닐까? 혹은 침울해진 것 같으니까 위로한다거나?

시릴 단장님을 힐끔 쳐다보자 단장님이 고개를 절레절레 저었다. 네, 닥치고 있겠습니다.

그 후 별다른 대화 없이 넷이서 조용히 술을 마셨다.

뭘까. 높으신 분들은 별로 떠들썩하지 않은 걸까.

조용하면 좀, 눈을 감고 싶어진다고 해야 하나. 살짝 명상에 잠기고 싶어진다고 할까, ……쿨.

이불이 움직인 느낌이 들어서 눈을 뜨자 시릴 단장님에게 기대고 있었다. 아니, 기대는 걸 넘어서 아예 쓰러져있었던 모양이다. 이쯤 되면 무릎베개다. 후하하, 시릴 단장님의 무릎베개라니. ……히익, 사람 살려!!

나는 허둥지둥 몸을 일으켰다.

"죄송합니다, 단장님. 조금 긴 명상에 잠겨있었습니다!"

내 몸에서 누군가의 윗옷이 떨어졌다. 보아하니 시릴 단장님은 셔츠 한 장만 입고 있었다.

"힉──, 윗옷까지! 죄송합니다!!"

"제가 제 의사로 걸쳐준 겁니다. 그래놓고 당신에게 화를 낸다면 저는 인격파탄자겠죠."

시릴 단장님이 아름답게 후후후 웃었다.

"잘 자더군요. 사비스 총장님, 아니, 왕제 전하의 개인실에서 잠드는 사람은 처음 봤습니다."

"히이이익. 총장님의 개인실! 아니, 왕족용 개인실! 어쩐지 번쩍거린다 했어요!"

허둥대는 나를 보고 테이블을 사이에 두고 반대편에 앉아있던 사비스 총장님이 작게 어깨를 움츠렸다.

"어린아이는 잘 자는 법이지."

총장님 옆에서는 데즈먼드 단장님이 계속해서 와인을 마시고 있다.

다행이다. 아무래도 명상시간은 그리 길지 않았던 모양이구나.

나는 억지웃음을 지으며 총장님에게 말을 걸었다.

"우후후, 명상입니다. 옆에 이 방에서 제일 강한 기사가 있으니까 안심하고 명상에 잠겼던 거예요."

순간 방이 얼어붙었지만, 그때의 나는 눈치채지 못하고 '귀부 와인 한 잔 더 받을 수 없을까?' 하는 태평한 생각을 했다.

"⋯⋯⋯피아? 이 방에서 제일 강한 기사라니 누구를 말하는 건가요?"

부드러운 시릴 단장님의 목소리가 머리 위에서 내려왔다. 뭐지? 시릴 단장님은 칭찬을 원하는 타입이신가?

"물론 시릴 단장님이죠. 저는 세 분이 검을 휘두르는 모습을 각각 봤는데, 속도도 공격력도 시릴 단장님이 제일 뛰어났어요. 어째서인지 시릴 단장님은 요소요소 힘을 빼는 나쁜 습관이 있으시던데, 그래도 순수하게 강함을 겨루자면 시릴 단장님이 제일 강하세요! 그러니까 최강의 기사님이죠?"

나는 생글생글 시릴 단장님을 올려다보았다가 그의 얼굴이 무표정하다는 걸 깨달았다.

어, 어라?

"피아, 당신의 눈은 더없이 대단하군요. ……낮에 플라워 혼 디어와 대치했을 때, 당신이 총장님을 인식하는 게 늦었던 것에 위화감을 느꼈는데요……."

"그, 그건 대단히 실례했습니다! 시릴 단장님께서 와주신 시점에 그 마물을 쓰러트릴 전력은 갖춰졌으니, 마물을 쓰러트리는 것에 의식이 쏠렸거든요. ……참고로 그 마물도 단장님께서 제일 강하다는 걸 아니까 옆에 계시는 단장님을 경계하며 총장님에게 달려든 거예요. 물론 다 아시면서 그 위치에 서신 걸 테지만요."

"……네. 지금은 이미 알고 있습니다. 당신의 전투 시 현장 파악 능력이 완벽하다는 것을. 피아, 당신을 얕봐서 죄송합니다."

"허? 네? 어? 무, 무, 무슨, 아니, 저야말로, 멋대로 움직여서 죄송합니다!"

어어어? 왜 단장님이 나에게 사과하는 거지? 늘 내 쪽에서 폐를 끼치는데??

"피아에게 부탁이 하나 있습니다. 제가 총장님보다 강하다는 것은 비밀로 해주세요. 수장인 총장님께서 가장 강하다고 여겨지는 것이 강함을 숭상하는 기사들이 받아들이기 쉬울 테고, 저는 그런 의미에서 눈에 띄는 걸 좋아하지 않으니까요."

미소 짓는 시릴 단장님에게 나는 흔쾌히 고개를 끄덕였다.

다, 당연하죠. 저 단장님께 폐 안 끼칠게요.

성심성의껏 머리를 위아래로 흔들어대고 있었더니 그때까지 침묵을 유지하던 총장님이 나에게 말을 걸었다.

"……피아. 너, 당분간 제4마물기사단에 가지 않겠나?"

"네?"

너무도 갑작스러운 제안에 순간 얼떨떨해졌다.

마, 마물기사단이요?

……아, 뭔가 기억 속의 중요한 부분을 건드리는 것 같은데요. 저는 소중한 누군가를 잊고 있었던 느낌이 듭니다…….

16 성녀의 자세

그 후 총장님이 제4마물기사단을 권한 이유를 시릴 단장님이 상세하게 설명해주었다.

"즉, 당신은 마물의 생명력을 수치화할 수 있으니까요. 마물기사단은 전원 한 마리 이상의 마물을 사역하지만, 그 생명력에 대해서는 대략적으로밖에 파악하지 못합니다. 마물의 생명력을 수치로 파악할 수 있다면 그들이 할 수 있는 일이 늘어날 테니까요."

"그, 그렇군요. 하지만 제 수치화는 반 이상은 감과 느낌인데요."

그래서 마지막 일의 자리는 오차가 나오거든요.

시릴 단장님은 내 말에 가볍게 고개를 끄덕인 후 옅은 미소를 지었다.

"정식으로 소속을 이동하면 돌려받을 때 곤란한 일이 발생할지도 모르니, 소속은 계속 제 1기사단인 채로 마물기사단에서 일하는 걸 생각하고 있습니다."

돌려받을 때 곤란한 일? 어, 어라? 내가 돌아오지 못할 정도로 문제를 일으킬 거라고 여기는 건가?

"당신은 귀여운 우리 아이니까요. 이미 놓아줄 마음은 없습니다. 하지만 잠깐이라도 당신에 대해 알게 되면 제4마물기사단장도 같은 생각을 할지도 모르죠. 바보 같은 아이일수록 귀엽다고 하잖아요? 그러니 그것을 막기 위해서도 정식 소속이동은 하지 않습니다. 어쩌면 그 일로 당신이 손님이라는 포지션이 되어 부당한 처우를 받게 될지도 모르지만, 그때는 바로 말해주세요."

"단장님께 말씀드리면 어떻게 되나요?"

중간에 자연스럽게 욕을 먹은 기분이 들었지만, 저는 어른이니까요. 흘려듣기로 했습니다.

"후후후. 다음 날이면 당신을 부당하게 대한 자들은 사라지고 당신은 제대로 된 대우를 받게 될 겁니다."

시릴 단장님은 온화하게 웃고 있을 뿐인데, 어째서인지 등골이 오싹해진다. 어라라.

나는 직감을 소중히 하는 타입이므로 어지간한 일이 아닌 한 시릴 단장님에게는 닥치고 있기로 했다.

"벌써 밤도 깊어졌군요. 슬슬 물러나기로 할까요."

그런 시릴 단장님의 말에 데즈먼드 단장님을 포함한 셋이서 방을 나가려고 하자, 총장님도 기사단에 볼일이 있다며 결국 넷이 함께 기사 기숙사로 향하게 되었다.

달이 아름다운 밤이었다. 바람이 불어오며 밤의 냄새를 전해준다.

알딸딸한 술기운도 어우러져 그 정적에 멍하니 취해 있을 때, 총장님이 말을 걸었다.

"피아, 너는 오늘 처음으로 성녀와 함께 싸웠는데. 어떻게 생각했지?"

"빌어먹을."

단언한 뒤, 말이 너무 거칠었다는 걸 깨닫고 '………입

니다' 하고 덧붙였다.

내 발언에 시릴 단장님은 얼어붙은 듯 굳었고, 데즈먼드 단장님은 뺨이 꿈틀거렸고, 사비스 총장님은 표정을 바꾸지 않았다.

총장님이 '성녀가 말인가?'라고 물었기에 '아뇨' 하고 대답했다.

"성녀를 망가트려 버린 누군가요. 그건 본래 성녀가 지닐 모습이 아니에요. ······300년 전의 성녀가 본다면 슬퍼하지 않을까요."

······아니, 실제로 나 펑펑 울었잖아.

"아뇨. 슬퍼한다고 할까, 오열하겠네요."

"그것도 책에서 얻은 지식인가?"

총장님이 조용히 물어보았다.

나는 우스워져서 후후후 웃음소리를 흘렸다.

"아뇨. 이건 제 개인적인 의견입니다. 총장님. 여러분은 성녀를 어떻게 만들고 싶은 거죠? 숭배해서, 여신으로 만들 생각이기라도 하신가요? 후후후, 틀렸어요. 성녀는 그렇게 먼 곳에서 변덕스럽게 구원을 주는 존재가 아니에요. 성녀는 말이죠, 기사의 방패랍니다."

나는 달을 우러러보다가 몸이 조금 비틀거리는 것을 자각했다.

응, 취했구나.

"뭐, 이건 어디까지나 제 개인적인 의견이니까요. 물어보셨으니까 대답한 것뿐입니다."

나는 갑자기 맨발로 걷고 싶어져서 신발을 벗어 손에 들고 휘청휘청 걷기 시작했다. 하지만 아무도 뭐라고 하지 않았다. 오히려 누구 한 명 입을 열지 않은 채로 기사 기숙사에 도착했다.

◇ ◇ ◇

다음 날 아침, 나는 심한 두통과 구역질에 시달렸다.

뭐, 뭐, 뭐지? 이건. 머리가 꽝꽝 울려. 아니 그보다, 누군가가 내 머리 위에서 춤을 추는 것 같아. 아파, 아파. 누구인지 모르겠지만 제 머리에서 내려와 주세요. 아아, 토할 것 같은데 목이 말라. 뭐야, 이건───…….

"숙취야."

머리 위에서 룸메이트인 올가가 말을 걸었다.

"숙취…… . 드디어 나도 어른의 계단을 오르고 말았구나."

"네 어른의 계단은 대단히 사소하구나."

올가는 입으로는 신랄한 말을 하면서도 찬물이 담긴 잔을 건네주었다.

"꿀꺽, 꿀꺽, 꿀꺽, 크하───. 맛있어."

나는 잔에 가득 담긴 물을 마신 뒤 개운해진 기분으로 일어났다.

"어? 왜 갑자기 팔팔해지는 거야? 너 그 회복력 이상한데?"

"흐흐흐흥. 이것이 젊음이라고, 올가."

"아니, 그거 젊음으로 치부할 수 있는 수준이 아니거든!"

올가는 그렇게 캐물었지만 나는 신경 쓰이는 일이 있었기 때문에 내 냄새를 킁킁 맡았다.

으───. 몸에서 알코올 냄새가 난다. 아침부터 이 모양이라니, 완전히 볼썽사나운 폐인 같잖아.

나는 수건을 들고 욕실로 향했다.

"잠깐 몸에 묻은 어른의 냄새를 지우고 올게."

그렇게 샤워하고 개운해진 뒤 훈련장으로 향했다.

어디 보자, 우선은 검술 훈련⋯⋯.

"어라? 피아."

훈련장에 도착하자 파비안이 놀란 얼굴로 말을 걸었다.

"피아는 오늘부터 제4마물기사단을 도우러 간다고 들었는데."

"제4마물기사단?"

⋯⋯어라? 그런 이야기가 있었던가?

"어? 못 들었어? 아침부터 시릴 단장님께서 직접 말씀하러 오셨어."

⋯⋯음, 수수께끼는 풀렸습니다. 분명 들었던 거겠지. 내가 기억하지 못하는 것뿐.

나는 생긋 웃은 뒤 '잠깐 단장님과 대화하고 올게'라고 하고 그자리를 뒤로했다.

단장실의 문을 두드리자 안에서 입실 허가가 떨어졌다.

천천히 문을 열자 집무책상에 한쪽 팔꿈치를 올린, 나른한 느낌의 단장님이 있었다.

"어라? 웬일로 피곤해 보이시네요."

"⋯⋯무슨 일이죠? 피아. 무언가 확인할 사항이라도 있습니까?"

여느 때보다 조금 낮은 목소리가 물었다.

음, 어째 정말로 피곤한 모양이다. 분명 과로인 거야.

"저기. 오늘부터 제4마물기사단에 배속된다고 해서 확인하러 왔는데요…….”

“배속? 어제 저는 소속이동은 없다고 말했을 텐데요?”

……오, 그랬습니까.

이거 신중하게 입을 놀려야겠는데.

“실례했습니다, 잘못 말했습니다. 제4마물기사단을 도우러 간다는 거였죠. 그래서 제4마물기사단에 무언가 전언이 있다면 전해드리고자 찾아왔습니다.”

“……피아. 당신, 설마 어제 제가 내린 지시를 기억하지 못하는 거 아니죠?”

단장님의 표정이 싸늘한 미소로 바뀌었다.

예리하군. 여전히 예리하세요! 역시 기사단의 필두단장님이십니다.

나는 그렇다고도 아니라고도 하지 않은 채 웃는 얼굴을 유지했으나, 단장님은 무언가 짐작이 간 건지 나를 날카롭게 노려보았다.

“피아, 어젯밤 있었던 일 중 당신이 기억하는 걸 전부 말해보세요.”

“네. 고기 파티 도중에 단장님께 호출을 받아 설교를 들었습니다. 플라워 혼 디어 고기가 맛있었습니다. ……이상입니다.”

“거의 처음밖에 기억하지 못했잖아요! 당신, 만취해서 어젯밤의 기억이 날아간 거군요!!”

“단장님, 죄송합니다!!”

그렇습니다. 저는 술이 들어가면 기억이 사라진다는 최강의 스킬을 보유하고 있거든요! 덕분에 술자리에서 무슨 일을 쳐도 기억하지 못하니까 대미지가 없습니다!

하지만 주위에는 민폐겠죠. 죄송합니다.

진심으로 면목이 없어서 머리를 푹 숙이자 단장님은 한숨을 한 번 쉬고는 체념한 듯 흐리게 웃었다.

"아뇨, 연회에서 일 이야기를 한 제 잘못입니다. 저야말로 실례했습니다. 당신은 오늘부터 당분간 제4마물기사단에서 일을 하게 될 예정입니다. 내용은 마물기사단이 사역하는 마물의 생명력 파악이고요. 한 가지 걱정되는 건, 마물기사단은 마물을 사역함으로써 제대로 된 일원으로 여기는 경향이 있으니 당신이 부당한 대우를 받지 않을까 하는 점입니다. 만약 그런 일을 겪는다면 저에게 보고해주세요."

그리고는 생각났다는 듯 나에게 손짓했다.

"만약을 위해 손목을 보여주시겠어요?"

으응? 어제 플라워 혼 디어에게 당한 상처를 확인하려는 건가?

후후후, 흔적도 없이 깨끗하게 치유했답니다.

조금 득의양양하게 단장님 앞으로 걸어가 두 손을 내밀었다.

내 두 손을, 역시나 두 손으로 붙잡고 바라보던 단장님의 눈이 살짝 커졌다.

"사역마의 증표. ……피아, 당신 사역하는 마물이 있습니까?"

내 왼쪽 손목을 한 바퀴 감싸는, 폭 1mm의 검은 고리를 보고 단장님이 물었다.

……아, 그렇구나. 사역마의 증표를 확인한 거군요.

네, 있습니다. 흑룡이라는, 전설급 마물과 사역마 계약을 맺었습니다.

……라고 말해도 괜찮은 건가?

17 제4마물기사단 1

사역마가 흑룡이라고 말해도 괜찮은 건지 판단이 서지 않아 단장님을 물끄러미 바라보았다.

단장님은 내 왼쪽 손목의 검은 고리를 손가락으로 매만진 뒤 생각에 잠기며 천천히 입을 열었다.

"아, 마물의 종류는 말하지 않아도 됩니다. 입단 전에 계약한 마물이라면 보고 의무는 없으니까요. 게다가 만에 하나 계약한 마물이 강하거나 특이하다면 마물기사단에서 당신의 소속을 옮겨달라는 압력이 가해질 테니 불명인 게 이래저래 좋습니다."

그러더니 단장님은 내 머리를 토닥토닥 쓰다듬었다.

"오히려 마물기사단의 누군가가 물어봐도 씩 웃으면서 입을 다무는 게 좋을지도 모르겠네요. 녀석들은 사역하는 마물의 강약으로 서로 상하 관계를 가늠하는 경향이 있습니다. 당신의 사역마가 약하다는 걸 알면 바로 무시하려 할 테니까, 의미심장한 느낌을 주는 게 효과적일 거예요."

"어음, 왜 제 사역마가 약하다고 생각하시는 거예요?"

내 질문에 단장님은 무심코 웃음을 흘린 모양이었다.

"그런 질문을 한다는 점이 사역마 계약에 대해 아무것도 모른다는 증거고, 그걸로 사역한 마물이 약하다는 상상이 가는데요.

……일반적으로 사역마 계약의 증표의 폭에 따라 사역마의 강함을 가늠할 수 있습니다. 즉, 폭이 굵은 게 강한 마물이고, 폭이 가느다란 게 약한 마물이 되는데요. 통상적으로는 최약체인 H랭크의 마물이라고 해도 폭 1cm 정도는 됩니다."

어? 그렇다는 건 그래 보여도 자빌리아는 약한 건가?

자빌리아, 겉만 번지르르한 거였구나!

"뭐, 정확하게 말하자면 기사가 마물을 사역하려고 사역마 계약을 개시한 순간부터 완료될 때까지 걸리는 시간이 폭의 넓이가 되지만요. ……그러니 기사가 아주 강하거나, 마물이 친화적인 경우에는 통상보다 증표의 폭이 가늘어진다고 합니다."

아, 그렇구나.

그렇겠지. 지금 생각난 거지만 자빌리아는 내가 잠든 사이에 A랭크의 마물을 쓰러트렸잖아.

후후후, 알고 있었습니다. 자빌리아가 강하다는 건 알고 있었고 말고요.

"그러니 당신은 강한 기사인 체하면서 의미심장한 태도를 관철하며 마물의 이름을 꺼내지 않는 게 좋다고 보는데요. ……하지만 폭 1mm는 저도 처음 보는 거라, 어디까지 허세가 통용될지 모르겠네요……."

단장님은 턱에 손가락을 대고는 무언가 생각에 잠기기 시작했다.

"평범하게 생각했을 때, 부상이나 무언가의 이유로 약해져 있는 H랭크의 마물과 단시간에 사역마 계약을 맺었다는 식으로 생각하는 게 타당하겠네요——……."

195

단장님이 무어라 중얼거리는 것 같았지만, 괜찮습니다. 이해했습니다, 단장님!

상상으로 만들어지는 것이 최강이라는, 그런 거죠?

흑룡을 실제로 보여주는 것보다, 상대방에게 어떤 마물일지 상상하게 만드는 게 더 무시무시한 것을 떠올리게 된다는 것이겠지요.

네, 단장님. 당신의 현명한 부하는 단장님이 무슨 말씀을 하고 싶으신지 완벽하게 이해했습니다.

생긋 웃으며 단장님에게 이해했음을 보여주었지만, 어째서인지 단장님은 크게 한숨을 쉬었다.

어라? 처음에도 생각한 거지만 피곤하신 건가.

"단장님, 오늘은 평소보다 더 피곤해 보이십니다. 무리하지 않는 게 좋지 않을까요?"

친절하기 그지없는 말을 건넸는데도 단장님은 나를 예리하게 쏘아보았다.

"당신은 어제 일을 거의 기억하지 못하죠. ……저는 어제 대놓고 '빌어먹을'이라는 말을 들어서 조금 힘들어하고 있습니다."

"비, 빌어먹을?! 단장님에게요? 어디 사는 멍청이죠?! 아니 그보다, 그 사람 아직 살아있습니까?!"

"네. 아주 쌩쌩한 모양입니다."

단장님이 나를 날카롭게 노려본 뒤 탄식했다.

어라, 정말로 기운이 없으시네. 좋아, 여기선 직속 부하가 위로해드리겠습니다!

"그건 좀 질이 나쁜 상대네요. 그런 상대가 하는 말은 신경 쓰실 필요 없습니다! 참고로 저는 그런 더러운 말은 살면서 한 번도 써본 적이 없지만요."

"아, 네……."

단장님이 노골적으로 영혼 없는 목소리를 냈다. 뭐, 뭐예요? 부하가 필사적으로 위로하고 있는데!

"뭐, 뭐어, 그래도 단장님께 그런 폭언을 뱉다니 용기가 대단하다고 해야 할까, 무모하다고 해야 할까, 목숨 아까운 줄 모른다고 해야 할까, 그걸 모두 망라한 타입이네요."

"정확하게는 저에게만 한 것이 아니라 총장님께도 '빌어먹을'이라고 발언한 거지만요."

"네?! 초, 총장님께도요?! 그, 그건 완벽한 불경죄잖아요! 죽을죄를 지었네요! 그 전에 다른 기사들에게 흠씬 두들겨 맞을 거예요!"

무서워라. 발언자 진짜 무섭다. 좀, 제정신이 아니었던 거겠지. 그런 자멸적인 소릴 하다니. 우와……, 상상만으로도 등골이 쭈뼛 선다.

하지만 단장님은 내 말을 부정했다.

"아뇨, 아무런 벌도 받지 않았습니다. 상대방은 어린아이였고, 애초에 총장님의 질문에 대답한 것뿐이었으니까요."

"아, 어린아이였군요! 살아서 다행이네요! 하지만 그 어린아이도 조마조마했겠죠!"

"글쎄요. 의외로 아무런 생각도 없고, 이미 잊었을지도 모르죠. 제일 골치 아픈 건 아이의 보호자라고 보는데요."

단장님이 묘하게 실감을 담아 중얼거렸다.

흐응? 하지만 역시, 어린아이 쪽이 더 조마조마했을 거예요.

"그런데 피아. 이미 어젯밤에 당신에게 대답을 받은 부분이지만, 기억하지 못하는 듯하니 다시 부탁합니다. 제가 총장님보다 강하다는 건 비밀로 하고 싶은데요."

"알겠습니다! 저는 절대 단장님께 폐를 끼치지 않겠습니다. 약속 꼭 지킬게요."

반짝반짝한 눈으로 단장님을 바라보았지만.

"……아마, 당신이 생각하는 폐와 제가 생각하는 폐의 기준이 차이가 난다는 게 가장 큰 문제일 테죠."

그렇게 말하며 단장님은 크게 한숨을 쉬었다.

아무튼…….

나는 제4마물기사단으로 향하는 긴 복도를 걸으면서 생각에 잠겼다.

무슨 일이든 처음이 중요하지. 마물기사단의 호감도를 올리기 위해 소소한 선물이라도 가져가야 하는 것 아닐까. 아니, 하지만 앞으로 5분 정도면 도착하는데 이제 와서 뭘 준비한다고. 으음, 선물 작전은 포기할까…….

그러는 사이에 제4마물기사단의 단장실에 도착했기 때문에 노크한 뒤 말을 걸었다.

"실례합니다———! 제1기사단에서 왔습니다, 피아 루드입니다!

들어가겠습니다!"

안으로 들어가자 미간에 어마어마한 주름을 만들고 있는 한 명의 기사가 팔다리를 턱 하니 걸친 흐트러진 자세로 의자에 앉아 있었다.

"흥! 아침 일찍 온다고 들었는데 지금이 몇 시냐! 이게 너희가 말하는 아침 일찍이라면 제1기사단도 참 우아하게 사는군!!"

으아아악, 지당하신 말씀입니다!

"대단히 죄송합니다! 늦게 온 것을 진심으로 사죄드립니다!"

허리를 꾸벅 접자 그 기사가 의자를 걷어찰 기세로 일어났다.

"제4마물기사단 부단장인 기디온 오크스다. 단장님께선 장기 부재중이시기 때문에 내가 이곳의 실질적인 책임자지."

적동색 머리카락을 지닌 30대 중반의 몸집이 큰 기사였다. 몸 전체에서 오만불손한 분위기가 묻어나왔다.

기디온은 짧은 머리카락을 벅벅 긁은 뒤 귀찮다는 듯 나를 보았다.

"이것 참, 아주 유능해 보이는 녀석이 다 왔군. 시릴 제1기사단 장님의 추천이라고 해서 어떤 녀석인가 했더니, 아직 껍질도 깨고 나오지 못한 새끼 새일 줄이야!"

……우와, 기분이 안 좋아 보여. 아침에 약한 타입이구나.

"애초에 제1기사단 소속인 채로 우리가 잠시 데리고 있어야 한다니, 무슨 생각이야? 장난해? 참나, 제1기사단은 필두기사단인 만큼 거만하고 자기들 사정만 생각한다고!"

으으음, 그건 맞는 말씀이죠. 어젯밤에 정해진 일이 오늘 아침에 실행되다니. 굉장히 막무가내로 밀어붙였을 거다. 시릴 단장님, 실은 대단한 수완가구나.

"그래서? 듣자 하니 너는 마물의 생명력을 가늠할 수 있다면서? 와——, 참으로 감사합니다. 고마워——, 같은 소릴 할 줄 알았냐!!"

기디온 부단장님이 두 팔을 벌려 반기는 표정을 지었나 싶더니, 바로 무시무시한 얼굴이 되어서 책상을 쾅 두드렸다.

……아까부터 참 바쁜 사람이다.

손짓·발짓을 섞어가며 리액션을 하는 걸 보면 나쁜 사람 같진 않은데. 어떻게 대응해야 할까?

◇ ◇ ◇

어떻게 나갈지 난처해하고 있을 때 밖에서 노크 소리가 들렸다.

'들어와!' 하는 기디온 부단장님의 목소리에 밝은 연두색 머리카락의 늘씬한 20대 중반의 기사가 들어왔다.

와, 예쁜 언니시네요. 나 이런 사람 좋아하는데!

"대화하시는 도중에 죄송합니다, 부단장님. R이 부단장님을 부릅니다."

"뭐?! 바로 간다!"

기디온 부단장님은 당황한 듯 문으로 향하다, 생각났다는 듯 나를 돌아보고는 '너에게 부탁할 일은 없다. 알아서 지내도록'이라는 말을 남기고 빠르게 밖으로 나갔다.

방 안에는 밝은 연두색 머리카락의 기사와 나 두 명만이 남았다.

"처음 뵙겠습니다, 제1기사단의 피아 루드입니다."

"처음 뵙겠습니다, 제4마물기사단의 파티 코나한입니다. 부단장 보좌를 맡고 있습니다."

"부단장 보좌! 그렇다면 기사단 내의 업무를 지휘하는 분이시네요. 으음, 급한 일은 없는 것 같으니 말씀만 하시면 뭐든 하겠습니다."

"후후, 시릴 제1기사단장님께서 지명한 기사라고 하기에 어떤 역전의 용사가 오는가 했더니 이렇게 젊은 기사라니, 의외군요. ……기디온 부단장님의 태도는 죄송합니다. 부단장님은 늘 마물기사단이 냉대받고 있다고 느끼고 계시기에 필두기사단인 제1기사단을 특히 싫어하시거든요."

으음. 그건 화풀이라는 것 아닐까요.

"부단장님은 조금 어린아이 같은 구석이 있지만, 뿌리는 성실하고 그렇게까지 어리석지도 않습니다. 그러니 곧 정신을 차리고 당신에게 일을 부탁하겠죠. 그때까지 잠시 기다려주실 수 있을까요?"

오오……. 그래 봬도 부하들이 따르는군요. 그렇다면 역시 나쁜 기사는 아니겠죠.

"알겠습니다, 기다릴게요. 그런데 R씨는 누구인가요? 기디온 부단장님이 날아가신 걸 보면 연인인가요?"

"하하하, 부단장님에게 연인이라고요?! 아니에요, 전혀! R은 부단장님에게 예속된 마물을 말합니다."

"아하, 마물!"

"네. 사역마는 계약자가 아닌 이가 이름을 부르는 걸 싫어하니까, 우리 기사단에 속한 사역마는 전부 알파벳으로 부르고 있답니다."

파티는 그렇게 말하며 우선 앉자고 단장실 구석에 있는 소파를 가리켰다. 시키는 대로 앉자 따뜻한 마실 것을 내주었다. 그러고는 '분명 이 근방에······' 하고 중얼거리며 소파 옆에 있는 찬장을 뒤져 은색 캔을 찾아내더니, 그 안에서 쿠키를 꺼내 접시에 올려주었다.

"그래 보여도 부단장님은 단것을 좋아하시거든요."

오, 의외네요. 고기와 고기와 고기를 좋아하는 줄 알았습니다.

"피아는 마물기사단은 처음일 테니, 잠시 설명하겠습니다. 간단하게 말하자면 마물기사단은 마물을 예속시키고 사역하여 힘을 발휘하는 기사단입니다. 마물은 예속시킬 때가 가장 힘들지만, 그 후에도 지속적인 돌봄이 필요하죠. 저마다 차이는 있으나 마물은 응석을 부리거나 독특한 요구를 하는 등 손이 많이 가고, 그걸 얼마나 잘 돌봐주는가에 따라 마물이 계약자에게 보내는 신뢰도가 정해진답니다."

······어, 그런가요? 으음, 흑룡 자빌리아와 계약은 했지만, 그 이후로는 안 만났는데. 이거 큰일인 건가?

"방치했다가 공격을 당한다거나, 그런 일은 없는 거죠?"

걱정이 되어 반사적으로 물어보았다.

"네, 계약자를 공격하는 일은 없지만, 토라져서 몸통 박치기를 하거나 꼬리가 달린 마물이라면 꼬리를 마구 휘두르기도 하니 강한 마물이라면 그로 인해 다칠 수는 있을지도 모르겠네요."

흑룡의 몸통 박치기! 흑룡의 꼬리 휘두르기!

죽겠네. 완벽하게 사망하는 패턴이네.

"왜 그런가요?"

무심코 입을 꾹 다물어버린 내가 걱정된 건지 파티가 말을 걸었다.

"아뇨. 저 마물과 계약했는데 그 후에 계속 방치해서, 화난 게 아닌가 걱정이 되었거든요……."

"네?! 당신에게 사역마가 있나요?! 팔을 보여주세요!"

그러더니 내가 대답하기도 전에 기사복의 소매를 걷어 올렸다.

파티는 내 왼쪽 손목에 있는 폭 1mm의 증표를 보더니 무심코 아쉽다는 표정을 지었다.

"그렇죠. 마물기사단이 아닌 기사가 계약을 맺는 일 자체가 대단한 일이니까요."

수긍했다는 듯 그렇게 중얼거렸다.

"부단장님이 저런 상태이시니 당분간 급한 일은 없습니다. 피아의 사역마가 근처의 숲에 있다면 데리러 가는 건 어떤가요?"

"어, 그래도 되는 거예요? 갈래요! 다녀올래요!!"

나는 소파에서 폴짝 일어난 뒤 파티에게 꾸벅 인사했다.

"그럼 다녀오겠습니다!"

"어, 그렇게 갑자기 가는 건가요? 그보다 숲은 마물이 나오니 혼자 가면 안 됩니다. 왕도 인근을 관할하는 제6기사단의 토벌에 참가하는 게 더 좋은 방법이라고 보는데요."

"괜찮습니다! 기껏해야 숲의 입구까지만 들어갈 거라서요."

"······아하. 증표가 그렇게 가늘다면 확실히 입구 근처의 마물이겠네요."

파티가 수긍한 듯한 반응을 보였기에 나는 서둘러 방에서 나왔다.

흑룡 자빌리아가 갑자기 무척 신경 쓰였다.

자빌리아는 처음 만났을 때 크게 다쳤었잖아.

A랭크 마물을 쓰러트렸으니 약한 건 아닐 테지만, 자빌리아보다 더 강하고 자빌리아를 괴롭히는 녀석이 있을지도 모른다.

또 다쳤다면 어쩌지.

말을 타고 달려서 가장 가까운 숲으로 갔다.

자빌리아는 사역마 계약을 맺었으니 내가 부르면 어디에서든 들을 수 있다고 했다.

다만, 용이 갑자기 나타나면 일이 커질 것 같으니 성이나 마을을 피해 숲을 선택했다.

"자빌리아——! 자빌리아——————!!"

말에서 내리며 큰 목소리로 외쳤다.

내 목소리가 조용한 숲속에 울려 퍼졌다.

——————순간, 하늘이 갈라졌다.

구름 한 점 없이 파랗던 하늘에 별안간 검으로 그어버린 듯한 금이 가더니, 그 금이 갈라져서 생긴 타원형의 공간에 검은 구름과 호우와 번개가 내리치는 전혀 다른 풍경이 나타났다.

그리고 그 안에서 당당하게 날개를 펼친 검은 용이 내려왔다.

그것은 지금까지 본 것 중에 가장 아름다운 생물이었다.

10m는 될 법한 크기임에도 불구하고 비늘 하나하나가 명공의 손으로 빚어낸 예술품처럼 반짝거렸다. 검은색은 단순히 검은색이라는 한 가지 색이 아니라, 다양한 색상이 있다는 걸 처음으로 알았다.

용은 시초의 생물. 그 형상은 가장 완성되어 있다고 일컬어지는데, 맞는 말이다.

훌륭한 체구에 커다란 날개를 펼치고 하늘에서 내려오는 용의 모습은 이 얼마나 아름다운지!

……하지만.

어, 어라? 자빌리아는 훨씬 작았잖아. 비늘도 이렇게 반짝거리지 않았고, 몸도 이렇게 탄탄하지 않았는데.

……어라라. 어디 사는 흑룡님이세요?

"피아, 불러줘서 고마워!"

하지만 혼란에 빠진 나와는 대조적으로 흑룡은 명랑하게 말을 걸었다.

"자빌리아……? 인 거지?"

응, 높고 맑은 이 목소리는 자빌리아의 목소리다.

"어? 나 벌써 잊어버린 거야?"

크고 아름다운 흑룡이 시무룩하게 고개를 숙였다.

나는 허둥지둥 흑룡의 비늘을 쓰다듬었다.

"아, 아니, 그런 게 아니라. 자빌리아, 너 커지지 않았어? 날개도 몸도 훌륭해졌고, 비늘도 반짝반짝 빛나. 넉 달 전과는 전혀 다른데."

"후후후, 성장기니까. 당연히 커지지."

"성장기? 어? 자빌리아, 너 몇 살이니?"

"0살."

"제, 제로━━!!"

설마 했던 갓난아기!

용은 오래 산다고 하니까 더 나이를 먹었을 줄 알았다.

"자, 자빌리아, 우리 아기. 괜찮아━━. 피아 마마가 돌봐줄게. 맘마 먹을래━━?"

"후후후, 용과 인간은 나이를 셈하는 방식이 달라서, 인간으로 치면 12~13살 정도는 돼. 앞으로 반년도 지나기 전에 성룡이 되고."

"아, 그, 그렇구나. 어, 잠깐, 여기서 더 커지는 거야?"

"응, 지금의 두 배 정도는 될 거야."

으으으음. 나는 머리를 부여잡았다.

자빌리아가 다른 마물에게 괴롭힘을 당하는 게 아닌지 걱정이 되어서, 본인의 동의만 있다면 데려가려고 했는데 이렇게 크면 좀 어렵지 않을까. 애초에 내 방에 들어가지도 못할 테고.

생각에 잠기는 나를 의아해하며 바라보던 자빌리아가 물었다.

"뭔가 난감한 일이라도 있어? 내가 도울 수 있는 거야?"

"자빌리아만 괜찮다면 같이 돌아가려고 했는데, 네가 생각했던 것보다 커서 건물에 안 들어갈 것 같아."

"어? 나 데리고 가주는 거야?"

자빌리아의 파란색 눈이 반짝반짝 빛났다.

"응, 그럴 생각이었는데 자빌리아의 크기가……."

"그런 거라면 나, 작아질게!"

그렇게 말하더니 자빌리아는 쑥쑥 작아졌다. 그러더니 최종적으로는 내 두 손바닥 위에 올라갈 수 있을 만한 크기가 되었다.

"자, 자, 자, 자, 자빌리아. 너, 너 뭐 하는 거야? 어, 어어? 몸은 괜찮아? 그렇게 해도 성장에 영향은 없어?"

"응, 괜찮아. 이건 다쳤을 때 사용하는 유체화가 아니라, 축소화거든."

"그, 그래……."

솔직히 차이를 잘 모르겠지만, 맞장구를 쳐 보았다. 문제는 그보다…….

"자빌리아, 색은 바꿀 수 있어? 검은 날개가 달린 생물은 흑룡밖에 없어서, 아무리 축소화해도 검은색이면 곤란하지 않을까."

내 말에 자빌리아는 순식간에 시무룩해졌다.

"……미안, 피아. 나는 검은색을 자랑스럽게 생각해서, 그 마음이 방해가 되어 색을 바꿀 수 없어."

"그렇구나. 그럼…… 우후후, 좋은 생각이 났어! 자빌리아, 새형 마물을 사냥할 수 있어?"

"쉬운 일이지. 그런데, 피아. 나는 네 좋은 생각이 좋은 결과로 이어진 예시를 본 적이 없는데."

자빌리아는 그렇게 말하면서도 원래의 크기로 돌아갔다. 그러더니 '잠깐 귀를 막아줄래?'라고 해서 시키는 대로 귀를 막자, 자빌리아가 그 커다란 입을 크게 벌리더니 포효했다.

"크워어어어어어어어어어—————!!"

땅이 울리고 공기가 떨린다.

저 멀리 있는 나무에서 무언가가 투두두둑 떨어졌다.

"아, 역시 입구 근처에는 마물이 없었네. 잠시 회수하고 올게."

그렇게 말한 자빌리아는 어안이 벙벙해진 나를 남겨두고 커다란 날개를 퍼덕이며 날아갔다.

하하, 하, 포효 하나로 마물을 쓰러트렸어…….

나는 힘이 빠져서 땅바닥에 털썩 주저앉고 말았다.

어쩌지. 자빌리아가 생각했던 것보다 훨씬 강한데.

큰일이다. 지난번에 봤을 때와 박력이 전혀 다르다.

예전의 자빌리아라면 사역마라고 소개해도 아직 어떻게든 될 것 같은 느낌이 들었는데, 지금의 자빌리아는 안 된다. 이건 큰 문제가 일어날 것 같은 기분이다.

다른 기사들의 사역마 수준을 모르니까 명확하게는 말할 수 없지만, 위험하다는 예감이 풀풀 풍긴다. ……우, 우선 상황을 살펴봐야지.

잠시 후 자빌리아는 한 다스쯤 되는 마물을 입에 물고 돌아왔다.

나는 그중에서 파란색의 새형 마물을 두 마리 골라 자루에 넣었다.

"자빌리아는 지금 당장 나와 같이 가도 괜찮아? 누군가 말을 남겨야 하는 상대가 있다면 때를 봐서 다시 데리러 올게."

내 질문을 듣자 자빌리아는 침울하게 고개를 숙였다.

"괜찮아. 나는 계속 혼자였으니까⋯⋯."

"그, 그렇구나⋯⋯. 그럼 작아질래?"

기사복의 위쪽에 달린 단추를 몇 개 풀었다.

그 후 작아진 자빌리아를 기사복 안에 넣은 뒤 채울 수 있는 곳까지 단추를 채웠다.

"답답하지 않아? 자빌리아. 성에 도착할 때까지 참아줘."

"피아, 따뜻해⋯⋯."

그 말을 끝으로 자빌리아가 꿈쩍도 하지 않는 걸 보면 바로 잠들어버린 모양이다.

그래, 그래. 아기는 금방 졸리기 마련이지.

나는 말에 올라타 최대한 흔들리지 않도록 천천히 달렸다.

잘 자는 아이가 잘 자란다고 하잖아. 자빌리아가 건강하게 자라기를.

왕성에 도착한 뒤 바로 마물기사단으로 향했는데, 중간에 제6기사단의 기사들과 마주쳤다.

"피, 피아. 그 배는 왜 그래?"

"너 식욕이 넘치는 건 알지만, 조금은 자중해."

⋯⋯여보세요? 아무리 그래도 이렇게 부풀어있는 배가 내 배일 리가 없잖아.

제6기사단의 기사들 사이에서 내 이미지가 너무 나쁜데요!

불쾌해하면서 마물기사단 건물로 들어가자 전방에서 기디온 부단장님이 걸어왔다.

그는 나를 보더니 허리에 손을 올리고 무시하는 듯 삐딱하게 내려다보았다.

"하하, 제1기사단장님께서 추천한 유능한 기사님 아니십니까. 평안하셨는지. 산책입니까?"

"볼일이 있어 근처의 숲에 갔다가 지금 막 복귀했습니다."

기디온 부단장님은 코웃음을 친 뒤 그대로 지나가려고 했다가, 마음을 바꾼 듯 멈춰서서 내 팔을 잡았다.

"그러고 보면 너에게도 사역마가 있다던데. 팔 보여봐."

그리고는 내 대답도 기다리지 않고 소매를 걷어 올렸다.

파티 부단장 보좌님도 그렇고, 마물기사단의 기사들은 다들 막무가내구나. 그런 생각을 하면서도 얌전히 따라주고 있자, 기디온 부단장님은 내 왼쪽 손목에 있는 사역마의 증표를 발견하고는 몇 번 눈을 깜빡였다.

"이게 뭐야? 이렇게 얇은 게 증표로서 성립한다고? 아니, 어떤 마물이기에 이렇게 얇은 거야?"

나를 날카롭게 노려보더니 비아냥거리는 목소리를 냈다.

"너 대단한데. 좀처럼 없는 일이지만, 빈사 상태의 마물을 마주친 거지? 그 녀석과 사역마 계약을 맺은 거고."

"어?! 어떻게 아셨어요?"

놀라서 기디온 부단장님을 올려다보자 그는 진심으로 한심하다는 듯한 표정을 지었다.

"왜냐하면 나는 너보다 100배는 머리가 좋으니까. 너, 그렇게 약한 마물을 한 마리 사역하고 있다고 우리와 대등하다고 착각하지 마. 네가 100마리의 마물을 사역했다고 해도 내 발치에도 못 미치니까."

기디온 부단장님이 어깨를 툭 밀었지만 나는 고개를 갸웃거렸다.

어라? 상상을 이길 수 있는 건 없다는 시릴 제1기사단장님의 작전이 맞는 건가?

뭔가 지금, 자빌리아를 아주 약하다고 판정한 기분이 드는데. 내 착각인가?

나는 필사적으로 시릴 단장님과 나눈 대화를 돌이켜보았다.

어디 보자…….

(피아의 회상)

시릴 단장 : 그러니 당신은 강한 기사인 체하면서 의미심장한 태도를 관철하며 마물의 이름을 꺼내지 않는 게 좋다고 보는데요. ……하지만 폭 1mm는 저도 처음 보는 거라, 어디까지 허세가 통용될지 모르겠네요…….

……그랬다. 강한 기사인 척하면서 의미심장한 태도를 보이라고 했었지.

이거야. 이게 부족한 거였어.

나는 기디온 부단장님을 다시 마주한 뒤 턱을 들어 올리고 흐흥 웃었다.

"외람되지만 기디온 부단장님. 제 사역마는 그런 흔한 사역마와는 다릅니다. 가장 강하고 가장 오래된……, ……어이쿠, 너무 많은 것을 말하면 안 되는데요."

노골적으로 입을 손으로 눌러봤지만 기디온 부단장님은 경멸하는 눈으로 내려다보았다.

"너 바보지? 너는 절망적으로 체격이 안 따라줘. 작고, 말랐고. 틀림없이 모든 기사 중에서 제일 약할 거다. 그래서, 기사로서는 안 될 것 같으니까 사역마의 힘이라도 빌리려고 한 거냐? 하지만 마물은 주인을 골라. 네게 붙는 마물은 너와 수준이 비슷하다는 거지. 즉 아주 약하고 입만 살아있는 한심한 사역마라는 거다."

그러더니 얼굴을 가까이 들이대고는 코앞에서 연민하는 눈빛으로 나를 바라봤다.

"정말 너 같은 녀석은 어떤 조직에도 있단 말이지. 상부에 잘 보여서 실력도 없는 주제에 떠받들어지는 녀석. 시릴 단장님의 구두라도 핥았냐? 그래서 마물기사단에 놀러 가고 싶다고 억지라도 부려서, 그게 통한 거냐? 하하, 하. 너치고는 잘했다고 생각했겠지. 죽다 만 사역마를 손에 넣었으니 좋은 기회라는 양 마물기사단에 와서 가치를 올리려고 했어? 너는 정말로 쓰레기구나."

순간 무슨 말을 들은 건지 잘 이해가 가지 않아서 눈을 끔뻑였으나, 이글거리는 시선으로 나를 마주 볼 뿐이었다.

……어라라? 뭘 잘못했나?

본래대로라면 기디온 부단장님은 내 사역마를 대단한 마물로 상상하고 두려움에 떨 예정이었는데. 어딜 봐도 두려워하지도 떨지도 않는다. 오히려 화내고 있다.

……시, 시릴 단장님. 죄송합니다. 근사한 책략을 전수해주셨는데 제대로 살리지 못했습니다. 그보다 제 태도가 나빠서 화나게 만들었어요. 결과 의미심장한 태도는 실패입니다!

고개를 푹 떨구고 있었더니 복도 저편에서 누군가가 빠른 걸음으로 다가왔다.

"부단장님!"

급박한 분위기로 외친 사람은 파티 부단장 보좌님이었다.

"큰일입니다! '별내림 숲'에 예의 그 검은 왕이 나타났다는 정보가 들어왔습니다!!"

"뭐라고?! 그런 말도 안 되는 일이!!"

기디온 부단장님은 조금 전까지 지었던 표정을 날리고 경악하며 소리쳤다.

……'별내림 숲'? 아까 자빌리아를 데리러 갔던 곳이잖아.

무슨 일이 일어난 거지?

멍하니 기디온 부단장님과 파티 부단장 보좌님의 대화를 바라보고 있었더니, 내가 듣고 있다는 걸 알아차린 부단장님에게 크게 혼났다.

"너, 다른 기사단의 기밀 사항을 훔쳐 듣는 게 어디 있냐! 다른 곳으로 가!!"

"실례했습니다!"

……와아. 이거 정식으로 기숙사에 돌아가도 된다는 허가를 받았다고 생각해도 되는 걸까?

급한 일은 없다고 했고, 지금은 뭔가 술렁거리는 것 같으니까 여기에 있다가 기밀 사항이라는 걸 깜빡 들어버리는 언 안 좋겠지.

음, 이건 퇴근 허락인 거야.

아직 근무시간인 것 같긴 하지만, 잘 됐다며 기숙사로 돌아가기로 했다.

같은 방을 쓰는 올가가 돌아오기 전에 하고 싶은 일이 있었기 때문이다.

중간에 식당에 들러 양동이 하나 가득 뜨거운 물을 받았다.

그 후 양동이 안에 자빌리아가 사냥해온 두 마리의 새형 마물을 잠시 넣어두었다.

자빌리아는 아직 잠들어 있는 것 같았기에, 깨우지 않고 가만히 기사복 안에 넣어두었다.

양동이에 받은 뜨거운 물이 미지근해졌을 때 마물을 꺼낸 다음 방을 어지럽히지 않도록 조심하면서 깃털을 뜯었다. 뜨거운 물에 담가두었기 때문에 쉽게 뽑혀 나왔다.

필요한 양만큼 깃털을 뽑은 후 양동이의 물을 버리고 마물을 그 안에 넣었다.

좋아, 좋아. 다음은 이 깃털을 씻고 말려야지. 살은 쓰지 않으니까 식당에라도 기부하면 되려나.

보송보송한 수건으로 깃털을 감싼 뒤에 톡톡 두드리기를 반복해 수분을 흡수했다.

깃털이 마른 뒤엔 파란 천을 꺼내 그 위에 마물의 깃털을 꿰어 붙였다.

자빌리아가 깨어난 건 태양이 지평선 너머로 저물어가는 시간이었다.

"옛날 꿈을 꿨어……."

멍한 얼굴로 중얼거리는 자빌리아를 보고 나도 모르게 후후 웃음이 나왔다.

"에이, 자빌리아도 참. 0살의 옛날이라니, 그게 언젠데?"

나는 득의양양한 표정을 지으며 숨겨두었던 것을 자빌리아 앞에 꺼내놓았다.

"짜잔──! 자빌리아 전용 변신복입니다──!!"

그것은 천에다 파란색의 새형 마물인 블루 도브의 깃털을 대량으로 꿰맨 것이었다.

자빌리아는 어지간히 기뻤던 건지 잠시 아무런 말도 못 했다. 그러더니 망연한 목소리로 중얼거렸다.

"피아, 설마 나를 블루 도브로 의태 시키려는 건 아니지?"

"역시 자빌리아! 정답이야."

자빌리아는 무언가 하고 싶은 말이 있는 듯한 표정을 지었지만, 말하지 않기로 한 건지 내 무릎 위에서 날개를 펼쳤다.

"자, 피아. 나를 블루 도브로 변신시켜줘."

나는 신중하게 자빌리아를 변신시켰다. 목 아래나 배 아래에는 끈이 달려서 묶을 수 있게 했지만, 그 위로 깃털이 덮이는 구조이기 때문에 끈이 가려져서 안 보일 것이다. 부리도 빼놓지 않고 달았다.

완성한 자빌리아를 바라보며 나는 흡족한 한숨을 흘렸다.

"완벽해, 자빌리아! 이젠 검은색은 전혀 보이지 않아. 완전히 블루 도브야!"

"응, 내 시야가 좁아져서 잘 안 보이는데 그건 괜찮은 거야?"

"아——, 두 마리의 날개를 사용했으니까. 다른 블루 도브보다 북슬북슬해. 후후, 호화로워서 좋지 않아?"

"응. 블루 도브로 보일지 아닐지에 주안점을 둬야 한다고 보지만. 그래도 나를 호화롭게 치장해줘서 고마워. 기뻐."

나는 조금 풀이 죽어서 블루 도브가 된 자빌리아의 파란 깃털을 쓰다듬었다.

"사실은 시릴 단장님에게 아주 좋은 계책을 전수받았는데, 실패했어. 인간의 상상력은 최강이라고 하니, 자빌리아를 직접 보여주는 것보다는 상대방에게 어떤 마물인지 상상하게 만드는 게 무서운 마물을 상상하며 더 두려워한다고."

"흐응……. ……재미있는 생각이네."

"하지만 이 작전은 잘 안 풀렸으니까, 그만두려고. 잘 생각해 보면 내 사역마가 대단하다고 무서워해봤자 딱히 좋을 일도 없거든."

"사역마의 강약은 기사 간의 상하 관계에 영향을 줄 테니까, 그게 좋은 일이라고 보는데. 뭐, 피아는 그런 거엔 관심이 없지."

"그래서!"

나는 두 손으로 자빌리아를 안아 올린 뒤 눈높이를 맞췄다.

"그래서 이젠 자빌리아를 데리고 다니려고! 모처럼 같이 와 줬는걸. 같이 있고 싶어. 물론 내 옆이 지루하다면 방 침대에서 자거나, 왕성 정원에서 놀아도 괜찮아. 다만 자빌리아는 생각보다 강한 것 같으니까 당분간은 흑룡이라는 건 비밀로 하는 게 좋을 것 같아서. 그러니까 만약을 위해 만들까 했던, 이 블루 도브 변신복을 바로 만들게 되어서 빠르게도 활약하게 되었다는 거지! 물론 다른 기사의 사역마가 자빌리아만큼 강해서 너를 소개해도 너무 눈에 띄지 않을 것 같다면 정식으로 내 사역마는 흑룡이라고 소개할 거야."

"그런 상황이라면 나는 계속 이 파란 새로 있어야겠네. 아, 피아 옆에 있을 수 있다는 건 아주 기쁘지만, 이 최약체 마물로 의태해야만 한다는 건 영혼이 깎여나갈 정도로 고통스러워."

자빌리아가 뭐라고 중얼거렸지만 내 옆에 있을 수 있어서 기쁘다는 건 똑똑히 들었어.

데려오길 잘했다. 남은 건…….

"……의미심장한 태도라……. 앞으로도 필요해질지도 모르니까, 좀 더 연습해야겠네."

"피아, 그건 아무도 이득을 볼 수 없으니까 그만두는 게 좋아."

"후후, 자빌리아는 아직 어리고 귀엽구나. 하지만 어른은 좀 더 교활해져야만 해."

"……응, 힘내."

자빌리아는 체념한 듯 대답하고는 눈을 감았다.

괜찮아, 자빌리아.

너는 내가 지켜줄게. 더는 아무도 괴롭히지 못하게 할 거야.

다음 날 아침, 나는 직접 제4마물기사단으로 향했다.

어디로 가야 할지 고민하면서 우선 마물기사단 전용 건물에 들어갔다.

복도를 걷고 있었더니 지나가던 기사들이 힐금힐금 배를 구경하는 것 같았지만, 음. 설마 이거 내 배가 튀어나온 거라고 생각하는 건 아니겠지?

타이밍 좋게 복도 저편에서 파티 부단장 보좌님이 걸어왔기에 말을 걸었다.

"파티 부단장 보좌님!"

파티는 깜짝 놀란 듯 내 배를 바라보더니 종종걸음으로 다가왔다.

"그, 그 배는 어떻게 된 일이죠? 과식했다기에는 너무 많이 튀어나온 것 같은데요……."

"오늘은 사역마를 데려왔습니다. 아직 자고 있어서, 옷 속에서 자게 해두고 있어요."

"아, 그렇군요. 피아. 마물기사단의 기사는 많은 시간을 사역마 돌보기에 할애합니다. 사역마 우리는 다른 건물로 빼놓았으니 나중에 살펴보러 가는 건 어떠세요? 본래대로라면 당신에겐 먼저 마물기사단 안내부터 시작해야만 하는데, 급한 임무가 들어와서 당분간은 안내할 시간을 낼 수 없을 것 같습니다. 죄송하지만 안내는 나중에 해도 괜찮을까요?"

"물론이죠! 허가해주신다면 혼자서 알아서 돌아다니고, 일거리도 찾아서 하겠습니다."

나는 기운차게 대답했다.

마물을 사역하는 건 참신한 생각이란 말이지. 전생에선 없었던 기술이다.

우연히 자빌리아와 계약을 맺었지만, 구조를 잘 모르니까 마물 기사단에는 아주 관심이 많다.

꾸벅 인사한 다음 그 자리에서 떠나려고 했는데, 기디온 부단장님이 걸어오는 걸 보고 인사했다.

"좋은 아침입니다, 기디온 부단장님."

"너 아직 있었냐?"

인사가 돌아온 게 아니라, 벌레 씹은 듯한 얼굴로 나를 쳐다보았다.

"너 정말, 어슬렁어슬렁 내 눈앞에 나타난단 말이지. 뭐냐. 부단장인 내 눈에 들어서 이득이라도 볼 생각이야? 미리 말해두지만 나는 완전한 실력주의다! 실력도 없는 네가 실실 웃으면서 아부하든, 내 구두를 핥든 우대하겠다는 마음은 전혀 안 든다고!"

기디온 부단장님의 발언에 파티 부단장 보좌님이 언짢은 표정을 지었다.

"부단장님, 당신은 조금 더 예의 바른 사람이라고 생각했는데요……."

하지만 부단장님은 파티의 발언을 깨끗하게 무시하더니 무언가 떠오른 듯한 표정을 지었다.

"그래, 네게 일을 주마. 사역마 우리에는 부상을 입은 사역마가 여러 마리 있지. 성안에 있는 성녀님에게 회복약을 받아와서 아침과 저녁으로 두 번, 사역마들에게 먹이도록. 당분간은 매일 그걸 해!"

"부단장님. 그건 좀……."

"시끄러워! 파티, 너는 이번 주 회복약 담당자에게 대타가 왔다고 전해."

단숨에 쏘아붙이는 부단장님을 보면서 외부인에게는 제법 엄격하구나……, 하지만 이런 타입은 의외로 한번 마음을 연 상대에게는 잘해주지 않을까……, 같은 생각을 하고 있을 때였다. 부단장님의 목소리에 자빌리아가 눈을 뜬 건지 내 옷 속에서 꿈틀거렸다.

그러더니 목깃 부근으로 얼굴을 불쑥 내밀었다.

"으억! 뭐야, 이 녀석은?!"

갑자기 내 옷 속에서 마물이 등장하자 놀란 부단장님이 한 걸음 뒤로 물러났다.

오오, 잘 물어보셨습니다.

자빌리아를 소개할 수 있다는 기쁨에 자연스레 방긋 웃는 얼굴이 되었다.

"우후후, 저의 강하고 귀여운 사역마예요."

나에게서 득의양양한 소개를 받은 자빌리아는 그 복슬복슬한 깃털 아래, 맑은 파란색 눈동자로 부단장님을 곁눈질했다.

◇ ◇ ◇

"가, 강하고 귀여운 사역마라니. 이게 뭔데? 어? 블루 도브……
는, 아니지?"

기디온 부단장님이 자빌리아를 바라본 채로 동요한 듯 물었다.

와, 역시 내 재봉능력은 탁월해! 한 방에 알아보네.

"정답입니다! 블루 도브예요."

"아니, 거짓말하지 말고!! 블루 도브는 비둘기형이잖아! 왜 이
녀석은 이렇게 목이 긴 거야!"

"네? 목? ……아, 아아. 그건 굉장한 싸움을 거쳤거든요. 사역마
계약을 맺을 때 정말정말 험난한 전투를 벌여서요. 뭐, 간단하게
줄이자면 목을 붙잡고 쭉 잡아당기는 바람에 목이 늘어났답니다."

"아니, 네 증표는 아주 가늘잖냐! 계약도 순식간에 끝났을 텐데!!"

"네? 아, 그러고 보면 그렇네요. 마물의 목이 순식간에 늘어났
습니다."

부단장님은 자빌리아를 보고 연신 고개를 기우뚱거렸지만, 아
주 조금 목이 길 뿐 어딜 어떻게 봐도 블루 도브인 그 모습에 더
는 의심하는 걸 그만둔 모양이었다. 후후후, 제 재봉능력의 승리
로군요.

"주인이 반쪽짜리면 사역마도 이상해지는 건가. 그렇지 않아도
최약체인 마물인데 그렇게 괴상하게 생겨서 제대로 날 수는 있
어? 도움이 안 되는 사역마는 짐짝일 뿐이라고!"

"어머, 무슨 말씀을 하시는 거예요. 이렇게 귀여운걸요. 당연히

강하고 도움이 되죠."

"네가 주장하는 건 전부 이상해! 귀여운 것과 강하고 도움이 되는 건 관련이 없고, 애초에 그 녀석은 귀엽지도 않아!!"

기디온 부단장님은 무슨 말씀을 하시는 거람?

작고 복슬복슬한데 귀엽지 않을 리가 없잖아요. 부단장님은 귀여움의 정의를 모르는 아마추어로군요.

나는 작게 한숨을 한 번 흘렸다.

에휴. 귀여움의 정의를 하나부터 가르쳐야 하는 걸까. 귀찮아라.

"잠깐, 너! 영문을 알 수 없는 논리로 지금 나를 무시했지? 나는 그런 건 바로 알아본다고! 왜 너는 최약체 마물을 사역했으면서 그렇게 자신만만한 거냐? 네 사고방식이 의심스러워!"

변함없이 부단장님은 기세 좋게 쏘아붙였다.

자빌리아는 그때까지 얌전히 있었지만, 자기가 끼어들 수 없는 대화에 질린 건지 부단장님을 슬쩍 쳐다보더니 나에게 몸을 비볐다.

그리고는 입을 벌리더니 괴상한 목소리로 울기 시작했다.

"멍청이, 멍청이."

"……뭐? 네 사역마, 지금 뭐라고 했냐?"

부단장님이 미간에 어마어마한 도랑을 파면서 물었다.

"멍청이, 멍청이, 얼간이."

자빌리아는 사랑스럽게 재잘거렸다.

어머, 자빌리아도 참.

수직 사회의 일원이라 상관에게는 절대 거역할 수 없는 내 원수를 갚아주려고 하는 거구나. 어쩜 이렇게 똑똑하니!

나는 얌전한 표정을 만들어낸 뒤 부단장님의 질문에 대답했다.

"아무래도 목이 늘어났을 때 성대를 다친 건지 울음소리가 좀 이상해졌거든요. 듣기 거북한 소리라 죄송합니다."

"얼간이, 얼간이, 얼간이왕."

"아니, 너. 이건 울음소리가 아니잖아!! 완전히 나를 욕하는 거 잖아?!"

"하하, 무슨 말씀이세요. 최약체 마물인 블루 도브가 사람의 말을 할 수 있을 리가 없잖아요."

"⋯⋯⋯⋯⋯⋯."

부단장님은 어금니를 꽉 짓씹고는 자빌리아를 노려보았지만, 자빌리아는 태연자약하게 계속 지저귀었다.

"멍청이, 멍청이, 얼간이왕."

후후, 자빌리아. 적당히 하렴.

나는 칭찬의 뜻을 담아 자빌리아의 머리를 쓰다듬은 뒤 부단장님을 정면으로 바라보았다.

"그럼 피아 루드, 오늘부터 마물의 회복을 담당하겠습니다. 실례합니다."

발걸음을 돌려 아까 왔던 길을 되돌아가는 내 어깨에 머리를 톡 올린 자빌리아는 부단장 쪽을 바라보며 여전히 재잘거렸다.

"얼간이, 얼간이, 얼간이 중의 얼간이."

"저게 진짜아아아, 망할 사역마————!!!"

뒤에서 부단장님의 외침이 들렸다.

후후. 지저귐 하나로 농락당하다니. 아직 멀었네요, 부단장님.

"어디 보자······."

일단 건물에서 나와 주위를 둘러본 뒤 나는 성을 향해 걸어갔다.

으음, 먼저 성녀님에게 회복약을 받아야 한다고 했지.

성녀는 대부분 미혼이라면 교회에, 기혼이라면 자택에서 생활하는데, 무슨 일이 있을 때를 위해 성 내에도 일정 인원이 머무르게 된다. 정확하게는 왕성 옆에 있는 별궁에 모여서 생활한다고 하는데, 별궁까지 걸어가려면 거리가 상당하다.

실제로 30분 정도 걸어서 간신히 별궁에 도착했다.

배에 자빌리아를 안고 있으니 좋은 훈련이 되지 않았을까. 그나저나 자빌리아가 움직이질 않는데. 또 잠들었나 보다.

별궁 입구에서 파티 부단장 보좌님에게 받은 회복약 교환증을 집사님에게 보여주었다.

집사님은 의아하다는 듯 내 소속 휘장을 힐끗 쳐다본 후 입구 근처에 있는 손님용 응접실에 안내해주었다.

그렇겠죠. 제1기사단의 기사가 제4마물기사단의 사역마용 회복약을 받으러 오는 일은 거의 없을 테니까요.

응접실의 창가에 서서 멍하니 밖을 바라보고 있었더니 몇 명의 여성이 모여 있는 모습이 눈에 들어왔다.

하얀 로브를 입고 있으니 성녀일 테지만, 그래서 뭘 하고 있는 걸까?

그녀들은 각자 정원에 설치된 장의자에 앉아 담소하고 있었다. 그 옆에서는 종자가 우물물을 퍼 올려 미리 준비해두었던 여러

개의 병에 나눠 담았다.

그 후 다른 용기에 들어있던 녹색의 액체와 섞어 뚜껑을 닫은 후 흔든 뒤 성녀에게 건넸다.

병을 건네받은 성녀들은 장의자에 몸을 눕히더니 배 위에서 병을 잡고 각각 뭐라고 중얼거리더니 또 담소하기 시작했다. 잠시 후 손이 은은하게 빛나자 그 빛을 확인한 종자가 병을 회수해갔다.

……아———, 이거 설마…….

잠시 기다리자 입구에서 맞아준 집사님이 반짝반짝 빛나는 투명한 액체가 든 병을 올린 쟁반을 가져왔다.

……응, 이거 역시 조금 전에 성녀가 들고 있던 병이야.

"감사합니다."

인사한 뒤 병을 받고 또 꾸벅 인사한 다음 별궁을 뒤로했다.

나는 걸으면서 답답함을 느꼈다.

그 답답함을 지워내기 위해 마음속으로 거듭 스스로를 타일렀다.

……응, 뭐. 현대식인 게 아닐까.

300년이나 지났으면 많은 것들이 바뀔 테고, 성녀는 수도 적으니까 그 외에도 이런저런 할 일이 있을 테니, 효율을 올리는 건 중요한 일이지.

이게 요즘 시대에는 당연한 것, 이게 요즘 시대에는 당연한 것…….

하지만 스스로를 타이르는 말은 그다지 효과가 없었던 건지, 전생의 풍경이 눈앞에 어른거렸다.

———자연에는 힘이 있다.

파릇파릇하게 우거진 나무들, 흐드러지게 피어있는 꽃들. 대지에 뿌리를 박고 밟혀도, 눈에 파묻혀도 다시 일어나며 생장해가는 불굴의 생명력. 자연은 아름다움과 힘으로 충만하다.

이 넘쳐날 정도의 힘을 몸으로 끌어온다면 어떻게 될까?

그 자연을 경외하는 마음에서 회복약이 만들어졌다.

300년 전의 성녀들은 시간을 내어 샘물이 있는 곳을 찾았다.

여기저기에 샘물이 솟아나는 장소가 있으며, 그런 장소에는 반드시 나무와 꽃, 약초가 자란다.

성녀들은 자연의 아름다움과 힘에 두려움을 느끼면서 약초를 캤다.

퐁퐁 솟아나는 물을 퍼담아 그 물에 약초를 띄우고, 자연의 힘을 끌어와 건강해지는 부상자의 모습을 떠올리면서 마력을 주입한다. 그렇게 하면 약초가 물에 반짝반짝 녹으며 회복약이 만들어진다. 색은 약초의 색을 이어받아 짙은 녹색이 된다.

……그런데 어째서 현재의 회복약은 투명한 걸까.

나는 방금 막 받은 회복약의 병을 들여다보며 고개를 기울였다.

나는 이해할 수 없을 만큼 공정이 바뀌어버리는 바람에 일부 효과가 사라져버린 거겠지. 그리고 그렇게 사라진 효과는 틀림없이 통증을 제거하는 효과인 거야!

나는 회복약을 복용했을 때 느낀 고통을 떠올리고 부르르 떨었다.

응, 다쳐도 다시는 회복약을 쓰지 말아야겠다.

나는 고개를 주억거리며 사역마 우리를 향해 걸어갔다.

◇ ◇ ◇

어디 보자, 여기가 사역마 우리인가?

나는 제4마물기사단의 건물과 인접한 별관 앞에서 멈춰 섰다.

주위를 두리번두리번 둘러보자 관리인실로 보이는 것이 있기에 문을 노크해보았다.

"안녕하세요———! 오늘부터 마물 회복 담당을 맡게 된 피아루드입니다!"

바로 문이 열리고 40대 후반의 풍채 좋은 남성이 나왔다.

"아, 너구나. 파티 부단장 보좌님에게 연락을 받았어. 그럼 바로 사역마 우리를 안내할게."

그렇게 관리인과 함께 사역마 우리에 들어갔다.

내부는 천장이 높고 아주아주 넓은 직사각형의 공간이었다.

우리가 3열로 줄지어 놓여있으며, 각 우리에 마물이 한 마리씩 들어가 있다.

"여기가 가장 넓어서 D랭크 이하의 마물을 관리하고 있어. 그 옆에 C랭크 마물, 그 너머가 B랭크 마물의 방이고 그보다 더 가면 빈방이야."

관리인은 재미있다는 듯한 표정을 지으며 이야기를 이어갔다.

"어느 마물도 다 무서워 보이지? 하지만 의외로 외로움을 많이 타거나, 응석꾸러기이기도 해서 재미있단 말이지. 그리고 마물이 주인을 부르면 주인도 바로 튀어와. 봐, 지금도 몇몇 기사가 우리 앞에 있지?"

"와, 귀엽네요."

확실히 방 안에는 몇 명의 기사가 우리 안에 있는 마물에게 말을 걸거나 몸을 쓰다듬고 있었다.

하지만 그런 험상궂은 기사들 속에 하얀 로브를 입은 소녀 한 명이 있는 걸 발견했다.

"저 소녀는 누구죠?"

관리인이 '아아'라고 말을 흘리며 눈을 가늘게 떴다.

"성녀님이야. 사역마 우리는 제4마물기사단과 성녀님만 출입할 수 있거든. 제4마물기사단의 기사들은 자신의 마물을 돌보기 위해, 성녀님은 마물을 치유하기 위해. 하지만 실제로 여기를 찾아오는 성녀님은 저분밖에 없어."

그 어린 성녀는 우리 안에 있는 마물을 물끄러미 바라보고 있었다.

7~8살 정도로, 오렌지색 머리카락을 어깨까지 기르고 있는 귀여운 생김새의 소녀.

신경 쓰이긴 했지만 관리인의 설명이 계속되는 중이기에 그쪽에 집중했다.

"네 일은 다친 마물에게 회복약을 먹이는 거야. 한 병당 3일 정도 가니까, 다 쓰면 또 성녀님에게 회복약을 받으러 가면 돼."

어라? 매일 받으러 가지 않아도 되는구나.

하지만 이렇게 작은 병이 3일이나 가나? 다친 마물의 수가 적은 건가?

"그건 인간용 회복약이라, 마물에게 쓸 때는 10배로 희석하거든.

마물은 자기치유능력이 높으니까. 다친 마물은 우리에 붙어있는 이름표 위에 빨간 카드가 꽂혀있으니 그걸로 분간하면 돼."

듣고 보니 각 우리에는 20cm 정도 되는 네모난 판이 붙어있고, 그 판의 아랫부분에 마물의 이름과 계약자의 이름을 비롯한 소소한 정보가 적혀있었다.

그리고 판의 윗부분은 몇 장의 카드를 꽂을 수 있는 구조였다.

"여기에 있는 접시에 회복약을 따라서 빨간 카드가 꽂힌 우리의 먹이 투입구에 접시를 넣으면 일단은 끝. 하지만 여기서부터가 고생이야."

관리인은 한숨을 쉬더니 마물 우리를 한 바퀴 가리켰다.

"각 마물은 계약자에게서 회복약을 먹으라는 당부를 들었어. 하지만 회복약은 아주 맛없고, 회복될 때 통증을 동반하니까 좀처럼 순순히 먹으려고 하지 않거든. 거의 모든 마물이 위협해. 그래서 너는 마물이 회복약을 먹을 때까지 우리 앞에 떡하니 서서, '먹어. 계약자의 명령이다' 하고 계속 지시해야 해."

"……그렇군요."

거기까지 말한 관리인이 머리를 벅벅 긁더니 말하기 거북하다는 듯 입을 열었다.

"……가끔 마물이 말을 안 들을 때가 있어. 아무래도 마물은 회복약 담당을 외모로 판단하는 것 같으니까, 보통은 제4마물기사단 중에서도 손에 꼽힐 정도로 험상궂게 생긴 기사가 교대로 담당하는데……."

아하. 그래서 파티 부단장 보좌님이 내가 회복약 담당 일을 받을 때 반대하려고 하신 거구나.

상사인 부단장님에게 반대의견을 내는 건 무척 용기가 필요할 텐데, 그럼에도 도와주려고 하다니 정말 좋은 사람이다. 좋아, 파티 부단장 보좌님의 사역마는 특히 정성스럽게 돌봐야지.

나는 설명해준 관리인에게 고맙다고 인사하고 헤어진 뒤, 바로 마물에게 회복약을 주기로 했다.

새삼 훑어보자 우리 안에는 다양한 마물이 들어 있었다.

"어디 보자, 이 방은 D랭크 이하의 마물밖에 없다고 했었지."

두리번두리번 주위를 살피며 빨간 카드가 꽂힌 우리를 찾았다.

"어라? 바이올렛 보이잖아."

빨간 카드가 꽂힌 우리를 들여다보자 멧돼지형 마물이 들어가 있었다. 최근에 다친 건지 배 부근에 칭칭 감은 붕대에서 피가 묻어나왔다.

"빨리 나으면 좋겠다."

그렇게 말을 걸며 회복약 접시를 넣었다.

그 순간 마물이 앞발을 들어 올리며 뒷다리로만 일어나더니 위협하기 시작했다.

"그르르르르르르릉!!"

그리고는 우리에 부딪힐 정도로 접근하더니 이빨을 드러내며 울어댔다.

"먹어봐. 맛없고 아프지만, 상처가 치유돼. 계약자도 빨리 네가 건강해지는 걸 기뻐하지 않을까?"

눈을 바라보면서 말을 걸었다.

하지만 마물은 입을 크게 벌리며 이를 갈아댈 뿐이었다.

……난감하네. 어떻게 해야 하나.

확실히 이 회복약은 아주 맛없고 회복할 때 아픔을 동반하지만, 상처를 회복하기 위해서는 필요하다. 싫어한다고 해서 안 먹일 수도 없다.

배를 다쳤으니, 흥분하는 건 이 마물을 위해서도 안 좋은 일인데.

자꾸 마음이 급해져서 접시를 마물에게 가까이 들이밀기 위해 더 안쪽으로 밀어 넣자 우리 틈새로 튀어나온 이빨에 손등을 긁혔다.

앗, 전치 1초의 부상을 입고 말았다…….

공격적인 마물을 난감해하면서 바라보고 있었더니, 자빌리아가 얼굴을 빼꼼 내밀었다.

"피아, 도와줘도 돼?"

"어? 아, 응?"

반사적으로 대답해버린 뒤에야 '도와준다니, 어떻게?' 하는 의문이 떠올랐다.

자빌리아는 이를 드러내더니 숨을 뱉어내며 소리를 냈다.

"ㅅㅇㅇㅇㅇㅇ·················."

그 소리를 듣자마자 눈앞의 마물이 위협을 뚝 멈췄다. 그리고는 그대로 접시 앞까지 걸어가더니 얌전히 회복약을 마시기 시작했다.

"어? 어떻게 한 거야?! 자빌리아, 마물을 조종할 줄 알아?"

너무 놀라서 무심코 물어보았다.

"응, 그건 무리고. 위협음이야. 내가 내는 소리는 특수하니까 어지간한 마물에게는 효과가 있을걸."

"와, 대단해라! 자빌리아는 마물의 왕 같아!!"

칭찬할 의도로 한 말이었는데, 자빌리아의 몸이 흠칫 굳어버렸다.

"……음, 미안해. 나는 아직 왕이 되지 못했어."

"어? 아니, 왕 같다고, 어울린다고 생각한 것뿐이야! 왕이 아니어도 괜찮아!"

"……피아는 내가 왕이 되었으면 좋겠어?"

자빌리아가 눈을 내리뜬 채로 물었다.

"글쎄……."

다시금 자빌리아를 바라보자, 파란색의 북슬북슬한 깃털 아래로 파란색 눈동자가 나를 곧게 마주 바라보았다.

"자빌리아는 귀엽고, 강하고, 착하고, 멋지고, ……응. 나는 지금 이대로의 자빌리아로 충분해! ……왕은 되고 싶다고 될 수 있는 것도 아니고……. 자빌리아가 왕이 되어야 한다면 반드시 그 기회가 찾아올 테니까, 그때 어떻게 할지 정하면 돼."

"……응. 고마워, 피아."

자빌리아는 응석을 부리듯 얼굴을 비벼왔다.

아이참. 정말 귀엽다니까.

"그럼 다른 사역마에게도 회복약을 먹여야겠다."

그렇게 자빌리아에게 말을 걸었을 때.

"……저기, 기사님."

작고 귀여운 목소리가 들렸다.

233

뒤를 돌아보자 어린 성녀가 두 손을 모으고 서 있었다.

◇ ◇ ◇

"안녕하세요, 성녀님."

나는 성녀의 눈높이에 맞춰서 허리를 숙인 뒤 대답했다.

성녀는 작게 고개를 기울이더니, 무슨 말을 해야 할지 망설이는 듯 머뭇거렸다.

오렌지색 머리카락에는 윤기가 흐르고, 어린아이 특유의 발그레한 뺨을 지녔다. 가까이서 보자 무척 귀엽게 생긴 성녀였다.

소녀가 자신의 말을 정리하기를 기다리고 있자 잠시 후, 굳게 결심한 듯 입을 열었다.

"……저기, 기사님은 참 대단하세요. 계약자도 아닌데 위협하지도 않고 마물에게 약을 먹일 수 있다니."

"피아입니다."

내 말에 어리둥절한 표정이 돌아왔다. 나는 생긋 웃은 뒤 한 번더 반복했다.

"저는 피아라고 합니다. 괜찮으시다면 이름으로 불러주세요."

그 말을 들은 성녀는 어째서인지 얼굴이 새빨개졌다.

"아, 저, 저는, 샬롯이라고 합니다. 저기, 괜찮으시면, 부디, 샬롯이라고 불러주세요."

"샬롯 님……?"

"아뇨, 샬롯이요! 그리고, 제발, 말도 평범하게 해주세요. 그,

가족처럼 말씀해주세요."

으응……? 성녀는 어마어마하게 공경받고 있잖아? 그래도 괜찮은 건가?

힐끗 샬롯을 보자 두 손으로 로브의 무릎 부근을 움켜쥐고는 눈물을 매달고 부들부들 떨고 있었다.

뭐, 뭐야 이거. 귀엽잖아.

"그래, 샬롯. 이러면 돼?"

그러자 샬롯은 활짝 웃었지만, 눈에서는 눈물이 뚝뚝 흘러내렸다.

"어? 왜, 왜 그래?"

놀라서 손을 내밀자 샬롯은 그 손에 매달려왔다.

"나에게는 엄마가 붙여준 샬롯이라는 이름이 있는데, 아무도 불러주지 않아. 다들 '성녀님'이라고 불러. 그건 내 이름이 아닌데."

내 소매에 샬롯의 눈물이 잇달아 떨어졌다.

나는 샬롯을 꼭 끌어안은 뒤 등을 토닥토닥 두드렸다.

"그렇구나. 샬롯은 3살 때 검사를 받아 성녀님으로 인정받은 거지?"

물어보자 샬롯은 내 가슴에 머리를 꾹 누르면서도 고개를 끄덕끄덕 흔들었다.

"성녀니까 이제 엄마와 같이 있을 수 없다고, 교회에서 데려갔어. 훌륭한 성녀가 되면 엄마를 만나러 갈 수 있다고 했어. 하지만 나는 열등생이야. 성녀의 힘은 약하고, 회복약도 못 만들어. 그래서 분명, 엄마는 부끄러워할 거야…………."

그 이상은 말이 나오지 않는 건지, 샬롯은 나에게 매달려 본격적으로 울기 시작했다.

나는 샬롯의 등을 계속 토닥이면서도 고개를 연신 기웃거려야
했다.

다 그런 건 아니지만, 오렌지색 머리카락이라면 성녀 적성이
있을 텐데?

정령은 성녀의 피에 매료되어 계약을 맺는다.

따라서 피의 색과 연관이 깊은 빨간 머리카락이 최상의 성녀의
그릇이라 불렸다.

그렇게 봤을 때 빨간색과 유사색인 오렌지색도 상위 그릇일 텐데.
그 장점을 지워버릴 만큼 재능이 없다는 걸까?

등을 계속 토닥이자 샬롯이 조금씩 진정되기 시작했다.

울음을 그친 뒤에 부끄럽다는 듯 얼굴을 들었다. 그리고는 어
느새 내 어깨에 올라가 있던 자빌리아를 발견하더니 눈을 동그랗
게 떴다.

"파랑새! 엄마가 행복을 부르는 새라고 했어."

나는 싱긋 웃으며 샬롯의 머리를 쓰다듬었다.

"그래. 나는 이 아이와 만나고 즐거운 일만 일어났어. 분명 샬
롯에게도 좋은 일이 일어날 거야."

그 후 샬롯의 손을 살며시 붙잡았다.

"아직 다친 마물이 더 있으니까, 나는 회복약을 먹여야 해. 도
와줄래?"

샬롯은 기뻐하는 얼굴로 생글 웃었다.

"응, 피아!"

그 후로 이어진 회복약 투여는 순조롭게 진행되었다. 자빌리아의 위협음 효과가 아주 대단해서, 모든 마물이 고분고분 회복약을 먹어주었기 때문이다.

다만 먹고 난 뒤 잠시 시간이 지나면 무릎을 꺾으며 고통스러운 듯 낮게 우는 게 듣기 괴로웠다.

……응, 미안해. 이거 아프지.

나도 경험해봤기 때문에 자꾸만 마물의 마음에 공감하게 되었다.

자기치유를 위해 회복마법은 몸속 구석구석까지 퍼진다.

거기에 부작용이 있다면 전신이 삐걱거리면서 고통스러워지는 것도 당연하다.

손을 세게 붙잡히는 감각에 그쪽을 보자, 샬롯이 울상이 되어 마물을 보고 있었다.

음, 마물이 아파서 괴로워하는 걸 불쌍해할 수 있다니, 착한 아이구나.

역시 성녀 적성이 있는 것 같은데.

다친 마물에게 회복약을 다 먹인 뒤 샬롯과 함께 사역마 우리에서 나왔다.

"샬롯, 시간이 있다면 잠깐 산책하지 않을래?"

성의 동쪽에는 용수 밀집 지역이 있을 터이다.

어깨에 자빌리아를 올린 채 샬롯과 손을 잡고 걸었다.

아아, 햇님이 따뜻해서 기분 좋다.

목적지에 도착한 후 여기저기에 있는 샘을 둘러보았다.

"음, 이게 좋겠다. 작아서 딱 맞네."

나는 가장 작은 샘 앞에서 혼잣말을 흘렸다. 그 후 샬롯을 들여다보았다.

"있지, 샬롯. 나와 회복마법을 연습해볼까?"

"어? 하지만, 나는…………."

샬롯이 풀이 죽어서 고개를 푹 숙였다.

"후후, 괜찮아. 나는 회복마법을 쓰지 못하니까, 샬롯이 잘하지 못해도 못 알아봐."

샬롯이 얼굴을 들자 생긋 웃어주었다.

"연습은 대체로 실패하기 마련이야. 실패하는 연습을 해보지 않을래?"

샬롯은 내 손을 세게 마주 잡은 뒤 고개를 끄덕였다.

그 후 둘이서 여기저기에 나 있는 약초를 캐왔다. 두 손 가득 약초를 캔 뒤 샘에 넣기를 반복했다.

"있잖아. 여기의 약초는 참 예쁘지? 이 파릇파릇한 약초를 몸에 넣으면 여기저기가 좋아질 것 같지 않아?"

샬롯의 안목은 탁월해서, 많은 종류의 풀 중에서 적확하게 약초만을 골라 캐왔다.

자빌리아는 정위치가 된 내 배에서 나와 풀밭 위에서 낮잠을 즐기고 있다.

얼마나 시간이 지났을까. 작은 샘에 이 정도면 약초를 충분히 투입한 것 같아 샬롯에게 말을 걸었다.

"그럼 소매를 걷고 두 손을 이 샘에 담가봐. 그 후 회복마법을 흘려 넣어보는 거야. 회복약을 만드는 연습이야."

"어? 하지만 다른 성녀님들이 회복약을 만들 때는 말린 약초를 빻아서 물에 녹인 것을 썼어. 애초에 다들 병에 넣어서 만들었는데, 샘이라니……."

너무 커서 잘 모르겠다고, 샬롯이 작게 중얼거렸다.

"후후, 연습이니까 신경 쓰지 마. 자, 손을 내밀어봐."

나는 그렇게 말하며 소매를 걷은 샬롯의 두 손을 두 손으로 붙잡았다.

그 후 샘에 손을 담근 뒤 샬롯과 이마를 맞댔다.

"회복마법을 흘려 넣어봐."

샬롯은 긴장한 것 같았지만, 천천히 작은 마력이 흘러나왔다.

……음, 확실히 흐름이 안 좋네.

회복마법을 그리 자주 쓰진 않은 모양이었다. 샬롯의 몸속 몇 군데에 마력이 살짝 차단된 곳이 있었다.

……회복마법을 계속 쓰다 보면 저항이 사라지고 원활하게 흐르게 될 테지만…….

뭐, 됐다. 나는 샬롯의 몸에 마력을 조금 흘려 넣어 저항을 밀어냈다.

"·······················어?"

샬롯이 놀란 듯 목소리를 냈다.

"어? 어? 어? 어라? 아········, 마, 마력이 흐르고 있어········."

나는 싱긋 웃은 뒤 샬롯의 손을 놓았다.

"잘했어, 샬롯. 자, 그 마력을 샘에 흘려봐. 알겠니? 마력은 몸속을 맴돌고 있으니까, 그걸 조금씩 손끝에 모아봐. 샘을 보고. 맑고 깨끗하지? 아까 싱싱한 약초를 가득 넣었잖아. 봐, 몇 개는 아직 수면에 떠 있어. 여기에 네 마력을 불어넣어 봐."

샬롯이 손끝에 모은 마력을 조금씩 샘으로 흘려보냈다.

후후, 순하고 착한 아이구나. 역시 좋은 성녀가 되지 않을까.

"잘하고 있어. 자, 상상해봐. 다친 마물이 있는데, 아프다고 울고 있어. 불쌍하지? ……여기에는 오랜 시간 대지의 힘을 흡수한 물과 자연의 힘을 받은 약초가 있어. 이 힘을 빌리는 거야. 자, 네 마력을 흘려보내. 이 물과 약초와 마력으로 회복약을 만든다면, 다친 마물은 얼마나 기뻐할까?"

말하면서 눈을 감고 나도 조금씩 마력을 불어넣었다.

"그래, 잘한다. 샬롯. 왼쪽 손에서 방출되는 마력이 조금 많은 것 같은데, 두 손에 균등하게 흐르도록 조절할 수 있을까?"

조금씩, 조금씩. 샬롯의 마력을 가다듬어갔다.

그렇게 내 마력이 텅 비었을 무렵, 샘 밑바닥에서 반짝반짝하는 빛이 솟아났다.

약초가 물에 녹아 투명했던 물이 녹색으로 변화해갔다.

"아아, 예뻐라…………. 치유의 색이야."

무심코 중얼거리는 내 앞에서 샬롯은 울먹이는 듯한 목소리를 냈다.

"피, 피아. 나, 몸이 이상해. 뭔가 따끈따끈하고, 온몸에 힘이 맴도는 느낌……."

나는 샬롯의 머리를 쓰다듬어주었다.

"잘했어, 샬롯. 이게 회복마법을 쓴다는 거야. 똑똑하네. 봐, 이제 이 샘의 물이 전부 회복약이 되었습니다!!"

나는 방긋 웃으며 '짜잔!' 하고 두 팔을 벌리며 샘을 가리켰다.

"················어?"

샬롯은 입을 떡 벌리고 나를 바라보았다.

"······응, 이해해. 사고 정지는 유효한 도피 수단이지. 나는, ······기절해볼까."

풀밭 위에 누워있던 자빌리아가 작게 중얼거렸다.

◇ ◇ ◇

샬롯은 얼떨떨한 얼굴로 굳어버렸다.

"················샘이 전부, 회복약이라고?"

그리고는 멍한 목소리를 낸 뒤 면목 없다는 표정을 지었다.

"어, 저기, 피아. 있잖아, 회복약은 투명한 색이야. 이 샘은 녹색이 되었으니까, 회복약이 아닐 거야."

"우후후, 투명한 회복약은 실패작이야. 이게 진짜입니다──!"

나는 득의양양하게 말했지만, 샬롯은 믿지 않는 건지 미안해하는 얼굴로 입을 다물었다.

자빌리아는 아예 풀밭 위에 늘어져서 안 들리는 척하고 있다.

끄응. 꽤 도움이 되는 일을 했는데, 이렇게 관심을 주지 않는다니······.

나는 갖고 있던 작은 병에 샘물을 퍼담은 후 자빌리아를 안아

들었다.

"우선 점심을 먹으러 갈까. 나 마력…… 체력이 고갈되어서 배도 고프고 다리에도 힘이 안 들어가."

"응, 마력 다루는 솜씨는 여전히 훌륭하더라. 피아의 마력은 텅텅 비었는데 내 마력에는 1mm도 영향을 주지 않다니, 어떻게 해야 이렇게까지 정확하게 제어할 수 있는 걸까."

감탄한 듯 소곤소곤 중얼거린 자빌리아가 옷 속으로 들어왔다.

"어디 보자, 샬롯. 많이 늦어져서 미안한데 같이 점심 먹지 않을래? 나 점심 먹은 뒤에 다시 사역마 우리에 회복약을 주러 가려고 하는데, 괜찮다면 같이 갈까?"

"갈래!"

샬롯은 내 손을 꼭 붙잡았다.

아아. 진짜 귀여워라.

샬롯의 마력은 사용량을 제어했으니까 2~3할은 남아있을 것이다.

그러니 나처럼 휘청거릴 정도는 아닐 테지만, 점심시간이 한참 늦어진 건 반성해야지. 어린아이의 식사는 한 끼 한 끼가 중요하니까.

그래. 옛날부터 무언가에 집중하면 주위가 안 보이는 게 내 나쁜 습관이지…………

나는 샬롯과 함께 성안에 있는 식당으로 향했다.

점심시간이 지났기 때문에 식당은 한산했다.

"어라? 피아?"

샬롯과 마주 앉아 먹기 시작했을 때 익숙한 목소리가 들렸다.

그쪽을 돌아보자 쟁반을 든 파비안이 서 있었다.

"파비안도 지금부터 점심 먹어?"

"부단장님에게 받은 특명을 처리하다 보니 점심시간이 조금 늦어졌거든. 하지만 피아를 만났으니 잘됐네."

그 후 파비안은 샬롯을 향해 몸을 틀었다.

"처음 뵙겠습니다, 제1기사단의 파비안 와이너입니다. 자리를 함께해도 괜찮으시겠습니까? 성녀님."

샬롯이 고개를 끄덕이는 걸 확인한 후 파비안은 내 옆에 앉았다. 그리고는 흥미롭다는 듯 물었다.

"피아는 제4마물기사단에서 일한다고 들었는데, 왜 성녀님과 함께 있는 거야? 그리고 그렇게 배가 부풀어 오를 정도로 뭘 먹은 건데?"

"아니, 기사의 눈도 옹이구멍이네. 왜 다들 이 부피를 내 배라고 생각하는 거지? 일만 하다가 일반상식이 퇴화했나? 이건 말이지, 옷 속에 사역마를 넣어둔 거야. 그리고 샬롯과는 지금까지 뭣 좀 연습하고 있었어."

"……피아에게 사역마가 있었구나. 그리고 성녀님을 이름으로 부르고 단둘이 시간을 보낼 정도로 친해졌다니. 피아는 정말 예상도 못 한다고 해야 하나, 잠깐 눈을 떼어놓기만 해도 터무니없는 일을 하네."

파비안이 황당하다는 듯 바라보았다.

"뭐, 피아가 잘 지내는 것 같아 안심했어. 시릴 단장님도 피아가 제4마물기사단에서 제대로 받아들여지고 있는지 걱정하셨거든. 아, 시릴 단장님 하니까 말인데. 최근 조금 피곤하신 것 같으니 걱정거리를 줄이는 의미에서도 피아가 빨리 돌아왔으면 좋겠어."

나는 고기를 우적우적 뜯어 먹으면서 고개를 기우뚱했다.

……시릴 단장님께서 피곤해하신다니, 무슨 일이 있었나?

아, 혹시 면전에서 대놓고 욕을 먹었던 그 일이 아직 영향을 주고 있나?

시릴 단장님은 계속 1위를 해온 타입일 테니까, 정신적 내구도가 약할 것 같단 말이지.

그러더니 파비안은 계속 나에게만 말을 걸었던 게 면목이 없었던 건지, 반짝이는 미소를 지으며 샬롯에게 말을 걸었다. 샬롯은 얼굴이 새빨개져서는 적은 말수로 대답했다.

와, 파비안의 반짝반짝 광선은 이런 어린아이에게도 먹히는구나. 정말 무적이야.

그 후 파비안과 헤어진 나는 샬롯과 손을 잡고 사역마 우리로 향했다.

마력이 고갈되었을 때의 휘청거리는 느낌이 없고 몸이 가볍다.

어라? 나 지금 마력이 텅 비어있을 텐데 왜 이렇게 팔팔한 거지?

아니 그보다, 마력이 반 정도 회복되었잖아. 어라……?

옷 틈새로 자빌리아를 힐끔 들여다보았다.

음, 이건 자빌리아가 나눠준 거구나. 후후, 착해라.

사역마 우리에 도착하자 어째서인지 마물들이 일제히 돌아보았다.

그리고는 이쪽을 향하더니 우리에 코끝을 대고 응석 부리는 소리를 내기 시작했다.

"어? 뭐, 뭐야. 이거 왜 이러는 건지 알아? 샬롯."

"모, 모르겠어. 나도 이런 마물들은 처음 봐……."

상당한 기세로 애교를 부리는 마물들을 앞에 두고 조금 움츠러들어선 무심코 뒷걸음질 치는 나와 샬롯.

하지만 일이다, 일. 일해야지.

나는 접시에 조금 전 샬롯과 만든 회복약을 따른 뒤 다친 마물의 우리에 넣었다.

이번에도 자빌리아에게 도와달라고 해야 하는지 고민하고 있었는데, 어째서인지 마물이 바로 회복약을 먹기 시작했다.

어라? 왜?

고개를 갸웃거리자 옷 속에서 자빌리아가 나에게만 들리는 목소리로 속삭였다.

"피아는 아까 회복마법을 사용했잖아. 그래서 마력이 네 몸을 돌면서, 다친 곳에서 달콤한 냄새가 흘러넘치는 거야. 성녀의 피 냄새는 마물에게는 극상으로 느껴지거든. 평범한 마물이라면 피아를 잡아먹으려고 할 테지만, 인간 계약자가 있는 사역마는 그냥 너와 친해지고 싶은가 봐."

"그, 그렇구나……."

그러고 보면 아까 바이올렛 보어가 긁은 상처를 치유하지 않았었다. 음, 피가 나왔네.

게다가 이제야 떠올린 거지만, 예전에 자빌리아에게 공격을 받아서 죽을뻔했을 때, 자빌리아가 수많은 마물을 쓰러트렸었지.

자빌리아가 그 마물들도 성녀의 피 냄새에 홀려서 온 거라고 했었지…….

응──? 하지만 전생에선 마물이 내 피에 홀리는 일은 없었던 걸로 기억하는데…….

의아해하고 있었더니 마음을 읽은 것처럼 자빌리아가 대답했다.

"전생에 정령과 계약했었지? 정령이 힘을 빌려준 것일 거야."

……그렇구나. 나는 모르는 곳에서 이런저런 도움을 받았구나.

그 후에도 다친 마물에게 녹색 회복약을 먹이고 다녔다.

마물들은 잘 길이 든 동물처럼 얌전해져서, 아니, 정확하게는 어리광쟁이가 되어서 우리 너머로 몸을 비비며 애교부리는 소리를 냈다.

뭐, 뭐야 이거. 귀엽잖아…….

그리고 이번에는 회복약을 먹은 어느 마물도 전혀 괴로워하지 않았다.

아무리 시간이 지나도 그저 애교만 부리는 마물들을 앞에 두고 샬롯이 난처하다는 듯 중얼거렸다.

"……피아, 역시 이 녹색 물은 회복약이 아닌가 봐. 그래서 효과가 없으니까, 아픔도 없는 게 아닐까…….."

"후후, 나는 샬롯은 훌륭한 성녀고 이 녹색 물은 회복약이라고 보는데. 하룻밤 상태를 보자."

그렇게 다음 날 아침 함께 마물을 살피기로 약속한 뒤 샬롯과 헤어졌다.

그날 밤, 퍼뜩 생각이 난 나는 자빌리아를 위해 바느질을 해서 새 제품을 하나 만들었다.

흡족해하며 완성된 제품을 바라본 뒤, 이미 잠든 자빌리아를 깨우지 않도록 조용히 침대에 누웠다.

그리고 눈을 감기 직전에 문득 시릴 단장님을 떠올렸다.

파비안이 피곤해한다고 그랬는데, 괜찮을까?

푹 주무시면 좋겠…….

거기서 나는 잠에 빠져들었다. 그래, 나는 건강체인가 봐.

【SIDE】제2기사단장 데즈먼드

나는 제2기사단장 데즈먼드 로난. 작년 로난 백작가의 적남으로서 가문을 이어받았다.

귀족은 적남이 독식하는 시스템이다. 그리고 백작가는 상급 귀족의 부류에 속한다.

백작가의 적남이자 기사단장이자 외모도 나쁘지 않고, 심지가 굳다.

프로필만 놓고 보면 우량주인 나는 어릴 때부터 여성에게 무척 인기가 많았다.

그럼에도 어째서인지, 어린 시절에 정혼한 정혼자는 나를 버리고 동생을 선택했다.

작위를 이어받을 예정도 없고, 생긴 것도 평범하고, 굳이 따지라면 몸도 약한, 문관이지만 고위직도 아닌 동생을.

거기에 존재하는 건 두 가지 선택지.

모든 좋은 조건을 마이너스로 바꿀 만큼 내 내면에 문제가 있다. 혹은 여성 전반은 믿을 수 없다. 둘 중 하나였다.

물론 나는 주저 없이 후자를 택했다.

그리고 그 선택을 후회한 적은 한 번도 없다.

◇ ◇ ◇

『전장에서 옆에 있을 상대를 딱 한 명만 고를 수 있다면, 누구를 선택할 것인가.』

우문이다.

누구를 고르든 제한이 없다면, 시릴 서덜랜드 제1기사단장을 고른다.

녀석의 검은 어마어마하다.

완성된 것이란 심플하고 간단해 보인다.

즉, 시릴의 검은 옆에서 보면 몹시 단순하고 기본에 충실한 검술로 보인다.

적의 급소를 한 치의 오차도 없이 찌르고, 베어내는 최단 거리의 검술은 지극히 간단한 동작으로 보인다.

시릴은 기분이 고양되면 몽롱한 미소를 짓는다.

그렇게 되면 그의 독무대다. 서 있는 것이 사라질 때까지 적을 쓰러트린다.

따라서 전장에서는 시릴의 미소를 '사신의 미소'라고 부르며 적을 섬멸하기 시작하는 신호가 된다.

전장에서 따라올 자가 없는 용맹함을 보이는 시릴이지만, 집무실에서도 유능하다. 어릴 때부터 받은 교육의 산물로 서류작업도 어렵지 않게 수행한다.

하지만 그런 시릴이 최근 며칠 동안 넋을 놓고 패기가 없다며, 그의 부하들이 걱정된다고 상담을 청했다. 이유를 알고 있었기에 내가 상황을 보겠다고 그 안건을 받아들였다.

그리고 밤. 왕성 안에 있는 단장·부단장 전용 오락실에서 나는 시릴과 밀회를 가졌다.

넓은 방에는 우리 두 사람밖에 없다.

우리는 오락실에 설치된 체스 테이블이나 당구대는 거들떠보지도 않고, 그저 잔을 기울였다.

가만히 지켜보자, 시릴은 눈앞에 놓인 호박색의 액체를 단숨에 들이켜고는 같은 것을 주문하는 행위를 반복했다.

"너, 그런 식으로 마실 거면 한 번에 2~3잔씩 시키는 게 낫지 않겠어?"

순식간에 비어버린 잔을 바라보며 무심코 조언을 던졌다.

시릴은 내리뜬 속눈썹 아래에서 나에게 힐끗 시선을 올렸다.

"그렇게 맛이 없어지는 방식으로 마시지는 않습니다."

아, 그랬지. 필두 공작가의 가주님께서는 언제나 매너의 화신이다.

나는 어깨를 으쓱한 뒤 내 잔에 손을 가져갔다.

"뭐, 그거지. 남자는 술을 마시고 싶을 때가 있기 마련이야. 얼마든지 어울려줄 테니까 마음껏 마셔."

"후후, 당신치고는 드물게 감정적이군요. 네, 하룻밤 내내 어울려 주세요. 저는 지금 술독에 빠질 만큼 마시고 싶은 기분이거든요."

시릴이 눈을 내리뜬 채로 자조적인 목소리를 흘렸다.

"어차피 너는 아무리 마셔도 안 취하잖아. 참나, 술에 너무 강하다는 것도 단점이 있다니까."

그렇게 말하며 잔을 비운 뒤 급사에게 새 잔을 부탁했다.

……좋아. 오늘은 너와 똑같이 잔을 비워주마.

시릴과 같은 양의 술을 마신다는 건 무시무시한 각오가 필요하다.

나는 지금 극상의 기개를 보여주고 있는 건데, 시릴은 눈치채지도 못하고 심통이 난 듯한 목소리를 냈다.

"어차피 동정할 거라면 더 친절하게 대해줄 수 없습니까. 저는 지금 무척 상처받았다고요."

어, 그건 알지. 하지만 고통의 절반은 아무에게도 토해내지 못하고 혼자 끌어안고 있기 때문이다.

그리고 어차피 오늘 밤도 본심은 무엇 하나 보여줄 생각이 없잖아?

익히 아는 바이기에 놀려봤다.

"멋진 우연인데. 나도 너희 쪽 신입 때문에 마음이 누더기야. 아아, 내 헌병사령관으로서의 눈부신 커리어가 아무런 도움도 되지 않는다니. 나는 내일부터 어디에 기대야 하는 거지?"

시릴은 어리석지 않다. 내가 장난을 치는 의도는 잘 알고 있으며, 그걸 알고서 받아친다.

즉 본심을 말할 생각은 없다는 뜻이다.

"당신에게는 당신을 따르는 독신 기사들이 많이 있잖아요. 아십니까? 당신은 신분도 높고 외모도 좋고 일도 잘하는데, 동생에게 정혼자를 빼앗겼기 때문에 '연애에 왕도는 없다'며 독신에다 연인도 없는 기사들이 열렬하게 추앙하고 있던데요. 잘 됐군요. 여성 인기는 모르겠지만, 적어도 일부 기사에게는 인기가 대단하니."

"어, 이거 화내도 되는 말이지? 너 지금 완전히 나 욕한 거지?"

시릴은 체념한 듯 작게 웃은 후 잔을 비우고 같은 것을 주문했다.

"부럽다는 뜻입니다. 저는 직속 부하에게 대놓고 '빌어먹을'이라는 말을 들었으니까요."

"……아———, 그건, 뭐, 어쩔 수 없지. 본인은 네게 할 생각으로 발언한 게 아닐 테니까."

"……그렇죠. 하지만 의외로 견디기 힘들더군요."

시릴은 의자에 깊게 앉은 뒤 다리를 꼬고 머리를 의자 등받이에 기댔다. 그리고는 눈을 살짝 감았다.

나는 그런 시릴을 묵묵히 바라보았으나, 잔을 비운 뒤 같은 것을 주문했다.

그리고 마음속으로 탄식했다.

……아니잖아. 네가 힘들어하는 건 다른 부분 아니냐.

나도 무심코 의자에 깊게 몸을 붙인 뒤 다리를 꼬고 팔짱도 꼈다. 그 후 깊은 한숨을 쉬었다.

————————왕족이 성녀에게 보이는 집착은 이상할 정도다.

그야말로 수백 년이라는 세월에 걸쳐 성녀를 최상위의 지위로 올려놓을 정도로.

그걸 망가졌다고, 올바른 모습이 아니라고 단언한다면. 규탄의 대상은 왕족이다. 왕위계승권 상위에 속하는 시릴도 거기에 포함될 것이다.

물론 그 말을 한 피아는 전혀 이해하지 못했을 테지만…….

나는 새로 받은 잔에 입을 댔다.

그리고 여전히 눈을 감고 있는 시릴을 힐끗 일별했다.

───────나는 첫눈에 사랑에 빠지는 인간을 본 적이 없다.

하지만 고작 한마디가 칼날이 되어 심장을 꿰뚫어버리는 충격을 가하는 순간은…… 본 것 같다.

시릴은 태어났을 때부터 성녀를 숭상해왔다.

전장에서 상처를 치유하는 힘. 그것이 얼마나 감사한 것인지, 전장을 경험한 자들이라면 다 알 것이다.

하물며 시릴은 총장님과 함께 수많은 전장을 헤쳐나온 역전의 용사다.

그 가치를 시릴만큼 실감하고 있는 자는 달리 없을 것이다.

그리고 시릴보다 더 성녀의 존재 방식에 대해 생각하는 인간도 달리 없을 터이다.

시릴은 결코 입 밖으로 내지 않지만.

실제로 성녀를 대하면서 성녀의 말과 행동을 보아온 그는 강한 위화감을 느끼고 있겠지.

왕족이 만들어낸 성녀의 모습과 현실 속 성녀의 괴리감을 누구보다 갑갑해 하고 있으리라.

그런, 누구에게도 말할 수 없는 갈등에 고뇌하던 시릴에게 피아가 한 말은.

『여러분은 성녀를 어떻게 만들고 싶은 거죠? 숭배해서, 여신으로 만들 생각이기라도 하신가요?』

그렇게, 진심으로 우스꽝스럽다는 듯 웃으면서 말했다.

틀렸다고 단언했다.

『성녀는 그렇게 먼 곳에서 변덕스럽게 구원을 주는 존재가 아니에요. 성녀는 말이죠, 기사의 방패랍니다.』

피아가 그 말을 입에 담은 순간, 시릴은 심장이 관통당한 듯한 얼굴이 되었다.

혹은 신의 계시를 받은 신자와도 같은.

분명 그 순간, 피아의 말이 시릴의 답이 된 것이다.

오랫동안 고민하고, 망설이고, 찾아 헤맸던 질문의 답을, 그 소녀 기사는 몹시도 쉽게 제시했다.

왜 이런 간단한 것을 모르는 건지, 우스워서 견딜 수 없다는 양 미소 지으며.

아마 시릴은 이제 이 답에서 벗어나지 못한다.

앞으로 무슨 말을 들어도, 무엇을 느껴도 이 답을 계속 품고 갈 것이다. 기사의 염원으로서.

"피아는 참 무시무시하구나……."

나는 무심코 중얼거렸다.

조심성 많은 기사들의 마음속에 성큼성큼 들어온다.

그리고는 움직이지 못하게 닻을 내린다.

그 증거로 시릴은 아직 한 번도 피아가 묘사한 성녀의 모습에 대해서는 언급하지 않았다.

충격이 너무도 커서, 내용이 그의 핵심에 너무 가까워서 화제로 삼지도 못하고 있는 것이다.

그가 이야기하는 건 피아에게 욕을 들었다는, 어처구니없는 이야기뿐이다.

그날 밤, 달빛 아래에서 휘청휘청 걸어가는 빨간 머리카락의 소녀는 시릴에게 어떻게 비쳤을까.

양쪽 손가락에 각각 신발을 걸고 변덕스럽게 흥얼거리며, 웃으면서 맨발로 걸어가는 소녀의 모습은.

───여성 전반을 믿지 않아서 다행이다. 내 영혼은 무사하니까!

취한 머리로 그런 생각을 한 것을 기억한다.

"……그래요. 상사에게 대놓고 욕을 하다니, 무시무시한 아이죠."

시릴이 오해한 척하면서 대답을 돌려주었다.

───좋아. 아직 화제로 삼지 못하겠다면 헛소리에 맞춰주마.

조곤조곤 대화가 오가며 몇 번인가 잔을 비워나갔다. 그러다 잠시 침묵한 후, 시릴이 결심한 듯 입을 열었다.

"총장님은, …………."

하지만 그대로 말을 멈추더니, 마음을 바꾼 듯 고개를 내저었다.

"아뇨……, 아무것도 아닙니다."

……아아, 그랬지.

시릴보다 더 성녀에게 강한 고집이 있는 인간이 한 명 있었지. ……총장님이다.

나는 한 소녀 기사가 기사단에 미친 영향을 생각하고 으스스한 한기를 느꼈다.

"시릴! 오늘은 마시자! 뭔가 이젠, 마시지 않으면 못 견딜 것 같은 기분이야! 아니, 제정신을 버리고 싶어!!"

어떻게 할 수 없는 기분으로 제안하자, 시릴은 곱게 웃었다.

"바라던 바입니다, 데즈먼드. 오늘 밤 정도는 저를 취하게 해주세요."

……너를 취하게 하라고?

그건 이 방에 있는 술을 전부 먹여도 불가능한데.

그렇게 생각하면서도 나는 어리석지 않으니 입 밖에 내지 않았다.

그리하여 우리는 아침까지 계속 술을 마셨다. 그 결과, 걸어 다니는 시체가 되어버린 제2기사단장과 여느 때처럼 상큼한 제1기사단장이 완성되고 말았다.

다음 날 아침, 나는 아침 해가 들어오는 상급 오락실에서 힘없이 갈라진 목소리를 냈다———…….

"시릴, 이상한 건 네 주량이야……. 그러니까 하찮은 생물을 보는 듯한 눈으로 나를 쳐다보지 마……."

하지만 시릴은 어젯밤 자신의 한계를 넘어가며 어울려준 동료애가 넘치는 나를, 하등생물을 보는 듯한 눈으로 쳐다보았다.

18 제4마물기사단 2

다음 날 아침, 나는 설레는 마음으로 자빌리아가 눈을 뜨는 걸 기다렸다.

자빌리아는 잠버릇이 나쁜 건지, 늘 처음에는 나와 같이 이불에 들어가서 자는데 눈을 뜨고 보면 이불에서 나와 내 배 위에서 새근새근 자고 있다.

블루 도브 변신복을 입은 채로 자는 거라서 조금은 따뜻할 테지만, 매일 밤 이불 밖으로 나오는 건 좀 그렇지 않을까. 감기에 걸리진 않을지 걱정되었기 때문에 어젯밤 자빌리아 전용 방한복을 만들었다.

그걸 보여주고 싶어서 마음이 급했다.

빨리 일어났으면 좋겠다는 마음을 담아 쳐다보고 있었더니, 자빌리아가 내 배 위에서 뒤척거리기 시작했다.

그리고는 머리를 내 배에 부비부비 문질러왔다.

우후후, 무슨 꿈을 꾸고 있는 걸까…….

잠시 바라보고 있었더니 자빌리아가 눈을 깜빡 떴다.

그러더니 내가 쳐다보고 있는 걸 알아차리고는 말을 걸었다.

"좋은 아침, 피아. 왜 그래?"

"우후후, 자빌리아. 봄이라고는 해도 아침과 밤에는 쌀쌀한 요즘 시기. 뭔가 추위로 곤란하지는 않으십니까?"

"……이건, 순종적인 사역마로서는 춥다고 말해야 할 테지만…….
나는 이미 피아가 만들어준 멋진 블루 도브 변신 세트라는 게 있
잖아? 욕심은 파멸을 부른다고 하니까, 이쯤에서 만족해둘까?"

"자빌리아도 참, 어쩜 겸손하고 순한 거니! 하지만 옛날부터 그
런 겸허한 태도에 행복이 오기 마련이야!"

"……그렇구나. 그래. 나는 착각하고 있었나 봐. 이미 답은 정
해져 있는 거지? 그리고 내가 뭐라고 대답하든 결말은 변하지 않
는 거지?"

자빌리아는 체념한 듯 고개를 이불 위로 축 떨어트리더니 꼬리
를 파닥파닥 흔들었다.

"와아, 와아. 마침 쌀쌀하던 참이었어. 뭔가 따뜻해질 만한 게
없을까."

살짝 감정이 실리지 않은 느낌이 들었지만, 원하는 대답이 돌
아왔기 때문에 만족하기로 했다.

"우후후, 자빌리아! 실은 말이지, ……짜자잔————! 자빌리
아 전용 방한복을 만들었습니다————!!"

나는 득의양양하게 어젯밤에 만든 제품을 자빌리아에게 보여
주었다.

"……어음. 그건, 블루 도브 변신복의 열화판? 인 건가?"

"아니야. 자빌리아의 방한복이야. 자빌리아가 추울 때 그 위로
입을 수 있도록 만들었어."

나는 잘 보이도록 자빌리아 전용 방한복을 자빌리아의 눈앞에

서 펼쳐 보였다.

"봐, 파란 천 위에 블루 도브 깃털을 꿰어 붙여봤어. 깃털은 지난번에 쓰고 남은 걸 사용해서 조금 부족했기 때문에 휑한 느낌은 들지만, 그만큼 천을 두 겹으로 썼거든."

그 후 이번 제품의 특징인 꼬리 부분의 구멍에 대해 설명했다.

"이건 말이지, 아까 말한 대로 원래 자빌리아가 추울 때 위에 겹쳐 입어서 추위를 막을 수 있도록 만든 건데, 일부러 블루 도브 깃털을 사용한 거에는 이유가 있거든. 방한복 쪽은 고리 부분에 구멍을 뚫었어. 여기로 손을 넣으면, 어머나 세상에! 블루 도브 퍼펫 인형이 만들어졌습니다!"

나는 방한복 속에 손을 넣은 뒤 꼼질꼼질 움직여보았다. 후드 부분이 머리로 보여서, 마치 블루 도브가 한 마리 더 있는 것처럼 보였다.

"으음——, 방한복 특화여도 괜찮지 않았을까? 그 퍼펫은 어떨 때 쓰려고?"

"글쎄, 자빌리아가 쓸쓸할 때라거나? 그리고 샬롯과 친구가 되었잖아. 그 애는 아직 어린아이니까, 이런 인형 같은 걸 좋아할 것 같아서."

"응, 그렇구나. 그 정도의 나이라면 인형을 좋아할지도 모르지. 하지만 피아, 샬롯에게 보여줄 때는 먼저 그게 블루 도브를 본따 만든 퍼펫 겸 방한복이라는 설명부터 하는 게 좋겠어. 갑자기 보여주면 그게 블루 도브라는 걸 알아보기 어렵지 않을까."

흠흠. 설명은 중요하지.

나는 퍼펫을 왼손에 끼운 뒤 자빌리아를 들어 가슴 앞에 안았다.

"샬롯과는 아침 회복약 투여 때 만나기로 했으니까, 그때 보여주기로 할까. 우선 제4마물기사단의 단장실에 가야지…….."

눈을 떴을 때, 기디온 부단장님에게 현재 상황을 일단 보고하는 게 좋을 것 같다는 생각이 들었기 때문이다.

……분명 부단장님도 자신이 지시한 일의 진척상황이 궁금하겠지?

샬롯과 약속한 시각까지는 아직 여유가 있었기 때문에 먼저 제4마물기사단의 단장실로 향했다.

단장실의 문을 노크하자 입실을 허가하는 목소리가 들렸다.

"실례합니다."

문을 열자 의자에 대충 늘어져 앉아있는 기디온 부단장님이 시야에 들어왔다. 그 옆에는 파티 부단장 보좌님이 서류를 들고 서 있었다.

"좋은 아침입니다, 피아. 무슨 일이시죠?"

나를 알아본 파티가 말을 걸었다.

"좋은 아침입니다, 파티 부단장 보좌님. 어제 사역마에게 회복약 투여를 문제없이 실시했으니 그것을 보고하러 왔습니다."

"잘하셨습니다. 실은 익숙지 않은 당신에게는 어려운 업무이지 않았을까 걱정되어서, 어제저녁에 몇몇 기사에게 살펴보고 오게 했거든요. 그랬더니 다친 마물이 전부 회복약을 먹은 뒤인 것 같았다는 보고를 받고 감탄했었답니다. 역시 제1기사단장님께서 추천한 기사네요. 아주 잘하셨습니다."

파티가 생긋 웃으면서 칭찬해주었다.

대답하려고 입을 열었을 때 기디온 부단장님이 들으란 듯이 코웃음을 쳤다.

"흥, 마물에게 회복약을 투여한 정도로 칭찬을 받다니 참으로 부럽구만. 이쪽은 예측하지 못한 사태가 일어나서 거의 잠도 자지 못하고 있는데, 제1기사단원님께서는 우아하기 그지없으시지."

오오, 안정적인 저기압 모드군요.

"좋은 아침입니다, 기디온 부단장님. 반박하는 것 같아서 죄송하지만, 저도 어젯밤에는 잠을 푹 자지 못했습니다. 왜냐하면 저의 귀여운 사역마가 감기에 걸리지 않도록 방한복을 만들었기 때문입니다. 우후후, 마물기사단의 부단장님쯤 되시는 분이라면 이 넘쳐나는 사역마 사랑을 이해해주실 수 있죠?"

"⋯⋯네 사역마가 너를 잘 따르는 거라면 이미 옛날에 알아봤거든! 흥, 그 부분만큼은 나쁘지 않지. 하지만 그런 걸 자기 입으로 떠들고 다니는 점에서 내 환심을 사려는 꿍꿍이가 적나라하게 보여서 마음에 안 든다고! 너는 혼자서 자립하는 법을 배워!"

"에이, 그건 편견이 들어간 것 아닌가요? 마물기사단의 기사가 같은 말을 했다면 '사역마를 귀여워하는 건 좋은 일이다'라며 칭찬하시지 않았을까요?"

무심코 반론을 펼치자 파티 부단장 보좌님이 작게 웃음을 터트렸다.

"후후, 확실히 저는 부단장님께서 단원에게 비슷한 말씀을 하신 것을 최근에 들은 적이 있습니다. 그건 단원이 자신의 사역마를 대단히 귀여워하며 자랑했을 때였던가요?"

기디온 부단장님은 파티 보좌님을 날카롭게 노려보았지만, 파티는 산뜻한 얼굴로 부단장님을 마주 바라보았다.

짧은 침묵이 떨어졌을 때, 단장실의 문을 노크하는 소리가 들렸다.

"들어와!"

부단장님의 허가가 떨어지자 밖에서 문이 열렸다.

눈을 그쪽으로 옮기자 열린 문 너머에는 시릴 제1기사단장님이 서 있었다.

부단장 이상에게만 허락된 신뢰·청렴을 드러내는 하얀색 바탕에 검은색 컬러가 들어간 기사복이 눈부시고, 단장임을 드러내는 어깨띠 아래로 견장이며 식서(飾緖)가 반짝반짝 빛났다.

그 기사복으로 균형 잡힌 몸을 감싸고 곧은 자세로 서 있는 시릴 단장님은 딱 보기에도 유능하고 상위 지휘관이라는 인상을 주었다.

으음. 외부인의 눈으로 보면 시릴 단장님은 정말 뛰어난 인물이구나.

기디온 부단장님은 시릴 단장님의 모습을 보더니 황급히 의자에서 일어났다.

그걸 본 시릴 단장님은 한 손을 들어서 제지한 뒤 생글생글 웃었다.

"아침 일찍부터 방해해서 죄송합니다. 특별한 용건이 있는 건 아니고, 단원의 진척도 관리를 위해 들른 것뿐이니까 신경 쓰지 말아 주세요."

그러더니 시릴 단장님은 나를 보고 싱긋 웃었다.

"제4마물기사단에는 익숙해졌습니까? 그리고 업무 진척상황은 어떻죠? 당신의 진척도에 따라서는 일찍 제1기사단에 돌아오게 하려고 확인하러 왔는데요."

"진척도요?"

제1기사단에서 잠시 이탈한 나도 관리해준다니 책임감이 강하구나……, 라는 생각을 하며 잠깐 생각에 잠겼다.

"으음. 다친 사역마에게는 어제부터 회복약을 주기 시작했으니, 내일이면 다들 좋아질 거라고 보는데요……."

내 대답을 들은 시릴 단장님은 의아하다는 표정을 지었다.

"무슨 이야기를 하는 거죠? 마물의 생명력을 수치화하기 위해 당신을 제4마물기사단에 빌려드린 건데요. 그런데 당신은 마물에게 회복약을 투여하고 있었습니까?"

"네? 아, 그랬죠. 원래는 마물의 생명력 수치화 작업이라고 했었죠. 그러니까……."

마물의 생명력을 수치화하는 건 기디온 부단장님을 처음 만났을 때 거절당했는데.

하지만 그걸 말했다간 기디온 부단장님이 시릴 단장님에게 혼나지 않을까?

으으음? 이럴 때는 다른 이야기를 해야지.

"음, 제4마물기사단에 익숙해졌냐고 물으셨죠? 제 사역마를 데려올 수 있었고, 파티 부단장 보좌님도 친절하게……."

"피아, 당신의 이야기는 나중에 듣겠습니다."

시릴 단장님은 내 이야기를 중간에 가로막더니 기디온 부단장님을 향해 몸을 틀었다.

그리고는 온화한 표정인 채로 기디온 부단장님에게 말을 걸었다.

"안타깝게도, 아무래도 우리 단원은 제가 시킨 일에 손도 대지 못하고 있는 모양이군요. 원인이 무엇인지 알고 계십니까?"

"어················."

기디온 부단장님은 예상하지 못한 질문에 동요해서 대답할 말을 마련하지 못하는 것 같았다. 입은 열었지만 목소리는 나오지 않았다.

시릴 단장님은 그런 기디온 부단장님을 잠시 바라보다가, 대답이 없어서 답답해진 건지 고개를 살짝 기울였다.

"피아가 자발적으로 업무를 미루고 있는 건지, 제4마물기사단의 누군가가 본래의 업무를 방해하고 있는 건지."

시릴 단장님은 거기서 일단 말을 끊고 기디온 부단장님을 바라보았지만, 침묵이 이어졌기 때문에 뒷말을 이었다.

"······어느 쪽이든 기디온, 현재는 당신이 이 마물기사단을 지휘하는 입장이니 기사단 내부에 업무 장애가 있다면 당신이 해결해야 합니다. 그러니 가르쳐주세요. 책임자. 제 단원이 제 명령을 따르지 못하는 원인은 어느 쪽에 있는 겁니까?"

"아················."

시릴 단장님은 말을 끊고는 가볍게 팔짱을 끼고 대답을 기다리듯이 기디온 부단장님을 바라보았다.

그래도 제대로 된 말을 하지 않는 기디온 부단장님을 난처하다는 양 바라보더니, 시릴 부단장님이 막 떠올렸다는 듯이 말을 이었다.

"아, 그리고 보면 조금 전 문밖에서 당신이 버럭 소리 지르는 게 들렸는데, 상대는 누구였나요?"

"어······················."

"여기 계신 당신의 보좌관을 상대로 소리치신 겁니까? 아니면 설마, 우리 단원을 상대로 그런 공갈 같은 말씀을 하셨던 겁니까? 그렇다면 대체 우리 단원이 얼마나 큰 실수를 범한 거죠?"

"하······················."

기디온 부단장님은 무언가 말을 하려고 몇 번인가 입을 열었지만, 뻐끔뻐끔 숨소리만 흐를 뿐 제대로 된 말은 나오지 않았다.

시릴 단장님은 끈기 있게 기디온 부단장님의 발언을 기다렸다. 하지만 기디온의 발언이 돌아올 것 같지 않다는 걸 알아차리더니 어쩔 수 없다는 양 작게 웃었다.

그리고는 여전히 웃는 얼굴로 한쪽 발을 살짝 들어 올리더니 시릴 단장님 옆에 놓여있던 로우 테이블을 발꿈치로 단숨에 찍어 내렸다!

쾅!! 매서운 소리가 나면서 로우 테이블이 두 조각으로 쪼개졌다.

"··········무슨?! 억?!!"

기디온 부단장님은 경악한 듯 입을 벌리더니 로우 테이블을 응시했다.

그야 그렇겠지.

시릴 단장님은 다리를 거의 들어 올리지 않았다. 그 낮은 위치에서 발을 찍어 내렸다고 어떻게 테이블이 파괴되는 건지.

시릴 단장님은 웃으면서 기디온 부단장님에게 다가가더니 한쪽 손으로 멱살을 쥐고는 얼굴이 닿을 정도로 가까이 들이댔다. 그리고는 싸늘한 미소를 머금으며 입을 벌렸다.

"제1기사단장인 제가 직접 지명해서 보낸 기사를, 당신이 멸시하고 있는 겁니까? 직무 태만으로 징역을 원하시는 건가요? 아니면 지금 여기에서 저에게 털리고 싶으신 것인지?"

미모가 수려한 만큼 웃는 얼굴이 무섭다. 아니, 협박처럼 입에 담은 것을 실행할 수 있는 권력과 물리력을 겸비하고 있다는 게 제일 무섭다.

기디온 부단장님은 창백하게 질리더니 목소리를 쥐어짜서 어떻게든 대답하려 했다.

"나, 나는, 저는……………………."

조금 떨어진 곳에서 봐도 기디온 부단장님의 이가 제대로 맞물리지 않아 딱딱거리는 소리가 들렸다.

……응, 무섭지…….

역시 필두기사단의 단장까지 올라간 사람인 만큼 시릴 단장님은 박력이 달랐다.

실력을 갖추고 있다는 점이 또 공포를 자극한단 말이지…….

어지간한 일은 무슨 짓을 해도 권한 내의 문제로 처리되는 권력의 크기도 공포의 원인이지…….

남 일처럼 한 발 떨어진 곳에서 지켜보았지만, 기디온 부단장님이 말도 못 하고 그저 벌벌 떨고 있다는 너무도 불쌍한 모습을 보여주는 바람에 동정심이 솟았다.

으으음. 기디온 부단장님에게 실컷 비아냥을 들어서 안 좋아한다. 하지만 싫어하는 것도 아니고…….

악담 수준으로 치면 레온 오빠에 못 미치고, 악의 수준으로는 전생의 오빠들보다 못하고, 어느 쪽이든 악당이라고 하기에는 별로 대단치 않았다.

게다가 어딜 봐도 시릴 단장님과 기디온 부단장님은 수준이 다르다.

이래서는 어른이 어린아이를 괴롭히는 것이나 마찬가지다.

나는 '하아' 하고 한숨을 쉬었다.

어쩔 수 없지. 본의 아니지만 기디온 부단장님을 도와야겠다고 생각한 그때, 문이 철컥 열렸다.

무심코 뒤를 돌아보자 처음 보는 기사가 서 있었다.

누구인지 고개를 갸웃거리는 내 앞에서 기디온 부단장님은 그 기사를 보자마자 안도로 전신에서 힘을 쭉 뺐다.

"……퀘, 퀜틴 단장님!"

목 부근을 졸렸기 때문인지 기디온 부단장님의 입에서는 갈라진 목소리만이 나왔다.

기디온 부단장님의 목소리에 반응한 것처럼 퀜틴 단장님이라고 불린 기사는 기디온을 힐끗 쳐다보았다.

그리고는 이어서 이쪽을 바라보았다.

―――제4마물기사단장은 갈색 피부에 흑단 같은 머리카락을

지닌, 큰 키의 기사였다.

본 순간 검은색의 유연한 대형 육식동물이 연상되었다.

음, 이것 참 아름다운 짐승일세…….

감탄하며 바라보고 있었더니 그 대형짐승은 구불구불한 머리카락을 쓸어 올리면서 표정을 일그러트렸다.

"이게 무슨 참사야. ……잠시 자리를 비운 것뿐인데, 왜 내 방에 재해급의 몬스터가 둘이나 있는 거지?"

그렇게 말하며 퀜틴 단장님은 조심스럽게 거리를 유지한 채로 우리를 바라보았다.

【SIDE】 제4마물기사단장 퀜틴

나는 퀜틴 아거터. 제4마물기사단의 단장을 맡고 있다.

제4마물기사단은 기사단 중에서도 이색적이다.

우리 기사단의 단원은 사역마와 함께 싸우는 것을 기본으로 삼고 있기에, 자신의 육체 하나로 싸움에 임하는 다른 기사들과는 거리가 있다.

사역마라는 건 최근 100년 정도 사이에 생긴 새로운 기술이다. 해명하지 못한 부분도 많다.

따라서 실제 전투에서 마물을 완전하게 부리지 못하고, 상정한 전투 방식을 실행하지 못해 답답해한 적도 여러 번 있었다.

———이 상황에서 한 번만 더 사역마가 물러나지 않고 버텨준다면.

———이 타이밍에 사역마들이 연계해서 공격해준다면.

그런 상정과는 달리, 사역마의 움직임이 아주 조금 엇나가면 결과가 따라오지 않는다.

실제로 분통해 하는 것은 사역마를 제대로 다루지 못했던 우리 기사단의 기사들이다.

일상적으로 돌보고 함께 훈련하는 사역마를 제대로 사역하지 못하고, 결과적으로 사역마들의 평가가 떨어지게 되는 것에 원통

함을 느낀다.

그럼에도 불구하고 다른 기사단의 기사는 다들 제4마물기사단의 역량 부족으로 취급한다.

그들에게는 사역마라는 것이 새로 만들어진 기술이라거나, 해명하지 못한 부분이 있어 현재도 시행착오를 거듭하고 있다는 건 상관없는 일이다.

───결과가 전부.

전투에서는 죽음을 동반하기도 하니 틀린 말은 아니나, 다른 기사단에게서 한 수 아래라고 얕보이고 반쪽짜리 취급을 받는 우리 기사단의 기사들은 다른 기사단에게 불신과 의심, 심지어 적개심이 쌓여갔다.

가장 혈기왕성한 사람은 부단장인 기디온이다.

녀석은 근본은 나쁘지 않고, 단순하고 솔직하며 정의의 편이기도 하지만 아쉽게도 감정적이고 생각이 짧다. 오해 하나로 장점이 단점으로 바뀐다.

내가 제어함으로써 비로소 녀석은 제대로 기능하는 구석이 있다.

하지만, 나는 특명을 위해 기사단을 장기간 비우게 되었다.

그동안 기사단 운영을 기디온에게 맡기는 게 불안해서 보좌로 파티를 붙였다.

잘해나간다면 좋겠는데…….

총장님에게서 받은 특명은 검은 왕의 포획이었다.

마물에는 마물의 세력권이 있다. 이 대륙을 다스리는 삼대마수

중 하나가 빠진 게 아니냐는 정보가 온 것이 반년 전의 일이다.

대륙 북쪽 끝, 영봉흑악(靈峯黑嶽)의 상공을 적룡이 날고 있었다는 목격정보가 들어왔다.

그 후 적룡은 그곳에 내려와서 잠시 머물렀다가 다시 하늘로 날아올랐다고 했다.

영봉흑악은 벌써 오랫동안 한 마리의 검은 왕이 지배하고 있으며, 그 절대적인 힘으로 다른 용족의 출입을 일절 허하지 않았던 땅이다.

그 상공을 검은 왕이 아닌 다른 용이 날아다니고, 심지어 그곳에 내려섰음에도 살아서 다시 하늘을 날아갈 수 있었다는 건.

───그것은, 즉 검은 왕의 부재를 의미한다.

"어느새 천 년이 지난 건가……."

그 이야기를 들었을 때 나는 나도 모르게 중얼거렸다.

인간에게는 상상도 하기 어렵지만, 흑룡은 천 년을 산다.

고대종으로, 다른 용종과는 전혀 다른 흑룡. 그 검은 왕은 천 년이라는 세월을 살고, 그 후에 전생한다.

통상 용종은 난생이지만 흑룡은 전혀 다른 생태를 지니고 있다. 흑룡은 죽기 직전에 자신을 유생체로 낳는다. 그 후 이름과 기억을 계승한 다음 오래된 몸은 썩어버린다.

이번에 나는 검은 왕 포획이라는 특명을 받았으나, 마물을 사역할 때는 마물을 완전히 굴복시켜서 항복하게 만들어야 한다.

그건 마물과 동등하게 강해야만 성립된다. 마물이 절대적으로 이길 수 없다는 생각이 들 만큼 강해야 하고, 그러기 위해서는 마물보다 몇 단계 이상의 강함이 필요해진다.

즉, SS랭크의 흑룡을 사역하기 위해서는 그보다 더한 괴물 같은 힘이 필요하니 복수의 기사단으로 대응해도 굴복시킬 수 있다는 보장이 없다. 제법 비현실적인 이야기다.

하지만 흑룡에게는 예외에 해당하는 시기가 있다. 그게 유생체다.

성체가 될 때까지 약 1년 동안 흑룡의 몸은 작고 능력도 불완전하다고 한다. 태어난 뒤 얼마 되지 않았을 때는 특히 그게 현저하다는 듯했다.

그리고 용종이 난생인 이상 임프린팅이 유효할 가능성이 크다.

태어나서 처음으로 본 것을 부모로 여기며 순종적으로 따르는 행동을 말한다.

흑룡은 단위생식을 하기 때문에 어디까지 유효할지는 불명이지만, 시험해 볼 가치는 있다.

흑룡은 왕가의 문장에도 들어가 있을 정도로, 우리 나브 왕국의 수호수다.

실제로는 재해급의 흉악한 마물이지만, 왕가의 문장으로 삼아 전국 방방곡곡에 계속 노출시킨 결과 국민들은 왕국의 수호수로서 숭상하게 되었다.

흑룡이 둥지인 영봉흑악에서 어지간해서는 나오는 일이 없고, 그 흉악함을 직접 볼 기회가 없다는 것도 원인 중 하나이긴 할 것이다.

아무튼 흑룡이 유생체가 되는 건 천 년에 한 번. 지금은 이 절대적인 마물을 사역할 수 있을지도 모르는 천재일우의 기회다.

나는 특명을 받고 바로 북방수호를 담당하는 제11기사단과 함께 영봉흑악으로 향했다.

그 땅은 지독하게 황폐해져 있었다.

———절대왕의 갑작스러운 부재.

새로 그 땅의 주인이 되고자 하는 마물들이 우글거리며 군웅할거의 각축장이 되었다.

가까스로 영봉흑악의 최심부에 있는 동굴에 도착했으나, 안은 텅 비어있었다.

거대하고 아름다운, 이미 썩어버린 흑룡의 망해가 쓰러져있을 뿐이었다.

전생한 직후는 기억도 힘도 정착되지 않는다고 한다.

혼란스러워서 어딘가를 배회하고 있는 걸까.

용은 기본적으로 햇빛을 싫어한다. 그러니 어딘가의 동굴, 혹은 어두운 곳에 흑룡이 있을 확률이 높다.

기사단의 운영이 걱정되긴 했으나, 그로부터 반년간 나는 각지의 기사단과 함께 대륙에 있는 온갖 동굴을 돌아보며 흑룡의 유생체를 찾았다.

하지만 어느 곳에서도 흑룡의 흔적조차 발견되지 않았다.

그렇게 또다시 동굴탐색이 헛수고로 끝나고 의기소침해져 있을 때, 왕성에서 파발이 날아왔다.

놀랍게도 왕성과 가까운 '별내림 숲'에 흑룡이 나타났다고 한다.

듣자 하니 흑룡은 뇌우와 먹구름을 두르고 하늘을 가르며 나타났다고 했다.

숲 근처에 있던 여러 사람들에게 얻은 목격 진술이다.

그들은 하나같이 입을 모아 그 용이 검고, 아름답고, 고고하고, 말 그대로 용왕이었다고 주장했다.

보고를 들은 나는 가슴이 뛰는 것을 느끼는 것과 동시에 낙담했다.

가슴이 뛴 것은, 전설이라 불리는 흑룡을 실제로 볼 수 있을지도 모른다는 기대감에.

낙담한 것은, 흑룡이 상상했던 것보다 더 성장해서 포획이 불가능해진 것 같다고 추측했기 때문에.

만감이 교차하는 마음으로 왕성에 돌아온 나는 먼저 총장님에게 복귀를 보고하러 갔다.

총장님에게서는 장기 원정을 치하하는 말을 들었지만 성과를 내지 못한 나는 그저 부끄러울 뿐이었다.

피로함을 느끼면서도 친숙한 제4마물기사단의 단장실로 향했다.

기디온은 잘하고 있을까.

다소 불안해하면서 단장실의 문을 열자…….

눈에 들어온 것은, 재해급의 몬스터들이었다.

"이게 무슨 참사야. ……잠시 자리를 비운 것뿐인데, 왜 내 방에 재해급의 몬스터가 둘이나 있는 거지?"

피곤한 나머지 생각했던 게 그대로 입 밖으로 나가버렸다.

……옛날부터 나는 상대의 에너지가 흐릿하게 보였다.

강함만이 아니라, 그 상대가 지닌 어떠한 능력이 에너지로서 흐릿하게 보인다. 예를 들자면 그 사람의 몸을 연기가 뒤덮고 있는 것처럼.

그 연기가 얼마나 많은지에 따라 상대의 힘을 가늠하는데, 실제 능력과 비교했을 때 아직 크게 차이가 난 적은 없었다.

마물기사단에 입단하여 많은 마물을 보고, 그 에너지를 확인하여 내 능력은 더욱 정교해졌다고도 느꼈다.

그런 내 앞에 여태껏 본 적이 없을 만큼 어마어마한 에너지 덩어리가 둘이나 동시에 나타났다.

처음 겪는 일에 무심코 얼굴이 일그러졌다.

그리고 전신이 경직될 만큼 강렬한 긴장이 밀려드는 것과 함께 순식간에 땀이 분출되었다.

무의식중에 한 걸음 물러나 거리를 벌린 후 신중하게 관찰하기 시작했다.

소녀 기사로 추정되는 자의 목깃에서 얼굴을 내밀고 있는 파란 마물이 몬스터 중 하나다.

그런데……, ━━━이건 뭐지?

크기는 작지만 어마어마한 압력이 느껴진다. 에너지의 응축도가 지나치다.

분명 이 녀석 혼자서도 이 건물쯤은 간단하게 날려버릴 수 있겠지…….

하아……, 큰일이네.

이게 무엇인지 알고 싶지 않았지만, 대답이 나오고 말았다.
……아마도.

나는 몇 번 S랭크의 마물을 본 적이 있지만, 다들 이 정도 수준에는 도달하지 못했다.

S랭크의 마물이 여러 마리 나타나는 게 차라리 더 귀여울 거다.

알고 싶지는 않았지만, ……아마 이건 SS랭크의 마물이다.

……그리고 지금 이 시기에 '별내림 숲'과 가까운 이 장소에 존재한다면, ……흑룡 아닌가?

하하하. 큰일이네.

왜 그동안 찾아 헤매던 흑룡이 하필이면 내 집무실에 있는 거지?

절망적인 기분으로 흑룡으로 추정되는 마물을 쳐다보고 있었더니, 마물은 소녀 기사로 추정되는 자의 목깃에서 불쑥 튀어나온 뒤 그 어깨 위에 올라가 애교를 부렸다.

……그리고 보면 그런 동화가 있었지. 행복의 상징인 파랑새를 찾는 이야기.

결말은 파랑새를 찾지 못하고 의기소침해져서 집에 돌아왔더니, 집에 그 파랑새가 있었다는 내용이었다. 행복은 사실 가까이 있음을 시사하는 동화다.

하하, 하. 잘 보니 이 흑룡인 것 같은 몬스터는 파란색 새의 모습을 하고 있잖아.

그 동화를 고려해서 선택한 의태라면 끝내주는 블랙 조크다. 참으로 취향이 고약하다.

계속 찾았던 흑룡이, 실은 내 집무실에 있었습니다.

좁은 집무실 안에서 흑룡의 공격을 받아 도망칠 곳이 없는 기사들은 전멸했습니다.

흑룡이라는 이름의 절대적인 죽음은 내 앞에 있었습니다.

———아아, 훌륭한 블랙 조크로군.

그리고 이 블랙 조크를 만들어낸 사람이, 두 번째 몬스터라고 한다면…….

나는 핏기가 사라져 차가워진 두 손을 꽉 움켜쥔 뒤, 보고 싶지 않았던 다른 몬스터에게 시선을 옮겼다.

그것은 얼핏 파란 기사복을 입은 소녀 기사였다. 하지만…….

……이쪽은, 정말로, ……………뭘까.

……에너지가 너무 커서 윤곽도 보이지 않는다.

왜 다들, 이것과 같은 공간에 있으면서 태연한 거지?

………못 견딘다고. 이거. 등이 오싹오싹하고 이명이 꽝꽝 울리고, 도저히 서 있을 수 없는 수준이다.

보이는 것밖에 보지 못하는 녀석들이 부럽다.

아마 나 말고 다른 녀석들에게는 작은 파란색 마물을 어깨에 위에 올려놓은 소녀 기사로만 보일 것이다.

하지만 어깨에 올라가 있는 건 SS랭크의 흑룡이고, 본인은 흑룡보다 더한 몬스터다.

무엇보다 흑룡이 작은 새끼 새처럼 애교를 부리며 놀고 있다니, 이 몬스터가 흑룡보다 압도적인 파워를 지니고 있다는 증거 아닌가.

……이건, 어떻게 수습해야 하지?

애초에 결말을 선택할 수는 있나?

뭘 해도 미래는 전멸밖에 없고, 이 몬스터는 발버둥 치는 우리를 비웃기 위해 여기에 있는 거 아닐까?

'파랑새'의 모습을 한 '검은 용'이라는 블랙 조크를 선사하는 뒤틀린 심성의 몬스터라면 충분히 가능한 이야기다.

떨리는 손으로 머리카락을 쓸어올린 뒤, 내가 택할 수 있는 최선의 길을 찾고 있을 때 그 소녀 기사로 추정되는 자가 불쑥 거리를 좁혔다. 그리고는 밝은 표정을 지으며 입을 열었다.

"처음 뵙겠습니다, 퀸틴 단장님. 제1기사단의 피아 루드입니다. 후후, 몬스터 둘이라고 하셨는데, 사실 하나는 제가 만든 퍼펫 인형이에요!"

그렇게 말하며 왼쪽 팔에 끼운 괴상한 옷감 뭉치를 쑥 내밀었다.

———이건, 함정인가?

정답이 있고, 그게 아닌 다른 답을 내놓으면 그 순간에 고깃덩어리가 되는 건가?

등을 타고 식은땀이 줄줄 흘렀다. 보송보송하던 내 기사복이 고작 몇 분 만에 땀으로 푹 젖어버렸다.

얼핏 별것 아닌 대화에 숨어있는, 죽음을 판돈으로 건 고도의 언어유희인가?

———그것은 인생에서 가장 어려운 발언을 요구당한 순간이었다.

피아, 사연 있는 모험가와
회복마법을 검증하다

"으으음……."

앉기 딱 적당한 바위에 걸터앉은 나는 숲속으로 들어가는 모험가들을 바라보았다.

벌써 두 시간 가까이 모험가를 물색하고 있는데, 도통 '당첨'을 만날 수가 없다.

기사단 입단 시험을 두 달 뒤로 앞둔 나는 지난 한 달 동안 계속 '대성녀의 힘'을 검증해왔다.

하지만 혼자서 하는 것에 한계를 느끼고, 남의 힘을 빌리기로 했다.

신체 강화나 무기 등에 마법효과를 부여하는 건 혼자서 검증할 수 있었지만, 부상 회복이나 상태이상 회복은 피험자 없이는 확인하기 어렵다는 걸 뒤늦게 깨달았기 때문이다.

기왕 하는 거라면 다양한 성녀의 힘을 시험해 보고 싶어서 '성인 의례' 때와는 다르게 다친 사람이 더 많이 나올 법한 중급자용 숲에 와 봤다.

그렇게 다칠 것 같으면서도 처음 보는 내가 동행하는 걸 허락해줄 법한 사연 있는 파티를 물색하고 있는데, ……으음, 역시 쉽게는 찾을 수 없구나.

내가 성녀라는 걸 알릴 수는 없으므로 다시는 만날 일이 없는, 지나가던 모험가가 피험자로서 최적이지만 보이질 않는 건 어떻게 할 수 없다.

작전을 바꿔야 할까, 하고 포기해가던 내 시야에 체격이 좋은 남자 3인조 파티가 들어왔다.

셋 다 훌륭한 갑옷을 걸치고는 있지만, 그중 두 명의 이마에서는 피가 줄줄 흐르고 있었다.

와, 숲에 들어가기 전에 이미 다쳤다니 신선한데!

그보다 딱 내가 원하던 사연 있는 파티 아닐까?!

갑옷에 문장이 들어간 걸 보면 귀족가에 속한 기사로 보인다.

기사라면 품행이 방정할 테니, 남자 파티에 여자가 큰 문제는 일어나지 않을 것이다.

이보다 더 적당한 파티는 찾을 수 없을 것이라는 생각에 '안녕하세요!' 하고 말을 걸어보았다.

내 인사를 받은 3인조는 귀찮다는 듯 이쪽을 돌아보았다.

그렇게 나를 보고는 한층 더 귀찮아하는 표정을 지었다.

"왜 그래? 아가씨. 이런 숲의 입구에서 길을 잃은 거라면 절망적인데."

상대의 말을 들은 나는 내심 싱긋 웃었다.

오늘은 기사 가문의 딸이라는 걸 알아볼 수 없도록, 무릎까지 내려가는 마을 사람 풍의 치마를 입고 있었기 때문이다.

그게 효과를 본 건지 평범한 마을 사람을 대하는 듯한 말투가 돌아왔다.

나는 히죽히죽 올라가려는 입꼬리를 누른 뒤 손수건으로 눈가를 훔치는 척하면서 입을 열었다.

"심술궂은 계모에게 숲속 깊은 곳에 난 약초를 캐올 때까지 집에 들여보내 주지 않겠다는 말을 들었어요. 하지만 저처럼 무력한 사람이 혼자 숲에 들어가는 건 너무 무모하잖아요. 절대 방해하지 않을 테니 동행하는 걸 허락해 주……."

"그, 그런 악독한 계모라니! 좋아, 우리를 따라와!!"

빨간 머리카락의 남자는 나를 수상하게 여기는 눈으로 바라보았으나, 이야기를 들을수록 점점 얼굴을 찌푸리더니 결국은 끝까지 이야기를 듣기도 전에 동행을 허가했다.

"네? 네?! 잠깐만요, 제가 말하는 것도 좀 그렇지만, 그렇게 쉽게 동행을 허락해도 괜찮으신 거예요?"

너무도 무방비해서 놀라 물어보자, 옆에 서 있던 녹색 머리카락의 남자가 나를 조사하듯 빤히 뜯어보았다.

"보통은 안 되지. 하지만 아가씨는 위험해 보이지도 않고, 이녀석은 지금 오기를 부리며 죽음에 망설임이 없는 상태인 것 같으니까 책임지고 지켜야 할 대상이 있는 게 좋을지도 몰라. 아니, 최고의 아이디어야. 응, 반대로 이게 딱인데."

녹색 머리카락의 남자는 자신의 말에 설득당한 듯 고개를 주억거렸지만, 이야기를 들은 나는 어라? 이거 상대를 잘못 골랐나? 하는 회의감이 들었다.

지금까지 떠올린 전생의 기억과, 지난 한 달 동안 시험해 본 성녀의 힘을 돌아보면 나는 보호 관련으로는 대체로 다 할 수 있다.

그래서 어지간한 일이 없는 한 공격 담당과 팀을 짰을 때 죽지 않을 테지만, ……죽고 싶어 하는 사람을 동료로 넣으면 아무래도 불가능하거든.

말을 걸 사람을 잘못 잡았나? 하지만 일단 부탁해놓고 죽을 것 같으니까 그만두겠다는 건 성녀로서 해서는 안 되는 짓이잖아? 그런 생각을 하고 있었더니 빨간 머리카락의 남자가 목덜미를 덥석 잡았다.

"좋아, 아가씨. 지금부터 우리는 동료야. 도중에 무슨 일이 있다면 뭐든 나에게 상담하도록 해."

와, 망설이는 사이에 파티 결성이 확정되고 말았습니다!

아니, 그래도 다른 사람을 잘 돌보는 성격 같아. 역시 내 안목은 옳았나 봐…….

내심 고개를 끄덕끄덕 주억거린 후, 다른 세 사람을 향해 몸을 돌렸다.

"나는 '레드', 검사다."

빨간 머리카락에 30대 초반으로 보이는 남성은 자신을 가리킨 뒤 자기소개를 했다. 이마에서 피를 줄줄 흘리고 있기 때문에 얼굴은 잘 모르겠다.

"이 녹색 머리는 '그린'이고, 도끼를 써."

세 사람 중 가장 붙임성이 좋아 보이는 20대 중반의 남성을 소개해주었다. 이쪽도 이마에서 피를 흘리고 있어서 얼굴은 불명이다.

"그리고 저 차분해 보이는 파란 머리가 '블루'고, 검사지."

혼자 조금 떨어진 자리에 서서, 여태까지 한마디도 하지 않은 과묵해 보이는 20대 초반의 남성을 가리켰다. 이쪽은 눈이 휘둥 그레질 정도로 잘생겼다.

하지만 피를 흘리는 두 남자와 동행하고 있기 때문에 얼굴이 멀 끔한 만큼 수상함이 강조되는 느낌이다.

으음. 피 흘리는 거구의 남자 두 명과 미형 남자 한 명이라니, 새삼 생각해 보니 수상한 집단이네.

하지만 인품은 좋아 보이니까 그게 제일 중요한 것 아닐까?

나는 생긋 웃은 뒤 악수할 생각으로 오른손을 내밀었다.

우선은 세 사람의 규칙에 맞춰서 자기소개를 해야지.

머리카락 색에서 따온 가명을 쓰다니 재미있다고 생각하면서, 내 빨간 머리카락에서 따온 이름을 선보였다.

"처음 뵙겠습니다. 저는 '한낮의 반짝반짝 심홍', 약초꾼입니 다. 너무 긴 것 같다면 '한낮의 반짝이'라고 불러주세요."

"⋯⋯⋯⋯왜 '한낮의'라는 게 붙는 건데?"

피 흘리는 남자인 레드가 괴이쩍다는 듯 물었다.

"물론 지금이 낮이니까요! 이 이름의 포인트는 불리는 시간에 따라 변화하다는 점입니다. 조금 더 지나고 나면 '황혼의 반짝이' 가 되고, 밤이 되면 '한밤의 반짝이'예요."

"서, 성가시잖아!! 너 평소엔 뭐라고 불리는 건데?!"

"피아인데요?"

"그럼 너는 피아다! 결정!!"

"네?! 너무해요!! 가명 놀이가 엉망이 되었잖아요!"

나는 깜빡 본명을 밝힌 것을 후회했지만, 이미 늦어버렸다.

세 사람은 나를 '피아'라고 부르기로 확정한 건지, '잘 부탁한다. 피아'라고 인사하며 악수가 돌아왔다.

가명을 쓸 생각이 넘쳐났던 나는 본명을 불린 순간 패배감에 짓눌렸지만, ……뭐, 그래. 됐어요. 애초에 목적은 동행하면서 성녀의 힘을 시험해 보는 거니까요. 목적은 달성했습니다…….

나는 패배를 인정하지 못하고 구시렁거리면서 세 사람과 동행하게 되었다.

그 후 바로 숲속 깊은 곳을 향해 출발하게 되어, 선두는 레드, 그 뒤를 그린, 나, 블루 순으로 걸어갔다.

중간에 레드가 생각났다는 듯 나를 돌아보았다.

"맞아, 피아. 나는 약초에 대해서는 전혀 모르니까, 그런 것 같은 풀을 발견하면 바로 말을 걸어. 네가 확인할 시간 정도는 기다려줄 테니까."

내 사정에 맞춰주려고 하다니 착한 사람이라고 감탄하면서 인사했다.

"감사합니다. 그런데 여러분은 얼마나 오래 숲에 머무를 예정이세요?"

세 사람이 등에 멘 큼직한 짐을 보면서 새삼 물어보았다.

언니가 기사단에 돌아가 버렸기 때문에 저택 통금 시간은 상당히 넉넉하다.

아니, 며칠 정도라면 돌아가지 않아도 걱정하지 않을 것이다. 우리 집에 있는 기사나 수습 기사들은 꽤 헐렁하게 살고 있기 때문에 내 생활에도 관대하게 눈감아준다.

"일주일이나 열흘 정도? 찾는 마물이 있는데, 그 녀석을 발견할 때까지는 머무를 생각이거든."

여, 열흘이라고?! 안 돼, 속옷을 그만큼 준비해오진 못했는데!!

배낭에 넣을 수 있을 정도의 짐만 가져왔단 말이야…….

예정보다 더 긴 일정이 돌아오자 내심 초조해졌지만, 성인 여자가 남자 앞에서 속옷 타령을 할 수도 없었다.

나는 산뜻한 얼굴로 아무런 문제도 없다는 양 '그렇군요' 하고 대답할 수밖에 없었다. 크흑.

그보다 레드와 그린의 출혈이 멎지 않는 게 더 마음에 걸린다.

세 사람의 갑옷에 각인된 문장은 처음 보는 것이니 멀리 떨어진 곳에서 왔을 텐데, 다들 피가 흐르는데도 태연하다는 건 그쪽 동네에선 출혈 상태가 일상적인 건가?

힐끔힐끔 앞을 걷는 그린을 올려다보자 그린이 '왜 그래?' 하고 물었다.

"아뇨, 그. 무례한 질문이라면 죄송합니다. 이 근방에서는 이마에서 피를 흘리는 사람을 보지 못했기 때문에 궁금해서요. 여러분이 온 곳에서는 얼굴에 피를 흘리는 상태가 일반적인 건가요?"

"하하, 너 웃기는 녀석이네. 출혈 상태가 평범한 곳이라니 처음 들어!"

"어, 그런 거예요?! 그렇다면 그린과 레드는 이상한 상태라는 거네요. 으음, 가능하다면 기이한 눈으로 보이고 싶지 않으니까, 평범한 모습으로 있어 주시면 좋겠는데요."

그렇게 말하며 나는 등에 메고 있던 배낭에서 작은 천을 두 장 꺼냈다.

우선 가까이 있는 그린의 이마에 천을 누르고…… 어라? 이거 저주잖아.

심지어 저주를 받은 지 꽤 오래되었다. 그리고 제법 단단한 저주에 걸렸어. 그래서 피가 멎지 않는 거야…….

"고맙다. 하지만 신경 쓰지 마. 나도 레드도 피가 잘 안 멎는 체질이거든."

이마에 댄 천을 한쪽 손으로 붙잡으며 그린이 씩 웃었다.

"……그렇군요. 그것참 불편하겠어요."

아무래도 저주에 대해서 이야기할 마음은 없는 것 같아 눈치채지 못한 척했다.

……으음, 하지만 저주라. 그래. 성녀의 힘을 사용할 설명으로 적당한 게 떠오르지 않아 난처해하던 참이었는데, 설정으로 써먹어야지.

"실은……."

레드에게 천을 내밀면서 입을 열었다.

"저는 저주에 걸렸거든요."

287

"뭐?!"

"뭐라고?!"

레드와 그린이 즉시 반응했다.

"'모험가를 따라가서 성녀 역할을 해내지 않으면 혼기를 놓친다'는, 참으로 무시무시한 저주에 걸렸습니다!"

"".................."

"심지어 일단 저와 파티를 맺고 나면 '목적을 달성하기 전에 파티를 해산하면 동료 전원이 여난에 당한다'는 추가 저주까지 걸려있거든요. 하하, 참 무섭죠!"

하하하 힘없이 웃어 보이자 레드가 '그런 이상한 저주는 없어!' 하고 반론했다.

"애초에 너는 성녀님이 아니잖아! 성녀님이라면 교회에서 극진히 보호받고 있을 테고, 일부러 모험가와 동행한다는 기행을 벌일 리 없어!"

"맞아요. 3살과 10살 때 하는 성녀 검사에서 확인되지 않았으니까 저는 성녀님이 아닙니다. 저주를 받았을 때, 일시적으로 성녀님의 힘을 받았거든요. 아이참, 능력 좋은 주술사는 뭐든 할 줄 아네요."

거기까지 듣자 셋 다 수상해 하는 얼굴로 나를 바라보았다.

"원래 보유하지 않은 능력까지 내리다니, 그런 대단한 주술사는 들어본 적 없어. 뭐, 9할은 네 농담이고 성녀님의 힘도 쓰지 못할 테지만, 설령 사실이라고 해도 성녀님의 힘이라는 은혜를 받을 수 있다는 것만으로도 나쁘진 않지."

레드가 팔짱을 끼고 얼굴을 찌푸리며 혼잣말했다.

"피아, 우리니까 너의 그 알 수 없는 언동에 맞춰주는 거야. 다른 사람 앞에서는 그런 이야기는 안 하는 게 나아."

그린은 손을 팔랑팔랑 흔들면서 씩 웃으며 조언했다.

블루는 조금 떨어진 곳에서 침묵을 고수하고 있다.

"알겠습니다. 이해해주셔서 감사합니다."

나는 그들의 대답에 만족하며 생긋 웃었다.

좋아, 좋아. 나는 성녀가 아니지만 일시적으로 성녀의 힘을 쓸 수 있다는 사실을 인지시켰어.

남은 건 주술의 범주로 받아들일 수 있도록 성녀의 힘을 조절하는 것뿐이야.

◇ ◇ ◇

그 후에도 넷이서 숲속 깊은 곳으로 걸어갔다.

세 사람은 목적지가 확실한 건지, 망설이는 기색도 없이 쑥쑥 나아갔다.

그리고 중간에 몇 번 정도 마물과 조우했다.

처음 마주친 건 뿔이 하나 달린, 약한 부류에 속하는 토끼형 마물이었다.

레드와 그린은 무기를 한 번 휘둘러 솜씨 좋게 마물을 처치했다.

"오늘 저녁은 호화롭겠는데."

그렇게 말하며 레드가 몇 마리의 토끼형 마물을 자루에 넣었다.

다음에 마주친 건 꼬리가 두 개 달린 여우형 마물이었다.

대형견 정도의 크기로, 이 녀석이라면 고전할지도 모른다는 생각을 했지만 레드와 그린 둘이 연계하여 상처 하나 없이 쓰러트렸다. 블루는 한 번도 전투에 참가하지 않았다.

……어, 어라. 다들 강하네. 나 파티 잘못 고른 건가.

성녀의 힘을 보여줄 기회가 없는데…….

할 일이 없어서 싸우는 두 사람을 멍하니 바라보며 내심 중얼거렸다.

그 후에도 새형 마물이나 뱀형 마물 등과 조우했지만, 레드와 그린이 어려움 없이 쓰러트려 버렸다.

으음. 아무도 다치지 않다니, 내가 동행한 의미가 없잖아…….

그날 저녁은 레드가 선언한 대로 호화로웠다.

즉, 고기와 고기와 고기다.

"와아, 맛있어요!"

타닥타닥 불꽃이 튀는 모닥불을 에워싸고 먹는, 갓 구워낸 고기의 맛은 각별했다.

너무 맛있어서 얼굴이 헤벌쭉 풀어졌다. 이렇게 맛있는 고기를 대접받았으니까 무언가 도와야 한다고 새삼 결의했다.

요리는——즉 불을 피우고 고기를 굽고 한 것은—— 블루가 했다. 레드는 능숙하게 마물의 가죽을 벗겨냈고, 그린은 근처의 강에서 물을 떠 왔다.

……어쩌지. 나 혼자 완전히 놀고 있잖아!

뭐, 뭔가 도움이 될 법한 특수기능 없던가?

두뇌를 풀가동하면서 고민했지만…… 아무것도 나오지 않았다.

와아, 설마 했던 무능력자——!

"왜 그래? 피아. 고기가 덜 익었어?"

고기를 물어뜯은 채로 풀이 죽어 있었더니 레드가 말을 걸었다.

그쪽을 돌아보자 레드와 함께 그린과 블루도 이쪽을 보고 있었다.

……응, 셋 다 친절하구나. 임시로 동료가 된 수상한 마을 사람이 좀 시무룩해졌다고 그걸 알아채고 염려해주다니.

"아뇨, 블루의 고기 굽는 실력은 완벽해요! 어마어마하게 맛있어요!! 다만 저는 아무런 도움도 되지 않고 있다는 생각에……."

"뭐야, 그런 거였어? 너는 아직 성인도 안 된 어린아이잖아! 내가 너만 할 때는 주위 어른들에게 실컷 폐를 끼치며 살았는걸. 어린아이는 어른에게 의지하고 기대는 게 당연한 거야! ……그런 의미에서는 너는 아직 적극적으로 폐를 끼친 건 하나도 없는데? 좋아, 너는 조금 더 기대도록 해. 알았지?"

레드는 내 등을 퍽퍽 두드리며 씩 웃었다.

크으윽. 좋은 사람들이야.

힘 조절을 모르는 건지 등짝이 얼얼하긴 하지만, 그래도 좋은 사람들이다.

멋진 3인조를 만난 것에 내심 감사하고 있을 때, 그때까지 한마디도 하지 않았던 블루가 나에게 시선을 빤히 보냈다.

"피아, 나는 처음 만났을 때부터 계속 하고 싶었던 말이 있어."

"네, 넵. 말씀하세요."

반나절 넘게 같이 있으면서도 한마디도 하지 않았던 블루가,

처음 만났을 때부터 하고 싶었던 말이라니 대체 뭘까?

무심코 등을 곧추세운 뒤 두 손을 무릎 위에 가지런히 올려놓았다.

그런 나를 블루가 노려보는 듯한 눈으로 쳐다보았다.

"네가 약초 캐기인지 뭔지 하는 이유로 이 숲에 들어와야만 한다는 건 알았어. 여기까지 꽤 강행군이었지만 한 마디 불평도 하지 않고 따라왔지. 즉 철없는 놀이가 아니라 따라와야 하는 이유가 있었던 거야. 하지만!"

블루는 거기서 일단 말을 끊고는, 나를 매섭게 쏘아보았다.

"하지만 남자들밖에 없는 집단에 참가하는 건 잘못된 선택이다! 너는 어린아이니까 안심하고 있겠지만, 세상에는 어린아이를 상대로 이상한 짓을 저지르는 녀석들도 있어! 명심해. 다음에 같은 일을 해야만 하게 될 때는 여성 비율이 절반이 넘는 파티에 참가할 것! 알겠지!!"

"알겠습니다. 맞는 말씀이니 다음에는 그렇게 하겠습니다."

……어쩌지. 블루도 되게 좋은 사람이잖아.

다만 나는 이미 성인이고 어린아이가 아닌데, 레드도 블루도 뭘 보고 나를 어린아이라고 생각한 걸까?

그 점만큼은 신경 쓰였지만, 정정했다간 더 혼날 것 같은 분위기를 감지하고 침묵을 고수했다. 네, 저는 분위기를 파악할 줄 아는 사람입니다.

"······그보다 너 참 특이하다."

저녁 식사가 재개되었을 때, 꼬치에 꿴 고기를 뜯어 먹으며 그린이 나를 빤히 훑어보았다.

"보통 이마에서 피를 흘리는 남자 집단에게 동행을 요청하는 사람은 없거든. 너 왜 우리에게 같이 가자고 한 거야?"

"그게, 저도 '저주에 걸린 약초꾼'이라는 수상함이 넘쳐나는 존재라서, 동행을 거부당하지 않도록 겉보기에 가장 수상한 집단에게 접근했습니다."

솔직하게 대답하자 셋 다 식사하던 손을 우뚝 멈췄다.

""""················.""""

"그런 의미에서 여러분은 특출나게 수상한 냄새가 풀풀 풍기는 집단이었어요. 후후, 눈치채고 계셨나요? 숲 입구에서 스쳐 지나간 여성 파티는 여러분을 보고 반은 뒤로 자빠졌고, 반은 괴성을 지르면서 도망치던데요. 아니 뭐, 저도 싸우기 전부터 얼굴에서 피를 흘리는 집단이라니 아주 참신하다고 생각했지만요."

생글생글 이야기하는 나를 보고 그린은 성대한 한숨을 쉬었다.

"피아, 너 대단하다."

그리고는 활활 타오르는 모닥불에 시선을 옮긴 뒤에 말을 이었다.

"······우리는 집안은 나쁘지 않아. 하지만 그 좋은 집안이라는 배경을 두고도 얼굴에서 피를 흘린다는 상태는 기이하니까, 고향 사람들은 다들 우리를 두려워하고 피해. ······지금 생각해 보면 너 같은 아가씨와 마지막으로 대화한 건 기억도 나지 않을 만큼 옛날 일이야. 하아, 너 그렇게 태연하게 우리와 대화하다니, 역시 범상치 않다니까."

가볍게 머리를 부여잡은 그린을 보면서 확실히 그렇겠다고 느꼈다.

……늘 이마에서 피를 흘리는 남성이라니, 보통은 가까이 가고 싶지 않을 테지.

뭐, 세 사람의 성품을 알게 된 지금은 얼굴에서 흐르는 피 정도는 아무렇지도 않지만…….

그렇게 생각하며 고기를 씹고 있었더니, 레드가 잠시 주저한 뒤 경직된 표정으로 입을 열었다.

"피아, 비밀로 하는 건 공평하지 않은 것 같으니까 말해둘게. ……우리가 이 숲에 온 목적은 쌍두거북이야. 쌍두거북을 쓰러트리기 위해 이 숲에 왔지."

"쌍두거북……."

딱딱한 표정으로 천천히 고개를 끄덕이는 세 사람을 보면서 전생의 기억을 더듬었다.

어디 보자. 쌍두거북은 나브 왕국에만 서식하는, 강한 마물이었지…….

……강한 마물! 좋아, 기회다. 드디어 내가 도움이 될 기회가 왔어!

걱정된다는 양 나를 살피는 세 사람을 향해 몸을 틀어서 마주 본 뒤, 나는 힘차게 일어났다.

그런 나를 보고 레드는 당황한 듯 입을 열었다.

"여, 역시 무섭지……? 네, 네가 싫다면 내일 숲 입구까지 바래다……."

레드의 발언 내용은 내 희망 사항과는 정반대인 것 같았기에 말이 끝나는 걸 기다리지 않고 내가 하고 싶은 말을 했다.

"즉 제가 나설 차례라는 거죠! 알겠습니다. 쌍두거북 토벌 때는 제가 도와드릴게요!!"

"……어? 왜, 왜 그렇게 되는 거야?!"

레드가 눈을 자꾸만 깜빡이며 이해하지 못하겠다는 듯 쳐다보았다.

그 시선을 정면에서 받아낸 뒤 자신만만하게 입을 열었다.

"물론 제 저주를 풀 좋은 기회니까 그렇죠! '모험가를 따라가서 성녀 역할을 해내지 않으면 혼기를 놓친다'는 저주에 걸렸다고 말씀드렸잖아요! 저도 혼기를 놓치고 싶진 않거든요."

생긋 웃으며 대답하자 어째서인지 레드가 성대한 한숨을 쉬었다.

"……하아, 됐어. 너와 대화하면 피곤해져."

그린도 지친 목소리를 냈다.

"우리를 무서워하지 않는 것만으로도 평범하지 않다고 생각했는데, 쌍두거북에 정면으로 맞서려고 하다니……. 너는 만사에 둔감해지는 저주에 걸린 건지도 모르겠다."

"아니, 저기요. 그건 너무하잖아요! 실제로 레드도 그린도 블루도 좋은 사람인걸요!! 피를 흘린다는 수상함을 불식할 만큼 셋 다 친절하고, 든든하고, 멋있어요!!"

둔감하지 않다는 것을 증명하기 위해 세 사람에 대해 알아차린 것을 꼽아가자 어째서인지 셋 다 얼굴이 새빨개져서 입을 꾹 다물었다.

"……왜 그러세요?"

"너, 너는 역시 둔감해! 그런 소릴 나불나불 떠들어대지 말라고, 부끄럽단 말이야!"

레드가 얼굴을 새빨갛게 붉히며 소리치자 그린도 벌건 얼굴로 맞장구를 쳤다.

"쪼, 쫄았잖아! 난생처음으로 남에게 칭찬을 들어서 진심으로 쫄았어!! 이, 이렇게 대놓고 칭찬을 받으면 나는 어떻게 해야 하는 거지?!"

블루는 귀가 붉어져선 내 입에 고기를 쑤셔 넣었다.

"너는 그냥, 아무 말도 하지 마. 자, 먹어!"

"에, 에에. 가샤하이다."

……뭐, 뭐지? 부끄럼쟁이 집단? ……신선한데!!

나는 세 사람에게서 연신 고기를 받아먹어 잔뜩 부풀어 오른 배를 안고 잠자리에 들었다.

다음 날은 숲의 더 깊은 곳을 향해 나아갔다.

아무래도 쌍두거북은 강의 상류에 살고 있다는 듯해서, 강의 흐름을 따라 점점 깊은 곳으로 들어가게 되었다.

도중에 마물들이 조금씩 나타났지만 식량을 넉넉히 입수했기 때문인지 레드와 그린은 멀리 쫓아가지 않고, 덤벼드는 마물만 처치했다.

변함없이 실력이 대단해서 둘 다 상처 하나 없었다.

"왜 그래?"

내가 쳐다보는 걸 알아차린 그린이 물었다.

"실력이 참 뛰어나다는 생각에 넋을 놓고 있었습니다."

솔직하게 대답하자 '크헉!' 하는 괴성을 지른 그린이 몸을 웅크렸다.

"그, 그린, 너는 바보냐! 어제 이 녀석의 흉악함을 직접 체험한 지 얼마나 됐다고!! 왜 그렇게 부주의하게 말을 거는 거야!!"

레드가 그린을 혼냈다.

"그, 그 말이 맞아! 나는 정말 바보야! 고작 일격에 이렇게 큰 대미지를 받을 줄이야! 방심하고 있을 때 들어오는 일격은 대미지가 어마어마해."

웅크린 채로 대화하는 두 사람을 보고 나는 의문을 던졌다.

"두 사람 다 정말 훌륭한 실력이네요. 왜 이렇게 연속으로 싸우는데도 상처 하나 없을 수 있는 거죠?"

"너, 너는, 이 이상 말하지 마!"

"애초에 안 다치는 건 기본이라고! 회복약을 마셔도 상처가 나을 때까지 시간이 걸리잖아! 그러니 다들 다치지 않도록 싸운단 말이다!!"

"아하, 그렇군요! 요즘은 그런 전투 스타일을 선택해서 성녀님 부족을 보완하고 있는 거군요. 성녀님은 희귀직이니까 좀처럼 동행할 수 없죠?"

수긍하면서도 새로운 질문을 던지자, 당연하다는 양 그린이 대답했다.

"좀처럼은 무슨, 고작 모험가로는 절대 성녀님과 동행할 수 없어! 성녀님은 왕족이나 귀족에 딸려계시니까!!"

"어, 아르테아가 제국에서도 그런가요?"

물어보자마자 세 사람은 눈을 부릅뜨고 굳어버렸다.

레드와 그린은 말없이 일어나고, 블루도 한 걸음 간격을 좁혔다.

어, 어라? 왜 그러지?

실언으로 기분을 상하게 한 건지 걱정하는 나에게 레드가 진지한 얼굴로 물었다.

"왜 아르테아가의 이름이 나온 거야?"

"네? 그야 레드가 어젯밤에 잠꼬대로 아르테아가 제국어를 사용하던데요. 그래서 아르테아가 제국 출신인가 했는데, 틀렸어요?"

이래 봬도 전생엔 왕녀였다. 주요 국가의 언어는 마스터하고 있다.

"""⋯⋯⋯⋯⋯""".

"게다가 그 갑옷의 문장이 뭐였던가⋯⋯ 하고 바로 떠올리지 못했는데, '창생의 여신'의 문양이죠? 아르테아가 제국은 여신신앙 국가잖아요. 그래서 아르테아가 제국 사람이라고 짐작했는데⋯⋯, 그, 잘못 짚은 거라 불쾌하셨다면 죄송합니다."

전생의 기억을 끌어내면서 대답하자 그린은 내 말을 듣자마자 다시 힘이 빠져버린 듯 주저앉았다.

"하아, 말도 안 돼. 왜 이런 시골에 아르테아가 제국어를 아는 사람이 있는 거야?"

"그러니까. 일부러 출신을 들키지 않도록 시골 영지를 골라서 온 건데, 아무런 의미도 없어졌잖아. ……피아, 네 부모님이나 조부모 중에 제국인이 있었어? 제국인은 외국으로 결혼해 나가는 일이 거의 없어서 방심했는데."

레드도 고개를 푹 떨구더니 나를 힐끗 쳐다봤다.

"우리는 건달이 아니니까 출신이 드러났다고 해도 널 어떻게 하진 않을 거야. 하지만 우리가 제국인이라는 사실이 퍼지는 건 원하지 않으니까, 비밀로 해줬으면 해. 어려울까?"

덩치 큰 남자가 쪼그려 앉아 고개를 옆으로 까딱 기울이고 있는 동작이 어쩐지 귀여워 보여서 나는 후후후 웃어버렸다.

"알겠습니다! 절대 말하지 않겠다고 약속할게요!"

생긋 웃으며 대답하자 그린이 '그래, 고맙다' 하고 매 머리를 마구 헝클어트렸다.

그리고는 '블루!' 하고 동료의 이름을 불렀다.

"들었지? 피아는 침묵을 약속했어. 알았지? 절대 손대지 마!"

"………………."

"블루, 대답!"

"………………알겠습니다, 형."

블루는 어쩔 수 없다는 듯이 대답했다.

"너, 형이라니!"

당황하는 그린에게 블루가 도발하듯이 입을 열었다.

"이미 이렇게 자세히 알려졌으니 이 정도는 괜찮잖아."

서로를 노려보는 두 사람을 무시한 레드가 '하아, 어째 피곤하다. 점심 먹자'라며 짐을 털썩 내려놓았다.

그리고는 체념한 듯 그린과 블루를 손가락질했다.

"내 못난 동생 두 명이야. 내가 장남이고 그린이 둘째, 블루가 막내. 그리고 고국에 여동생이 한 명 있어."

"앗, 치, 친절도 하셔라. 저는 오빠 두 명과 언니가 한 명 있어요. 똑같은 4남매네요."

친근감을 느끼고 그렇게 대답하자 세 사람에게서 각각 '그래', '어', '흐응' 하는 대답이 돌아왔다.

레드가 말한 대로 점심을 먹을 시간이 되어 다 함께 준비하기로 했다.

어째서인지 평소에는 거리를 두고 있던 블루가 다가와 나에게 물을 뜨러 가자고 권유했다.

지금까지 적극적으로 엮이려 하지 않았던 블루에게서 받은 제안에 신이 나서 쫄랑쫄랑 따라갔더니, 블루는 다른 사람이 된 게 아닌지 의심스러울 정도로 친근하게 말을 걸어왔다.

"피아는 아는 게 많구나. 가족 중에 제국인이 있는 건지도 모르지만, 제국어나 여신의 문양을 아는 나브 왕국인이 있을 줄은 몰랐어. ……피아가 보기에 왜 우리가 이 영지에 온 것 같아?"

"어? 쌍두거북을 사냥하기 위해서라고 직접 밝혔잖아요? 쌍두거북은 나브 왕국에만 있으니까, 일부러 제국에서 온 거 아니에요?"

"와, 마물에 대한 지식도 있구나. 나브 왕국은 마을 사람도 이런 지식을 갖고 있는 거라면, 방심할 수 없겠는데? 아니면 피아가 특별한 건가?"

"……어쩐지 갑자기 우호적으로 태도가 바뀌었는데요. 왜 그러세요?"

블루의 말투까지 바뀐 느낌이 들어서 놀란 마음에 물어보았다.

"응. 나는 과묵한 게 아니라, 굳이 따지자면 뭐든 다 말해버리는 타입이거든. 그래서 실언하지 않도록 말을 참느라 침묵했던 건데, 이미 가장 큰 비밀은 네게 들통났잖아. 게다가 네 안전을 보장한다고 그린이 당부했고. 내가 할 수 있는 일은 이제 아무것도 없어."

"아하. 저는 여러분이 저에게 친절한 이유를 알겠어요. 여신을 믿는 제국인이니까 여성에게 친절한 거죠?"

생글생글 블루를 돌아보자, 그는 고개를 숙인 채 입술을 짓씹고 있었다.

"브, 블루?"

놀라서 이름을 부르자, 블루는 노골적으로 억지웃음이라는 게 보이는 미소를 지었다.

"여신은…… 정말로 계시는 걸까?"

그리고는 내가 뜬 물도 가져가더니, 빠른 걸음으로 왔던 길을 되돌아갔다.

◇ ◇ ◇

점심시간은 평온했다. 아마 가라앉은 기분을 띄우기 위해 억지로 밝게 행동한 거겠지. 블루는 많이 말하고, 많이 웃었다.

블루에게 전염되어 먹던 손을 멈추고 웃고 있었더니, 커다란 손이 잇달아 고기를 붙잡고는 내 입에 쑤셔 넣었다.

"피아, 너는 발육이 너무 나빠! 고기, 고기를 먹어!"

"에, 에에……."

레드가 유독 커다란 고깃덩어리를 입에 넣는 바람에 열심히 우물우물 씹고 있었더니 블루가 즐겁다는 듯 웃었다.

"강아지 같고 귀엽네. 나도 그 녀석에게 이런 식으로 고기를 먹여주고 싶어."

으응? 뭐지? 의아해하며 블루를 올려다보자, 블루가 난처한 듯 웃었다.

"……우리 막내는, 잠자는 공주거든."

"블루!"

레드가 경고하듯 동생의 이름을 불렀다.

……그러고 보면 조국에 여동생이 한 명 있다는 이야기를 했지?

잠자는 공주라는 거 보면 잠이 아주 많은 잠꾸러기인 건가?

잘 이해가 가지 않아 고개를 갸웃거리는 내 앞에서 블루는 레드를 정면으로 바라보며 반론했다.

"여기까지 이야기했으면서 새삼스럽게 막지 마, 형! ……피아,

우리 가문에는 대대로 저주를 받고 태어나는 아기가 있어. 그게 형들과 막내야. 형들은 출혈 저주고, 막내는 잠자는 저주. 그래서 막내는 태어난 순간부터 지금까지 계속 자고 있어. 후후, 마치 동화 속의 공주님 같지?"

"네?! 태, 태어난 뒤로 계속 자고 있다고요⋯⋯?"

고백한 내용에 놀라 무심코 되물었다.

블루의 동생이라면 20살 정도가 아닐까?

그렇다면 태어난 뒤로 약 20년 동안 계속 자고 있다는 거야?

게다가 레드와 그린도 태어났을 때부터 계속, 25년, 30년씩 피를 흘렸다는 소리?

사실이라면 말도 안 되게 가혹하잖아!

블루는 놀라는 내 시선을 피하듯이 아래를 향하더니 입술을 일그러트렸다.

"나는 갓 태어났을 때는 숨을 쉬지 않아서, 다들 금방 죽을 거라고 생각했어. 그래서 그럴 가치도 없다고 생각한 건지 저주에 걸리지 않았지."

"블루!"

이번에는 그린이 경고하듯 이름을 불렀지만, 블루는 무시하고 계속 이야기했다.

"우리 가문에서 저주를 받고 태어나는 아기는 죄인이라고 불려. 저지른 죄에 걸맞은 벌을 짊어지고 태어난다고. 하지만 죄인이 죄를 반성하고 선행을 거듭하면 '창생의 여신'께서 저주를 풀어주시고 누구보다 훌륭한 위정자가 될 수 있다고도 하지. 그래서 형들은 계속 노력하고 선행을 반복해왔어. 막내는 계속 잠들어 있으니 대신 내가 노력했고. 하지만…… 저주는 여전해. 하하, 하. 제국에 여신은 안 계셔. 저주는, 무슨 짓을 해도 풀리지 않아…….”

“블루!”

레드가 성큼성큼 걸어오더니 블루의 멱살을 잡았다.

“여신을 흉보지 마! 네게도 저주가 내려올 거야!!”

“그럴 일 없어! 여신 같은 건 없으니까!! 여신이 있다면 이미 오래전에 형들의 저주를 풀었을 거야!! 형들이 죽어가는 걸 말없이 지켜볼 리 없어!!”

“블루!!”

입을 다물게 하려는 건지 레드가 블루의 뺨을 후려갈겼다.

땅바닥으로 쓰러진 블루는 이글거리는 눈으로 레드를 바라보았다.

나는 자리에서 일어나긴 했지만, 어떻게 하지도 못하고 레드와 블루 사이에 끼어들었다.

“잠깐, 지, 진정하세요. 그 저주는 죽음에 이르는 저주는 아니라고 보니까, 진정하세요.”

블루는 바닥에 주저앉은 채 찢어진 입술 사이로 흐르는 피를 한 손으로 훔쳤다.

“그래, 피아. 형을 죽이는 건 저주가 아니라 인간이야. 아버지는 조만간 가주 자리에서 물러나실 거야. 보통은 장남인 레드가 가주를 이어받게 되는데, 저주에 걸린 형이 선택될 리 없어!”

블루의 목소리에는 피를 토하는 듯한 고통이 섞여 있었다.

"우리에게는 배다른 형제가 여럿 있으니까, 그들 중 한 명이 후계자가 되겠지. 그러면 우리는 막내와 함께 가문에서 추방당해. 우리의 존재 자체가 위협이니까, 가주를 이어받은 이복형제는 틀림없이 우리를 죽이려 할 거야. ……가문에서 전력을 다해 보내는 자객을 계속 피하는 건, 우리에겐 불가능해."

블루는 여전히 앉은 채로 머리를 감싸고 몸을 웅크렸다.

"하하, 하. 나는 왜 이런 이야기를 하는 거지. 참회인가? 네가 막내와 같은 머리색이라서, 너를 막내로 보고 참회하는 걸까? ……미안해. 지켜주지 못해서, 미안해."

블루는 땅바닥에 웅크린 채 떨리는 손으로 얼굴을 덮었다.

나는 그의 정면에 쪼그려 앉긴 했지만, 뭐라고 말해야 할지 알 수 없어 그저 이름만을 불렀다.

"블루……."

그러자 상황을 지켜보던 그린이 다가와 블루의 뒤통수를 퍽 때렸다.

"야, 언제까지 어린애한테 어리광을 부릴 거야. 네가 훨씬 연상이니까, 정신 차려!"

그리고는 분위기를 바꾸듯이 씩 웃고는 나를 향해 손을 살랑살랑 흔들었다.

"괜찮아. 블루는 너무 땅을 파는 경향이 있어서 그래. 이 이야기에도 희망은 있거든. 우리나라에서 제일가는 점술사가 쌍두거북을 쓰러트리면 나와 레드의 저주가 풀린다고 점쳐주었어. 게다가 쌍두거북의 왼손을 달여서 먹이면 막내의 저주도 풀린다고 해!

어때, 일석이조지?"

"흥, 그건 의붓어머니의 입김이 닿은 엉터리 점술사의 점이잖아! 거짓말일 게 뻔해!"

고개를 휙 돌리고 대답하는 블루에게 그린은 타이르듯이 말을 이었다.

"그렇다고 해도! 사람들 앞에서 그렇게 대대적으로 점을 쳤는데 따르지 않을 수도 없잖아!! 그 녀석들은 자신의 손을 더럽히고 싶지 않아서, 마물을 이용해 우리를 처분할 생각이겠지만 반대로 쌍두거북의 왼손을 들고 돌아간다면 재미있어질 것 같지 않아?"

"살아서, 돌아갈 수 있다면 말이지."

블루가 도발하는 듯한 표정으로 대꾸했다. 그린은 난처하다는 듯 웃었다.

"그래. ……블루, 너만이라도."

"나는 도망치지 않아! 나 혼자서 도망쳐서 뭐가 된다고!! 막내를 버리고, 형들을 버리고, 긍지를 버린 나에게 뭐가 남는다는 거야?! 후회! 끊임없이 후회하는 인생이겠지!!"

"……그러게. 블루, 지금 한 말은 잊어줘."

그린은 고개를 내저으며 나를 보고는 난감한 듯 작게 웃었다.

"성가신 집단에 휘말리게 해서 미안하다. 점술사의 말로는 쌍두거북은 나와 레드 둘이서 쓰러트리지 않으면 안 된다고 해. 블루는 증인으로 손을 대지 않으니까, 우리에게 무슨 일이 생겼을 때는 블루를 따라가. 네 안전은 블루가 보장할게."

나는 힘없는 표정을 짓는 그린을 보면서 작게 고개를 기울였다.

그리고 기억을 더듬으며 말을 밀어냈다.

"……그린. 당신은 제 동행을 허가했을 때, '레드는 오기를 부리며 죽음에 망설임이 없는 상태인 것 같으니까 책임지고 지켜야 할 대상이 있는 게 좋겠다'고 했었죠? 즉 제 역할은 레드를, 그리고 당신을 살려서 데리고 돌아가는 거라고 생각하는데요?"

"피아……."

"저는 저주로 인해 성녀님의 힘을 손에 넣었으니까 괜찮아요."

생긋 웃으면서 말하지 그린은 그제야 작게 웃었다.

"하하, 그랬지. 성녀님의 힘이 지켜준다고 생각하면 든든한데."

그린이 웃은 것에 안도한 나는 싱긋 마주 웃어주었다.

다음 날 아침이 되자 셋 다 평상시로 돌아왔다.

어젯밤은 손이 나가는 둥, 오랫동안 쌓여온 울분을 입에 담는 둥 해서 형제 관계가 삐걱거리지 않을지 걱정했는데 아무래도 기우였던 모양이다.

셋 다 하룻밤 자고 나면 잊어버리는 타입인 건지, 나에게 걱정을 끼치고 싶지 않아서 억지로 평소처럼 행동하는 건지는 모르겠지만 그전처럼 밝고 편안하게 대화하고 있다.

나는 가슴을 쓸어내렸다.

"상류에 많이 가까워졌네요. 이 근방에서 눈이 튀어나올 만큼 작은 아기 쌍두거북이 나타나 준다면 좋겠는데요."

생글생글 웃으면서 농담을 던지자 바로 그린이 반론했다.

"피아, 너는 목표가 너무 작아!"

가벼운 대화를 주고받으며, 웃으며 앞으로 나아갔다.

아아, 이 세 사람은 정말 같이 있으면 기분이 좋아지는 사람들이구나…….

그렇게 생각하면서 강을 따라 걸어가고 있었더니, 점심을 먹고 출발한 뒤부터 블루가 말이 없어졌다.

왜 그런 걸까? 또 뭔가 고민이 있나? 하고 걱정하고 있을 때, 갑자기 블루가 멈춰 섰다.

그러더니 떨리는 듯한 숨을 뱉었다.

"……쌍두거북이, 있어…….

"……그러냐."

레드와 그린은 이미 예상하고 있었던 건지 놀라지도 않고 대답했다.

그린이 나를 돌아보더니 씩 웃었다.

"블루는 공격마법도 제법 잘 쓰거든. 마법을 사용한 색적이 특기야."

그린은 자세를 조금 숙이더니 나와 눈높이를 맞췄다.

"이런 숲속 깊은 곳까지 따라오게 했는데 약초를 찾지 못해서 미안하다. 너와 같이 있으면 막내와 모험하는 것 같은 기분이 들어서 즐거웠어."

내가 뭐라고 대답하기도 전에 이번에는 레드가 입을 열었다.

"피아, 너에게는 배짱과 근성이 있어. 수상하기 그지없는 우리와 계속 웃으며 지낼 수 있다니 대단해. 고맙다."

그러더니 두 사람은 블루를 향해 씨익 웃었다.

"블루, 형아들의 싸움을 끝까지 지켜봐라. 네가 우리 동생이라 행복했어!"

레드와 그린의 말끝을 덮어버리듯 커다란 물보라가 일어났다.

그쪽을 돌아보자 강 속에서 머리가 둘 달린 거대한 거북이가 뛰쳐나오고 있었다.

어느새 마물의 영역에 들어왔던 걸까. 쌍두거북은 한눈에 봐도 성이 나 보였다.

블루와 나는 서둘러 방해가 되지 않도록 뒤로 물러났다.

쌍두거북. 물에서도 육지에서도 움직일 수 있는 성가신 마물이다.

5m 정도 되는 거구로, 등은 가시투성이의 딱딱한 등딱지로 덮여있다. 날카로운 이빨에 깨물렸다간 뼈째로 으스러질 것이다. 그런 머리가 두 개나 달려있어서 동시에 공격해댄다.

도저히 두 명이서 쓰러트릴 수 있는 마물이 아니다.

쌍두거북은 힘차게 물속에서 뛰쳐나오더니, 레드와 그린 앞 5m 거리에서 그들과 마주 섰다. 위협인 건지 이를 딱딱 울려댔다.

가까운 거리에서 대치하는 건 어마어마한 공포를 느낄 텐데, 둘 다 표정 하나 바꾸지 않고 자신들의 무기를 거머쥐었다.

처음 움직인 것은 그린이었다.

"하아아아아압!

기합과 함께 높이 뛰어올라 등딱지를 향해 도끼를 휘둘렀다.

도끼는 절묘하게 가시를 피해 등딱지에 꽂혔으나——— 등딱지는 조금도 파이지 않고 도끼를 튕겨냈다.

"젠장!

그린은 분통해 하는 목소리를 흘리고는 다시 도끼를 쥐고 마물의 앞다리를 향해 휘두르려 했다.

그러자 즉시 쌍두거북의 왼쪽 머리가 그린을 향해 커다란 입을 벌렸다.

그린은 반사적으로 공격을 멈추더니 대각선 뒤로 물러났지만, 거북이의 왼쪽 머리가 콰득, 하는 징그러운 소리를 내며 커다란 이빨로 깨물었다. 순간, 피보라가 흩날렸다.

피보라 저편에는 오른쪽 어깨가 뜯겨나간 그린이 이를 악물며 서 있었다.

뜯어낸 그린의 어깨를 으적으적 씹어먹는 쌍두거북의 왼쪽 머리를 향해 레드가 검을 수평으로 찔러넣었다.

하지만 이번에는 쌍두거북의 오른쪽 머리가 레드를 먹어 치우려고 입을 크게 벌리며 덤벼들었다.

레드는 몸을 숙여서 피하려고 했지만, 오른쪽 머리가 레드를 쫓아가 레드의 왼쪽 팔꿈치를 입에 넣어버렸다. 찰나, 그린이 오른쪽 머리의 한쪽 눈에 도끼를 꽂았다.

"좋아!"

그린의 도끼는 확실하게 오른쪽 머리의 한쪽 눈을 망가트렸지만, 쌍두거북은 즉시 몸을 90도로 회전시켜 거대한 꼬리로 두 사람을 아래에서 후려쳤다.

"크헉!!"

레드와 그린은 하늘로 부웅 떠올라 몇 미터 정도 날려간 뒤에 추락하기 시작했다. 그런데 그 바로 아래에 쌍두거북의 머리가 각각 입을 벌리고 기다리고 있었다.

둘 다 공중에서 몸을 비틀어 피하려고 했으나 레드는 오른쪽 팔꿈치부터 아래쪽을, 그린은 오른쪽 귀를 먹히고 말았다.

피가 사방으로 흩날리고 쌍두거북은 승리했다는 양 우렁차게 울부짖었다.

"블루!"

나는 등 뒤로 쌍두거북의 함성을 들으면서 힘차게 블루를 돌아보았다.

하지만 그는 내 목소리에 전혀 반응하지 않았다.

꽉 마주 물고 있는 입술 사이에서도, 잔뜩 움켜쥔 주먹에서도 피가 뚝뚝 떨어졌지만 알아차리지 못한 듯 두 형의 싸움을 눈 하나 깜빡하지 않은 채 지켜보고 있다.

그 다리는 떨면서도 땅에 굳게 박힌 채 움직일 기색이 없다.

"블루! 참전해요!"

나는 안절부절못하고 블루에게 소리쳤다.

블루가 형들의 승리를 믿는다면 싸움을 지켜보는 의미가 있을지도 모른다.

하지만 그는 그저 점술사가 선고한 부당한 규칙에 따라 싸우고 긍지 높게 죽어가는 형들을 최후의 순간까지 눈에 담으려는 생각인 거다.

블루에게는 싸울 수 있는 힘이 있고, 싸우고 싶은 의지가 있으며, 여기서 싸우지 않는다면 계속 후회할 텐데도.

"블루, 죽은 사람은 살아 돌아오지 않아!"

내가 소리 높여 외치자 블루는 흠칫 놀란 듯 나를 보았다.

"죽은 사람은 여신님도 어떻게 해주지 못해! 인간을 구할 수 있는 건 인간이야!!"

"……피, 아………."

"블루, 쌍두거북의 머리는 두 개밖에 없어! 쌍두거북은 동시에 두 명밖에 공격하지 못해! 레드와 그린에게는 당신의 힘이 필요하다고!!"

내 말을 들은 순간, 블루의 눈에 힘이 들어갔다. 온몸에서 힘이 팽창하고 인간다운 표정이 번져나갔다.

하지만 그래도 블루는 마지막으로 한 번 더 주저했다.

"……피아, 내가 참전했다가 죽으면 너를 바래다줄 수가……."

그제야 나는 레드와 그린이 나를 동행시킨 진정한 이유를 이해했다.

그 두 사람은 블루를 살려서 돌려보내기 위해, 그의 족쇄로서 나를 동행시킨 것이다.

……어쩜 이렇게 동생을 사랑하는 형들과 기사도 정신이 투철한 동생일까.

나는 블루를 향해 싱긋 웃어 보였다.

"나는 괜찮으니까, 마음껏 레드와 그린을 도와줘! 어차피 이대로 돌아가면 내 저주는 풀리지 않고 혼기를 놓쳐버리는걸."

그 말을 들은 블루는 망설임을 털어낸 듯 얼굴을 들었다.

블루는 앞으로 달려나가면서 검을 빼 든 뒤 형들을 향해 소리쳤다.

"형님, 저도 참전하겠습니다! 아우의 우행에 대해서는 눈을 감아주십시오!!"

······우와. 긴급 상황에 나온 말투가 더 정중하다니, 얼마나 대단한 집안에서 자란 거지.

그렇게 엉뚱한 생각을 하며 애써 여유로운 표정을 지은 나는 세 사람을 향해 크게 외쳤다.

"성녀 피아, 지금부터 협력하겠습니다! 마물과의 공격력 차이를 좁히고 모든 상처를 순식간에 치유해드리죠! 기사들이여, 제국과 여신께 승리를 바치세요!!"

그 말과 함께 회복마법을 발동시켰다.

그러자 눈 한 번 깜빡하는 것보다 짧은 시간 내에 레드의 왼쪽 팔꿈치와 오른쪽 팔이, 그린의 오른쪽 어깨와 오른쪽 귀가 재생되었다.

"".................허?""

레드와 그린은 전장에 있는데도 불구하고 얼떨떨하게 입을 벌리며 우뚝 서버렸다.

그러더니 생각이 정지된 듯한 표정으로 재생된 부위를 멍하니 바라보았다.

······어이구, 저런. 전장이라고요.

천천히 나를 돌아본 두 사람을 향해 나는 얼굴을 찌푸렸다.

"두 분 다, 전장이잖아요! 전투에 집중하세요!"

내 말에 퍼뜩 정신을 차리고 다시 쌍두거북이 있는 쪽으로 몸을 돌린 레드와 그린, 그리고 블루를 향해 오른손을 펼친 뒤 강화마법을 발동했다.

"《신체 강화》 공격력 2배! 속도 2배!"

그 후 쌍두거북을 향해 왼손을 펼친 뒤 약화마법을 걸었다.

"《신체 약화》 토속성 30% 감소!"

……음, 이제 세 사람 쪽이 더 강해졌겠지.

나는 너무 강한 보조마법을 걸지 않도록 성녀의 힘을 조절했다.

예전에 세 사람에게 이야기한 설정으로는, 나는 저주에 걸려서 성녀의 힘을 일시적으로 사용할 수 있다.

그대로 믿어준다면 좋겠지만, 내가 성녀의 힘을 쓸 수 있다는 걸 안 지금은 원래 성녀였던 게 아닌지 의심할지도 모른다.

내 힘이 평균적인 성녀의 힘과 비슷하다면, 성녀가 이런 장소에 혼자 있다는 걸 의심스러워해도 성녀의 힘 자체는 받아들여 줄 것이다.

저주 이야기를 믿는다고 해도, 평균적인 성녀와 비슷한 힘을 사용하는 게 문제가 덜 되겠지.

요즘 성녀는 약해졌다고 했으니까, 의심받지 않기 위해서도 성녀의 힘을 조절해서…… 음, 이 정도에서 그만둘까?

어째서인지 강화마법을 건 순간 세 사람이 놀라서 나를 돌아본 것 같았지만, ……대화를 나눌 시간도 없기 때문에 손을 팔랑팔랑 흔들었다.

"열심히 하세요! 반드시 이길 수 있으니까요!"

멀리서도 세 사람이 침을 꿀꺽 삼키는 게 보였다. 그들은 천천히 쌍두거북을 향해 몸을 돌리고는 무기를 들었다.

───그렇게 여기서부터는 세 사람의 활약 무대가 되었다.

형제인 만큼 어릴 때부터 셋이 함께 싸워왔던 거겠지.

적절한 연계로 한 명이 거북이의 오른쪽 머리를, 한 명이 거북이의 왼쪽 머리를 유인한 뒤 남은 한 명이 공격하기를 반복했다.

아군과 적 쌍방의 능력을 조작해둔 덕분에 세 사람의 공격이 우스울 정도로 잘 들어갔다.

검을 찌르면 푹푹 들어가고, 도끼를 휘두르면 썩둑 잘라낸다.

쌍두거북의 공격에 당해 상처가 나도 내가 바로 치유마법을 걸었다.

그 때문에 승패가 갈릴 때까지 긴 시간은 걸리지 않았다.

───무척 싱거운 마무리였다.

먼저 레드가 오른쪽 머리를 베어버리고, 곧바로 그린이 왼쪽 머리를 날렸다.

그렇게 움직임을 멈춘 쌍두거북에게서 블루가 왼쪽 손을 잘라냈다.

"대단해! 이렇게 짧은 시간에, 그것도 셋이서 쌍두거북을 쓰러트리다니!! 수고했습니다!"

마물이 쓰러진 순간 흥분해서 칭찬을 던졌지만 세 사람은 내 말에 전혀 반응하지 않았다.

오히려 끝이 났다는 것조차 인식하지 못한 건지, 모든 것이 끝난 뒤에도 세 사람은 그 자리에서 움직이지 않고 거친 호흡을 몰아쉬며 쌍두거북을 노려보았다.

……흥분 상태가 이어져서 자신을 추스르는 데 시간이 걸리는 건가?

그렇겠지. 태어났을 때부터 계속, 20년, 30년씩 괴롭혀왔던 저주가 이로써 끝나는 거니까. 감개무량해질 만도 하다.

세 사람에게는 자기 자신과 마주 볼 시간을 충분히 주기로 한 나는 내가 해야 할 일에 임했다. 즉, 약초채집이다.

세 사람과 동행하기 위한 표면상의 이유로 약초채집이라는 핑계를 댔지만, 실제로 채집하게 될 줄은 몰랐는데. 어쩐지 우스워져서 후후후 웃음을 흘렸다.

"이런 걸 진실이 된 거짓말이라고 하는 거겠지."

그렇게 혼잣말을 한 뒤 쌍두거북의 등에 붙어있는 이끼를 뜯어냈다.

그 후 갖고 있던 작은 병에 이끼와 강물을 넣었다.

잠시 고민한 뒤, 블루가 들고 있던 쌍두거북의 손가락을 조금 잘라내 병 안에 추가했다. 사실은 쌍두거북의 살점은 필요 없지만, 세 사람의 마음을 생각해서 추가해봤다.

병의 주둥이를 봉한 후 안에 마력을 주입했다. 적절한 재료가 갖춰졌기 때문에 마력은 조금만 넣어도 충분했다.

나는 아직 넋이 나가 있는 레드의 손에 병을 들려준 후, 멍하니 얼굴을 든 레드에게 설명했다.

"막냇동생을 깨어나게 해주는 약이야. 한 모금 먹이면 바로 눈을 뜰 거야."

세 사람의 여동생에게 걸려있는 '저주'는 수면 상태 이상 마법일 것이다.

태어났을 때부터 계속 효과가 지속되고 있다고 하니 강력한 마법이겠지만, 내가 풀지 못할 정도는 아니다.

왜냐하면 레드와 그린, 여동생 세 명에게 마법을 건 주술사는 같은 사람일 테고, 오빠 두 명의 상태 이상은 내가 해제할 수 있는 수준이니까.

———그래, 저주를 건 사람은 여신이 아니다.

인간이, ……아마도 후계자 싸움을 한다는 이복형제의 어머니, 혹은 친척이 '저주'라는 이름으로 상태 이상 마법을 걸게 한 것이다.

나는 주변 사람이 저주를 걸었다는 사실을 말해줘야 할지 고민하면서 세 사람의 얼굴을 힐끔 쳐다보았는데, 그들의 얼굴에서 답을 찾아버렸다.

……그렇구나. 셋 다 누가 자신에게 저주를 걸었는지 알고 있구나.

제대로 현실을 볼 줄 알고 현황을 파악할 수 있는 어른이다. ……내가 뭐라고 말을 얹을 필요는 없다.

나는 레드를 바라본 뒤 작게 웃었다.

"레드, 당신의 저주를 풀어도 괜찮을까요?"

처음에는 레드의 됨됨이도 배경도 몰랐기 때문에 저주를 푸는게 맞는지 아닌지 알 수 없었다.

하지만 지금은 가슴을 펴고 말할 수 있다. 이 저주는 풀어야 한다고.

소리 없이 고개를 끄덕이는 레드에게 나는 다시 웃어 보였다.

"저주를 풀 테니 몸을 숙여주시겠어요?"

레드는 흠칫 놀란 듯 숨을 삼키고는 바로 한쪽 무릎을 세워서 꿇은 뒤 무시무시할 정도로 진지한 얼굴로 바라보았다.

"그럼 기사 레드. 당신의 저주를 풀겠습니다."

그렇게 말하며 한쪽 손을 레드의 이마에 올린 뒤 상태 이상 회복마법을 발동했다.

내 손가락 끝에서 반짝반짝한 빛이 발생하더니 레드의 몸속으로 스며들었고, 레드의 출혈은, ———태어난 뒤로 약 30년이라는 긴 세월 동안 계속 흐르면서 레드를 괴롭혀온 이마의 피는 눈 깜짝할 사이에 멈춰버렸다.

마찬가지로 그린의 상태 이상도 해제했다.

모든 것이 끝나도 레드와 그린은 무릎을 꿇은 채, 블루는 우뚝 선 채로 셋 다 가만히 침묵을 지켰다.

……어, 어라? 왜 이러는 거지?

나는 걱정이 되어 세 사람의 얼굴을 살폈다.

"저기, 끝났는데요. 돌아가야죠?"

내 말에 세 사람은 화들짝 놀란 듯이 등을 곧게 펴고는 '네' 하고 대답했다.

그러더니 그 후로 성대를 잃어버린 사람처럼 입을 열지 않았다. 눈도 마주치지 않았다.

그저 말없이 서둘러 몸단장을 하고 짐을 짊어진 뒤 귀로에 접어들었다.

숲의 입구에 도착할 때까지 이틀이 걸렸다.

셋 다 극진하게 내 시중을 들어주었기 때문에, 나는 내 짐조차 들지 못하게 되었다. 게다가 어째서인지 전원이 시종 멍한 상태로 최저한의 말밖에 하지 않았다.

중간에 계속 신경 쓰였기 때문에 '실은 계모가 저를 괴롭힌다는 이야기는 거짓말이에요'라고 고백하자 '알고 있습니다'라는 대답이 돌아왔다.

세 사람이 자신들과 여동생의 이야기를 솔직하게 알려주었는데 나는 거짓말을 했다는 게 계속 마음에 걸렸지만, 고백해도 개운해지지 않았다.

이렇게 된 거, '제 저주도 해제되었으니 이제 성녀의 힘은 쓸 수 없습니다. 가능하면 제가 성녀의 힘을 일시적으로라도 사용했다는 것에 대해서는 비밀로 해주세요'라고 부탁했더니 이번에도 평탄한 목소리로 '알고 있습니다'라는 대답이 돌아왔다.

마침내 숲의 입구에 도착하자 나는 세 사람에게 인사했다.

"동행해주셔서 감사합니다."

그러자 세 사람은 무슨 생각을 한 건지 한쪽 무릎을 세우며 내 앞에 무릎을 꿇었다.

"""'창생의 여신'이시여."""

그러더니 이상한 호칭으로 나를 불렀다.

"신앙심도 얕고 여신님의 숭고하신 뜻의 파편조차 이해하지 못한 어리석은 저희를 위해 그 고귀하신 모습으로 현현하여 주신 것, 진심으로 감사드립니다."

레드가 닭살 돋을 만큼 정중한 말투로 난해한 소릴 했다.

"……………네?"

"말씀을 구합니다."

"어리석은 저희가 실수하지 않도록, 올바른 길을 가기 위한 나침반으로 삼을 한마디 말씀을 내려주시옵기를 간절히 청합니다."

그린과 블루도 형을 흉내 내며 닭살 돋는 말을 쏟아냈다.

"……………하?"

영문을 알 수 없어 되물었지만, 무시무시할 정도로 진지한 세 쌍의 눈동자가 마주 바라봐올 뿐이었다.

"어음, 그게……."

……이건 대체 뭐 하는 걸까.

자기소개 때 세 사람이 가명을 댄 것처럼, 작별할 때는 다른 사람을 연기하는 모험가 전용 규칙 같은 게 있는 걸까? 혹은 제국 전용 규칙?

모르겠다고 물어보는 건 촌스러운 느낌이 들어서, 고개를 갸웃거리면서도 세 사람에게 맞춰주기로 했다.

……어디 보자, 저주가 풀리면 가주 자리를 이어받는다는 이야기를 했었지?

나는 짐짓 신묘한 표정을 지은 뒤 세 사람을 둘러보면서 입을 열었다.

"당신들의 백성을 올바르게 이끌어주세요. 당신들에게는 그럴 힘이 있습니다."

그래도 세 사람이 너무도 진지한 모습이었기에 장난기를 발휘하여 세 사람의 팔을 가볍게 토닥토닥 두드렸다.

"당신들에게 길을 개척해나갈 힘을 주었습니다. 이로써 당신들은 뭐든 할 수 있습니다."

하지만 세 사람은 내 농담에 작은 웃음 한 번 흘리지 않고, 그저 황공하다는 듯 깊이 머리를 조아릴 뿐이었다.

◇ ◇ ◇

세 사람과 헤어진 나는 닷새 만에 집으로 돌아왔지만, 영지의 기사들은 나를 일절 혼내지 않고 받아들였다.

오랫동안 집을 비웠던 내가 말하는 것도 좀 그렇긴 한데, 너무 헐렁한 거 아닐까?

레드 삼 형제와 한 모험을 떠올리면 즐거웠다고 히죽히죽 웃음이 나왔다. 다만 성녀의 힘 검증에는 썩 도움이 되지 않은 것 같다.

조금씩 혼자 야금야금 검증해야겠다고 마음을 바꿔먹은 나였다⋯⋯.

──그로부터 몇 달 뒤, 나브 왕국과 대륙의 세력을 양분하는 거대제국 아르테아가에서 새 황제가 탄생했다.

새로운 황제로 즉위한 자는 유서 깊은 전 정비의 피를 이어받은 전 황제의 적남이었다.

모든 이에게 사랑받은 전 정비의 아들은 태어났을 때부터 저주를 받아 후계자 싸움에서는 제외되어 있었으나, 최근 '창생의 여신'의 가호를 받게 되어 그 몸을 좀먹던 저주가 풀렸기 때문이다.

붉은 보석의 이름을 지닌 새 황제는 마찬가지로 보석의 이름을 지닌 두 남동생과 한 여동생을 뒤에 두고 국민을 향해 선언했다.

———나는 '창생의 여신'을 만났다.

여신에게서 역할과 힘을 부여받았다.

내가 여신을 모시고 나라를 이끄는 한, 국민에게는 안녕과 번영이 약속되리라.

———국민은 열광과 함께 새로운 황제를 받아들였다.

……여신을 숭배하는 나라, 아르테아가 제국.

이 나라의 새 황제와 황제(皇弟)가 '창생의 여신'이 아닌 일개 기사와 재회하기까지는 잠시 기다려야만 한다…….

전생한 대성녀는
성녀임을 숨긴다

후기

처음 뵙겠습니다, 토야라고 합니다.

이 작품은 인터넷 사이트에 투고한 소설을 기반으로 서적화되었습니다.

애초에 왜 소설을 쓰겠다는 마음을 먹었는지 돌이켜보자, 연휴가 이유였다는 게 떠올랐습니다.

저는 회사원으로, 작년 연차 유급휴가 취득일수가 2시간이라는 무시무시한 성적을 냈습니다.

1년에 2시간밖에 쉬지 않았어! 병에 걸리지도 않았다니 튼튼하기도 하지!

그렇게 연휴가 잔뜩 쌓여있는 걸 아는 상사가 아주 열렬하게 휴가를 권해주었습니다.

"휴가를 내! 이번 달은 아주 그냥 푹 쉬는 거야! 부하를 이렇게 쉬지 않고 일하게 했다니, 내 관리능력에 문제가 있는 줄 안다고!!"

그 결과, 연간 연휴취득일수를 환산하는 마지막 달에 5일이나 되는 휴가를 받았습니다.

……으억?! 갑작스러운 닷새간의 휴가라니! 뭘 해야 하지??

좋아, 영화를 보자! 음악을 듣자! 책을 읽자! 맛있는 것을 먹으러 가자!

……하고 평소에 하고 싶었던 것을 해 봤지만 이, 이틀밖에 못 때웠어.

앞으로 사흘은 어떻게 보내지?

……좋아, 평소에 안 하는 걸 해 보자!

평소에 안 하지만 하고 싶었던 일. ……소설이네.

그렇게 무모하게도 인터넷에 소설을 써서 올리게 되었습니다.

소설을 쓰면서 생각한 것은, '최대한 어그로가 끌리거나 비판을 받지 않는 걸 쓰자'라는 것이었습니다. ……목표 한번 소박하지.

뭐, 내용으로 비판을 받는 건 어쩔 수 없는 일이지만 그것 말고…… 그래, 그래. 소설을 쓰다가 완결을 내지 않고 중간에 잠적해버리면 비판을 받는구나.

좋아, 그럼 우선 중편을 써서 제대로 완결을 내고, '아, 이 사람은 제대로 작품을 완결을 낼 수 있구나. 안심이야. 다음 작품도 읽어봐야지'라고 생각하게 해야겠다. 어차피 사흘 동안 할 수 있는 일이라고 해봤자 별거 없으니까…….

그렇게 쓰기 시작했는데, 감사하게도 많은 분이 읽어주시고 감상을 받게 되었습니다.

……와, 기뻐라. 조, 조금만 더 써 봐야지.

게다가 많은 분이 '이 이야기, 뒷이야기를 읽어보고 싶어.'라며 인터넷상에서 즐겨찾기를 해주시고 서적화 제안을 받게 되었습니다.

……서적화를 하려면 12만 자 이상이 필요하군요. 네, 넵. 알겠습니다.

분량을 잘 가늠하지 못해서 '조금만 늘려야지.'하고 썼더니 한 권으로는 끝나지 않는 글자 수가 되었습니다.

이제 와서는 어떻게 중편으로 끝낼 생각을 했는지 불명이네요.

네, 압니다. 내용에 대해서는 적지 않았죠.

다만 이야기를 어떻게 받아들이는지는 사람마다 다 다르기 때문에, 내용에 대해 언급하면 자칫 무언가를 망가뜨려 버릴지도 모르고요…….

후기부터 먼저 읽는 분도 많다고 들었고, …………으음, 내용은 생략합니다. (도망)

일러스트는 chibi님이 그려주셨습니다.

일러스트레이터로 누구를 원하는지 물어봐 주셨을 때, '미남을 그려주시는 분을 원합니다!' 하고 단언했습니다.

"그렇군요. 여성 캐릭터를 예쁘게 그려주는 건 필수니까, 거기에 더해 잘생긴 남성 캐릭터 말이죠. 그리고 용이 등장하니 마물도 잘 그려주길 원하실 테고. ……즉, 그림을 아주 잘 그리는 분이라는 거죠?"

그리고 편집장님이 이렇게 말씀하셨습니다.

어, 어라? 그러네요? 그런 뜻이 되네요? 굉장히 원하는 게 많은 거였네요??

……이거 신인이니까 분위기를 파악해서 '너무 욕심이 과했습니다.'하고 물러나야 할 타이밍인가?

으으윽. 하지만 멋진 그림을 보고 싶은걸요. 이것만큼은 양보하지 않아도 되지 않을까요.

No라고 하지 않는 일본인의 정신을 발휘했습니다.

"마, 맞습니다. 잘 부탁드립니다!"

그러자 유능한 편집장님 덕분에 마법과도 같이 chibi님이 나타나 주셨습니다…….

chibi님의 능력에 대해서는 보시다시피. 제가 말로 설명하는 것보다도 한 번 보시는 게 더 빠릅니다. (현명)

하지만 특별히 하나를 꼽자면, 권두 일러(맨 첫 번째 페이지에 실린 컬러 일러스트)에 대해서 '피아와 총장. 가능하다면 배경에 국기(빨간색 바탕에 흑룡)가 펄럭펄럭.'이라고만 말씀드렸거든요. 고작 이것만으로도 저런 멋진 그림이 완성되었습니다.

chibi님의 능력치는 대체 어떻게 분배되어있는 걸까요?

너무 멋있어서 소설 하나를 써버린 것도 어쩔 수 없다고 봅니다.

초회 특전으로 이 소설이 딸려가니까, 입수하신 분은 chibi님의 권두 일러를 한참 음미하신 뒤에 소설을 읽어보는 게 올바른 순서라고 생각합니다. 정말 좋아라.

마지막으로, 다시금 책이 된 순서를 돌이켜보면……

인터넷에 소설을 공개했더니 읽어주시는 분이 나타나서 서적화가 되었습니다.

서적화 때는 편집부 분들에게서 조언을 받았고, 부족하던 장면을 추가하거나 표현을 바꾸는 등 더 이해하기 쉽도록 가다듬었습니다.

멋진 일러스트가 붙으며 캐릭터의 모습이 잡혔고, 교정자님의 손을 거쳐 문장의 가독성이 좋아졌고, (저에게는 보이지 않는 영업부나 서점 분들 등의 노력이 더해져서,) 이렇게 여러분에게 전해드릴 수 있게 되었습니다.

수많은 분이 조력해주신 덕분에 한 권의 책이 되었다고 느낍니다.

무언가를 만든다는 건 참 멋진 일이에요.

어스 스타 노벨 여러분, 일러스트를 담당해주신 chibi님, 그 외 수많은 힘을 보태주신 여러분, 그리고 이 작품을 읽어주신 여러분께 감사의 인사를 드립니다.

무척 근사한 책이 만들어졌습니다. 감사합니다.

전생한 대성녀는
성녀임을 숨긴다

전생한 대성녀는 성녀임을 숨긴다 1

2021년 9월   14일 1판 1쇄 발행

저   자 토야
일 러 스 트 chibi
옮 긴 이 현노을
발 행 인 유재옥
본 부 장 조병권
담당편집 정영길
편 집 1 팀 이준환 박소연
편 집 2 팀 정영길 조찬희 박치우 조현진
편 집 3 팀 오준영 곽혜민 이해빈
편 집 4 팀 성명신
미   술 김보라 서정원
라이츠담당 한주원 이다정
디 지 털 박상섭 이성호 최서윤
발 행 처 ㈜소미미디어
인쇄제작처 코리아피앤피
등   록 제2015-000008호
주   소 서울 마포구 토정로 222, 403호(신수동, 한국출판콘텐츠센터)
판   매 ㈜소미미디어
마 케 팅 한민지
물   류 허석용
전   화 편집부 (070)4164-3962, 3963 기획실 (02)567-3388
                판매 및 마케팅 (070)4165-6888, Fax (02)322-7665

ISBN 979-11-384-0201-9 04830
ISBN 979-11-384-0200-2 (세트)